브라운 신부의 실제 모델은 그의 친구인 존 오코너 신부로
알려져 있는데, 브라운 신부의 역설적이고도 기지 넘치는 발언들은
1922년 로마 가톨릭으로 개종한 작가 자신의 모습과
종종 겹치기도 한다.
늘 우산을 들고 다니는 브라운 신부의 이미지가 워낙 유명해져서,
우산을 탐정의 상징으로 사용하던 기존의 출판사들이
모두 이를 바꾸어야 했을 정도로 그 당시 영국 추리소설계에
체스터튼과 브라운 신부가 미친 영향은 컸다.
체스터튼은 그 밖에도 저널리스트로서 4천 편이 넘는 신문 칼럼을
기고하는 한편, 『G. K.' s Weekly』라는 주간지를 직접 편집 발행하기도
했다.
특히 그는 그 당시의 지성인들인 조지 버나드 쇼, H. G. 웰스,
버트란드 러셀 등과 논쟁을 벌인 것으로 유명하다.
당시의 기록에 따르면, 체스터튼이야말로 그 모든 논쟁들의
승자였음에도 불구하고 세상은 그를 잊고 패자들만을
칭송하고 있는 것이다. 조지 버나드 쇼는 '세상이 체스터튼에 대한
감사의 말에 인색하다' 는 말로 체스터튼의 업적을 인정하였다.
T. S. 엘리엇은 체스터튼을 일컬어 '영원토록 후대의 존경을
받아야 마땅한 사람' 이라고 말했다.
더불어 후대의 대표적인 문인들, 가령 어니스트 헤밍웨이,
그레이엄 그린, 호르헤 루이스 보르헤스, 가브리엘 가르시아 마르케스,
마셜 맥루한, 애거서 크리스티 등은 체스터튼의 작품에 큰 영향을
받았음을 고백하고 있다.

표지 디자인 이승욱

KB201908

비밀

비밀

브라운 신부 전집 4

G.K. 체스터튼 지음 | 김은정 옮김

북하우스

| 차례 |

진실이 소설보다 더 낯설기도 하다는 것을 알게 해준
브랫포드의 성 커스버트 성당 존 오코너 신부에게
세상보다 더 커다란 감사를 드리며.

브라운 신부의 모델이 된 체스터튼의 친구. 체스터튼이 요크셔의 케슬리 대학에서 강의할 무렵에 오코너 신부를 만나 친교를 나누어왔다.

브라운 신부의 비밀

    한때 프랑스에서 가장 유명한 범죄자였던 플랑보는, 그 이후에는 영국에서 사립 탐정으로 활약했다. 그러나 그는 오래 전에 둘 다에서 물러나버리고 말았다. 어떤 사람들은, 플랑보가 범죄자였던 경력 때문에 양심에 걸리는 일이 너무 많아 탐정 일을 계속 하기가 어려웠을 거라고 말하곤 했다. 어찌 되었건, 플랑보는 낭만적인 도주와 회피의 묘책으로 일관하던 삶을 정리하고 그에게 걸맞는 곳을 찾아 스페인의 한 성에 정착했다. 이 성은 비교적 작은 편이었지만 구조가 건실했고, 검정 포도밭과 초록빛 정원의 줄무늬가 갈색 언덕배기에 보기 좋게 사각을 이루고 있었다.

    그 모든 험난한 모험을 겪은 후에도 플랑보는 많은 라틴계 사람들이 가지고 있는, 은퇴한 후의 삶을 새로이 만들어가는 에너지가 있었다. 이것은 특히 미국인들과 같은 다른 민족에게서는 찾기 힘든 미덕 중 하나이다. 나중에 소박한 농부로 사는 것을 소망하는 대형 호텔의 주인들에게서 종종 이러한 에너지를 볼 수 있다. 탐욕스러운 백만장자가 되어 거리의 가게들을 마구 사들이면서도 어느 순간, 잠시 숨을 고르고 조용하고 편안하게 가정과 도미노 게임으로 돌아가는 프랑스의 소도시 상인들에게서 보이는 에너지 말이다.

플랑보는 우연히 그리고 순식간에 스페인 여인과 사랑에 빠져 결혼을 했고 스페인 땅에서 대가족을 거느리게 되었다. 그러나 그는 이 가족의 굴레에서 벗어나고자 하는 마음은 전혀 없어 보였다. 그러던 어느 날 아침, 가족들은 플랑보가 유난히 안절부절못하며 흥분해 있는 것을 보았다. 플랑보는 어린아이들보다 더 빨리 달려 긴 산등성이를 쭉 내려가서는, 아직은 멀리 있어 검은 점으로밖에 보이지 않는, 계곡을 건너오는 방문객을 기다렸다.

검은 점으로 보이던 방문객은 모양은 거의 바뀌지 않고 크기만 점차로 늘어났다. 대략 말하자면 계속해서 둥글고 검은 모양이 확대되었다고 할 수 있겠다. 이 언덕 마을에서도 성직자들의 검은 의상이 낯선 것은 아니었다. 그러나 지금 이 방문객

의 복장은 성직자풍이기는 하나 보통의 성직자 의복이나 수단*
에 비교해볼 때, 어딘가 모르게 평범하면서도 쾌활한 분위기였
다. 따라서 이 사람의 옷에 클랩햄 환승역이라고 표시가 붙어
있지 않다 하더라도 북서부 섬에서 온 것이 분명했다. 그는 곤
봉같이 생긴 손잡이가 달린 짧고 두툼한 우산을 들고 있었다.
방문객의 모습을 보자 플랑보는 감격의 눈물을 글썽거렸다. 이
방문객은 플랑보의 영국인 친구 브라운 신부였다. 플랑보가 그
토록 고대했으나 지연됐던 만남이 이제서야 이루어진 것이었
다. 둘이서 많은 모험을 함께한 지 꽤 오랜 시간이 흘렀고, 이들
은 계속 편지를 주고받았으나 수년간 만나지 못하고 있었던 것
이다.

　브라운 신부는 플랑보 가족들 사이에 금방 자리를 잡았다.
플랑보 가족의 규모는 상당히 커서 하나의 집단 내지는 공동체
같은 인상을 주었다. 브라운 신부는 크리스마스에 아이들에게
선물을 가져다준다는 세 동방박사들의 조각으로 안내되었다.
그 조각들은 색칠이 되어 있는, 금박을 입힌 대형 나무조각이
었다. 스페인에서는 아이들의 일이 가정사에서 대단히 중요한
부분이었다. 강아지와 고양이와 농장의 가축들도 보았다. 그리

─────────────
* 신부들이 평상시에 입는 옷.

고 또 자신처럼 먼 이국의 복장과 매너를 이 계곡에 가져온 한 이웃을 소개받았다.

플랑보의 작은 성에서 머문 지 삼일째 되는 밤에, 브라운 신부는 스페인 멋쟁이들도 감히 따라할 수 없게 멋지게 플랑보 가족에게 인사를 하는 품위 있는 이방인을 보게 되었다. 이 이웃은 키가 크고 말랐으며 회색 머리에 아주 잘생긴 신사였다. 그의 손과 소매끝과 커프스 단추에서 흐르는 품위는 다른 사람들을 압도했다. 그의 긴 얼굴에서는 영국의 풍자만화에 나오는 긴 소맷부리와 잘 다듬어진 손에서 연상되는 나른함을 전혀 찾을 수 없었다. 오히려 시선을 끌 정도로 기민하고 날카로웠다. 게다가 눈은 회색 머리와는 그다지 어울리지 않는 호기심이 가득한 강렬함으로 가득했다. 이 눈빛만으로도 그의 국적이 드러나는 것 같았다. 세련된 목소리에 비음이 섞여 있는 그는, 주위에 온갖 유럽의 물건을 둘러 고풍스러움을 다소 과시하고 있었다. 이 사람은 다름 아닌 보스턴에서 온 미국인 여행자 그랜디슨 체이스였다. 그는 미국으로 돌아가는 길에 잠시 이 근처 언덕에서 플랑보의 성과 비슷한 성을 빌려 머물고 있었다.

그는 그의 오래된 성을 매우 좋아했고 친절한 이웃인 플랑보를 고풍스러운 이 지역의 유지로 생각했다. 다른 사람들도, 플랑보가 은퇴하여 고향에서 지내는 것으로 여겼다. 실제로 플랑보는 자신의 포도나무, 무화과나무와 함께 그곳에서 오랫동안 자랐을지도 모른다. 그는 자신의 진짜 성인 뒤락을 다시 쓰기 시작했다. 그의 다른 호칭인 '횃불(Torch)'은 사회에 대항하여 싸울 때에 사용하던 예명에 불과했다. 플랑보는 아내와 가족을 좋아했고 가까운 곳에 사냥 나갈 때 외에는 멀리 나가지 않았다. 미국인 세계 여행자 체이스는 지혜롭게도 지중해 민족에게서 엿보이는 활기찬 품위와 절제된 호사를 알아보고 존경할 줄 알았다. 그에게는 플랑보가 이런 품위와 호사의 신비를 보여주는 인물이었다.

이 서쪽에서 굴러온 돌은 이끼가 무성한 남국의 바위에서 잠시 쉬어가는 것을 기뻐했다. 체이스는 브라운 신부에 관하여 들은 적이 있어, 유명인사를 대하듯 어조를 약간 바꾸었다. 재치 있게 그러면서도 긴장감 있게 기자처럼 파고드는 그의 본성이 발휘됐다. 탁월한 솜씨로 고통 없이 치아를 뽑아내는 미국의 치과의사처럼 체이스는 브라운 신부를 끌어당겼다.

그들은 종종 스페인 가옥의 입구에서 볼 수 있는, 지붕이 일부만 덮인 뜰에 앉아 있었다. 막 어두워지는 때였고, 일몰 후여서 언덕의 공기는 갑자기 차가워졌다. 판석 도로에 놓인 작은 난로는 도깨비의 붉은 눈처럼 빛나며 도로에 붉은 문양을 그리고 있었다. 높게 둘러쳐진 밋밋한 갈색 벽돌담은 깊고 푸른 밤으로 이어지듯 보였으며, 난로 빛이 간혹 아래쪽 벽돌까지 닿기도 했다.

플랑보가 큰 통에서 포도주를 따라 나누어주며 움직일 때는 기병처럼 단단하고 넓은 그의 어깨와 멋진 콧수염이 황혼 빛에 어스름 자취를 남겼다. 그의 그림자 영역 안에 있는 신부는 난로 앞에 웅크리고 있는 것처럼 작고 쪼그라들어 보였다. 그러나 미국 여행자는 무릎에 팔꿈치를 올리고 우아하게 몸을 앞쪽으로 기울였고, 불빛이 그의 반듯한 이목구비를 비추고 있었다. 그의 눈은 지적 호기심으로 반짝였다.

"신부님, 제가 보장하지요. 저희는 신부님께서 문샤인 살인 사건을 해결하신 것이 범죄학 역사상 가장 뛰어난 업적이라고 생각합니다."

브라운 신부는 뭔가를 신음소리처럼 중얼거렸다.

미국인은 단호하게 말을 이어갔다.

"저희들도 물론 뒤팽이나 다른 탐정들이 해냈다고 주장하는 업적을 잘 알고 있습니다. 르코크,* 셜록 홈스, 니콜라스 카

---

* 프랑스의 에드거 앨런 포라고 불리는 프랑스의 소설가 에밀 가보리오의 소설 『르코크 씨 Monsieur Lecoq』(1868)에 등장하는 탐정. 활동력을 기반으로 정확한 관찰과 기지로써 사건을 해결해나가는 것이 매력적이다.

터, 그리고 다른 추리소설 인물들의 업적도 알고 있고요. 그러나 저희가 관찰한 바로는 신부님의 접근 방법과 다른 이론가들의 접근 방법은 확실히 큰 차이를 보입니다. 그것이 가상이건 사실이건 간에 말입니다. 어떤 이는 신부님의 방법이 여느 사람들과 다른 것은 방법론이 없기 때문이지 않을까 추측하기도 합니다."

브라운 신부는 아무 말도 없었다. 잠시 후 그는 난로에 대고 끄덕이듯 조금 움직이고는 말했다.

"죄송합니다. 예…… 방법의 부재라…… 사고의 부재이기도 하겠죠."

미국인은 질문을 계속했다.

"제가 말한 것은 엄격하게 도표화 할 수 있는 과학적 방법입니다. 에드거 앨런 포는 대화체 형식으로 쓴 글에서 뒤팽의 방법을 깔끔한 논리적 연결 고리로 설명했습니다. 왓슨 박사도 자세한 관찰 증거들과 함께 홈스의 정확한 설명을 들어야 했습니다. 그러나 아무도 신부님의 방법을 시원하게 설명하지 못하는 것 같습니다. 그리고 제가 들은 바로는 이 방법에 관하여 미국에서 연속 강의를 해달라는 제안을 신부님께서 거절하셨다고 하더군요."

"네, 거절했죠."

신부는 난로 쪽으로 얼굴을 찡그리며 말했다.

"신부님이 강의를 거절하신 것에 대해 흥미로운 말들이 많았습니다."

체이스가 말을 이었다.

"어떤 사람들은 신부님의 방법이 초자연적인 것이기 때문에 상세하게 설명이 되는 것이 아니라고 했습니다. 신부님의 비결은 본질적으로 신비한 것이므로 폭로되어서는 안 된다고 하더군요."

"뭐라구요?"

신부가 다소 날카롭게 물었다.

"그러니까 사람들은 그걸 일종의 신비한 비법이라고들 하더군요. 갤럽 살인사건, 스타인 살인사건, 다음에는 머튼 노인 살인사건, 그리고 요즘에는 그윈 판사 살해사건과 미국에도 잘 알려진 댈몬*의 이중 살인사건까지 사람들은 그렇게 생각하고 있습니다. 신부님께서는 사건 장소에 매번 홀연히 나타나서는 사람들에게 사건 경위를 설명하셨고 누구에게도 어떻게 알게 되었는지는 결코 말씀하지 않으셨습니다. 그래서 혹자는, 말하

---

* 갤럽과 스타인은 「기드온 와이즈의 망령」, 머튼 노인은 「하늘에서 날아온 화살」, 그윈 판사는 「판사의 거울」, 그리고 댈몬은 「보드리 경 실종사건」에 등장하는 인물들이다.

자면, 신부님은 보지 않아도 안다고 생각하게 된 것입니다. 그리고 또 칼로타 브론슨이 신부님의 사건 해결 방식에 도해와 함께 설명을 더해서 '사고—형식'에 관한 강의를 했습니다. 인디애너폴리스의 투시력 여성단체……."

브라운 신부는 계속 난로를 응시하고 있다가 다른 사람이 자신의 말을 듣고 있는 것을 모르는 사람처럼 크게 말했다.

"세상에, 그래서는 안 되는데."

"저도 어떻게 해야 좋을지 모르겠습니다."

체이스가 익살스럽게 말했다.

"투시력 여성단체에서는 저지하기를 바라고 있습니다. 제 생각에 이런 풍문을 막는 유일한 방법은 신부님께서 직접 비결을 공개하시는 것입니다."

브라운 신부는 괴로워했다. 생각이 소리 없이 경련을 일으키는 듯 그는 머리를 손에 기댄 채 잠시 그대로 있었다. 그리고는 머리를 들고 투박한 목소리로 말했다.

"그래요, 비결을 말해드리지요."

작은 난로의 붉은빛에서부터 오래된 벽의 삭막한 표면까지 그는 어두워지는 전경을 넌지시 훑어보았다. 벽 너머에는 남부의 총총한 별들이 점점 더 밝기를 더하고 있었다.

"나의 비결은……."

그는 이렇게 말하고는 계속 말하기가 불가능한 듯이 말을 멈추었다가, 다시 말을 이었다.

"그건, 모든 사람을 죽인 것이 바로 저이기 때문이지요."

"네?"

엄청난 침묵 속에서 작은 목소리로 체이스가 거듭 물었다.

"내가 직접 그들을 살해해봤습니다. 그러니까 당연히 사건 경위를 알았던 것이지요."

브라운 신부가 침착하게 설명했다.

그랜디슨 체이스는 느릿한 폭발로 인해 몸이 천장으로 들어올려지듯이 기다란 몸을 일으켰다. 신부를 내려다보며 믿을 수 없다는 듯 질문을 반복했다.

브라운 신부가 계속했다.

"저는 모든 사건을 세밀하게 계획을 짰습니다. 정확히 어떻게 그런 일이 일어날 수 있는지 그리고 어떤 유형이나 정신 상태에서 사람이 실제로 그런 일을 저지를 수 있는지를 생각해내는 겁니다. 그렇게 나 자신이 살인자와 똑같이 느낄 때 살인자가 누구인지 알게 됩니다."

체이스는 서서히 작은 한숨을 내쉬었다.

"사람을 놀라게 하시는군요. 순간 저는 정말로 신부님이 살인자라고 말하는 줄 생각했습니다. 그리고 순간적으로 '살인자로 밝혀진 신부 탐정 : 브라운 신부의 백 가지 범죄'라는 제목이 미국 신문 여기저기에 활자화된 것을 보는 듯했습니다. 물론 심리학적으로 범죄를 재구성하려고 노력하신다는 것을 비유하신 것이겠지만……."

브라운 신부는 담배를 넣으려다 짤막한 파이프로 난로를 날카롭게 두드렸다. 아주 드물게 나타나는 분노의 경련이 그의 얼굴을 위축시켰다.

"아니요, 아닙니다."

브라운 신부는 거의 화를 내며 말했다.

"단순하게 비유하려 했던 게 아닙니다. 더 심층적인…… 것을 말하려고 한 것이죠. 단어가 필요한 것은 그 때문이 아닌가요……? 도덕적 진실을 말하려고 하면 사람들은 항상 은유적 표현에 불과하다고 생각합니다.

실제로 사지가 멀쩡한 건강한 한 남자가 저에게 이렇게 말했습니다, '저는 영적 의미에서의 성령을 믿을 뿐입니다.' 당연히 저는 말했습니다, '다른 의미에서 신을 믿을 수도 있나요?' 그러자 그 남자는 제 말을 진화나 윤리적 동지애, 또는 허튼소리에는 아무것도 믿을 필요가 없다는 의미로 받아들이더군요.

제 말은, 정말로 제 자신이 그리고 제 자아가 살인을 저지르는 것을 보았다는 것입니다. 물질적인 방법으로 직접 사람을 죽이지는 않았지만 그것은 중요한 게 아닙니다. 벽돌이나 기계에 의해 살해되었을 수도 있습니다. 저는 실제로 살인을 결심하는 최종적인 단계만 제외하고 그 이전까지 살인자들이 어떻게 그런 상태가 되었는지를 제가 직접 그렇게 될 때까지 계속해서 생각해보고 또 생각합니다. 친구 한 명이 이런 방법을 일종의 종교적 수행 방법이라고 제게 제안한 적이 있었습니다. 저는 이 친구가 늘 저의 우상이었던 교황 레오 13세에게서 이 방법을 배웠다고 믿고 있습니다."

체이스는 야생 동물을 보듯 신부에게 눈을 고정시키고는 아직도 믿지 못하겠다는 어조로 말했다.

"죄송합니다만 한참 더 설명을 해주셔야 신부님 말씀을 이해할 것 같습니다. 범죄학은……."

브라운 신부는 여전히 언짢은 듯 손가락을 두드렸다. 그가 소리쳤다.

"바로 그거예요. 바로 거기서부터 우리가 갈라지는 겁니다. 이해할 수 있다면 과학은 위대한 것입니다. 세상에서 가장 훌륭한 단어일 겁니다. 그렇지만 요즘 사람들이 과학이라는 말을 사용할 때 십중팔구는 어떤 의미일까요? 범죄학은 과학이라고 부를 때 말입니다. 또 범죄학을 과학이라고 할 때 말입니다. 커다란 벌레를 연구하듯 인간 밖에서 인간을 연구하는 것을 사람들은 과학이라고 합니다. 제가 보기에는 비인간적이고 생명이 없는 방식을 냉정하고 공정한 방식이라 부르면서 말입니다. 선사시대 괴물이라도 된 양 인간에게서 멀리 거리를 두고, '범죄자의 두개골' 모양을 코뿔소의 코뼈처럼 괴이하게 성장한 무엇으로 여기듯 관찰합니다. 과학자들이 유형에 관해 말할 때 보면 자신은 전혀 생각하지 않고 항상 다른 사람들만 생각합니다. 보통은 더 가난한 사람들이지요. 냉정한 방식이 때로는 이롭다는 것을 부인하지는 않습니다만 한편으로는 과학과는 정반대의 방식입니다. 지식과는 거리가 먼, 사실은 우리가 아는 것을 억압하는 방식입니다. 친구를 낯선 사람 취급하고 친숙한 것을 거리감 있고 신비한 것인 양 가장하는 일입니다. 이것은 인간은 눈 사이에 코가 있다고, 아니면 24시간마다 무감각의 상태로 골아떨어진다고 말하는 것과 같습니다. 당신들이 저의 '비결'이라고 부르는 것은 정반대의 방식입니다. 저는 인간의 밖으로 나가려고 하지 않습니다. 살인자의 내면으로 들어가려고 노력합니다. 사실 이 방법은 그냥 내면으로 들어가는 것 이상의 일입니다. 모르시겠어요? 저는 살인자의 내부에 있습니다. 항상 살인자의 내부에 있으면서 그의 팔과 다리를 움직입니다. 그리고 그의 사고로 생각하고 그의 열정과 싸우며 그의 내부에 들어온 것이 확실해질 때까지 기다립니다. 그의 웅크린 자세가 되도록 나의 등을 굽히고 그의 증오로 응시할 때까지, 눈가리개 사이로 핏발이 선 눈으로 멍하게 곁눈질하는 그의 눈으로 세상을 볼 때까지, 직선 도로가 피 웅덩이로 보일 때까지 기다립니다. 제가 정말 살인자가 될 때까지 말입니다."

"아."

찡그린 얼굴로 신부를 바라보던 체이스가 말했다. 그리고는 덧붙였다.

"그게 바로 신부님이 말한 종교적 수행이라는 것이군요."

"그래요, 그것이 제가 종교적 수행이라 부르는 방법입니다."

한순간 침묵이 흐른 후 신부가 다시 계속했다.

"실제로 종교적인 수행인지라, 이에 대하여 아무 말도 하지 않는 편을 택해왔습니다. 그렇지만 당신이 미국으로 돌아가 그곳 사람들에게 제가 사고와 형상에 관련된 마술적 비결을 가지고 있다고 말하게 할 수는 없지 않겠습니까? 제 설명이 부족하기는 하지만 사실입니다. 사람은 자신이 얼마나 사악한 인간인지, 혹은 얼마나 사악해질 수 있는 지 알 때 비로소 선한 사람이 됩니다. 범죄자들을 마치 외딴 숲속에서 지내는 유인원이라도 되는 것처럼 조롱하고 비웃으며 그들을 이야깃거리로 삼을 권리가 얼마나 있는지 깨닫게 될 때까지는, 그들이 불완전한 두개골을 가진 하등 동물이라고 떠들어대는 자기기만을 그치게 될 때까지는, 아직 선한 사람이라고 할 수가 없습니다. 영혼에서 위선의 기름을 마지막 한 방울까지 다 짜내고 범인을 잡아서 그를 안전하고 온전하게 하는 것을 유일한 희망으로 삼아야 합니다."

플랑보가 다가와 커다란 잔에 스페인산 포도주를 따르고 신부에게 그랬듯이 그의 친구 앞에 잔을 놓았다. 그리고는 처음으로 입을 열었다.

"브라운 신부님은 새로운 수수께끼 같은 사건들을 맡고 계시네. 우리가 일전에 이에 대해 얘기도 했었지. 우리가 지난번에 만났던 이후로 신부님은 더욱 괴이한 사람들을 다루고 있다네."

"저도 어느 정도는 알고 있습니다. 하지만 여전히 적용하는 문제가 남아 있군요."

생각에 잠긴 듯 잔을 들며 체이스가 신부에게 물었다.

"예를 들어주시겠습니까? ……이를테면 최근 있었던 수수께끼도 그 내면 성찰의 방식으로 해결하셨습니까?"

브라운 신부도 잔을 들었다. 난로 불빛을 받은 적포도주는 순교자의 창에 놓인 영광의 핏빛 잔처럼 투명하게 보였다. 이 붉은 포도주의 화염이 그의 눈을 사로잡고 점점 더 깊은 곳으로 끌어들이는 것 같았다. 마치 이 잔이 모든 인간의 피가 담긴 붉은 바다이고 그의 영혼이 이 바다를 헤엄쳐, 가장 깊은 곳에 있는 괴물보다 더 깊은 곳, 어두운 겸손과 내면을 통찰하는 상상력 속으로 뛰어들어가는 듯했다. 그는 붉은 거울을 보듯 이 컵에서 많은 것을 보았다. 그가 최근에 한 일들이 진홍색 그림자로 몰려들고, 체이스가 요구한 사례들이 상징적 문양으로 춤을 추고, 다음에 이야기 될 모든 사건들이 그의 눈앞을 지나갔다. 이제는 빛을 발하던 포도주가 짙은 적색 모래밭의 방대한 붉은 일몰처럼 보였다. 이 모래밭에는 어두운 형상의 인간들이 서 있다가 한 명씩 쓰러지며 그에게 달려들었다. 그리고는 일몰이 조각으로 흩어졌다. 정원 나무에 달린 붉은 등이 흔들리고 그 빛을 받은 연못이 붉은색을 반사했다. 그리고 모든 색이 다시 모여져 붉은 수정으로 만든 장미 한 송이처럼 보였다. 붉은 태양처럼 이 보석은 전 세계를 환하게 밝혔다. 잠시 후 이 빛은 잿빛 황야에 부는 바람에 날리는 붉은 수염 모양의 작은 불꽃과 선사시대 주술사들처럼 기다란 머리장식을 한 키가 큰 사람의 그림자만을 남기고 다시 사라졌다. 이후에 다른 각도와 분위기에서 보게 될 이 모든 일들이 그의 기억에 도전적으로 떠올라서 일화와 논쟁거리를 구성했다.

포도주 잔을 천천히 입으로 가져가며 신부가 말했다.

"그래요, 아주 선명하게 기억이 납니다……."

보드리 경 실종사건

신이여, 자비를 내리소서!

이렇게 끔찍한 복수라니! 끔찍한 증오!

인간이 다른 인간에게 품을 수 있는 원한이란!

이렇게 혐오스러운 상상력이 거주하는,

끝도 없는 인간의 마음 끝에 도달할 수 있을까?

오만에서 우리를 구하소서.

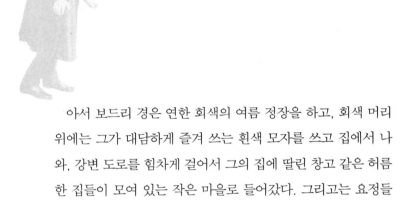

　아서 보드리 경은 연한 회색의 여름 정장을 하고, 회색 머리 위에는 그가 대담하게 즐겨 쓰는 흰색 모자를 쓰고 집에서 나와, 강변 도로를 힘차게 걸어서 그의 집에 딸린 창고 같은 허름한 집들이 모여 있는 작은 마을로 들어갔다. 그리고는 요정들에게 납치라도 당한 듯 완전히 사라져버렸다.

　동네에서 일어난 일인데다가 상황도 뻔해서 그가 실종됐다는 사실은 갑작스러우면서도 의심의 여지가 없이 확실해 보였다. 이 동네는 마을이라고 부르기에도 뭣한 작은 촌락이었다. 이상할 정도로 고립된 작은 터에 불과했다. 넓게 트인 벌판 한가운데 있는 이 마을에는 이웃사람들에게, 즉, 농부들과 대저택의 가족들에게 절대적으로 필요한 네댓 개의 가게가 한 줄로

서 있을 뿐이었다. 모퉁이 푸줏간에 있던 보드리 경을 마지막으로 본 사람은, 경의 집에 함께 살고 있는 두 명의 젊은 남자들이었다. 한 명은 그의 비서인 에반 스미스, 그리고 또 한 명은 그의 후견인이라고 알려진 존 댈몬이었다.

　푸줏간 옆의 자그마한 가게는 시골 마을에서 그렇듯 여러 가게의 기능을 함께 지니고 있었다. 이 가게에서는 자그마한 노부인이 주전부리, 지팡이, 골프 공, 껌, 실, 색이 바랜 문방구 등을 팔았다. 이 가게 뒤편에는 담배 가게가 있었고, 두 젊은이는 담배 가게로 가다가 보드리 경이 푸줏간 앞에 서 있는 모습을 마지막으로 보았다. 담배 가게 뒤편에는 여자 둘이서 운영하는 지저분하고 작은 의상실이 있었다. 마지막으로, 아주 연한 녹색의 레모네이드를 파는 연한 색의 반짝이는 간이식당이 있었다. 이 마을에서 조금 떨어진 곳에는 여관 하나가 있었다. 사건 당시, 여관과 마을 사이에 있는 교차로에는 경찰관과 자동차 클럽 소속의 제복 입은 사무원이 서 있었다. 이 두 사람은 모두 아서 보드리 경이 교차로를 건너는 것을 보지 못했다고 했다.

　노년의 신사 보드리 경이 지팡이를 흔들고 노란색 장갑을 펄럭이며 흥겹게 도로를 걷던 때는 화창한 여름의 이른 아침이었다. 멋쟁이인 그는 나이에 비해 상당히 활기차고 남성적이었으며, 체구는 아직도 매우 단단하고 활동적이었다. 그의 곱슬머리는 금발이 바랜 백발이 아니라 너무나 연한 금발로 보였다. 말끔하게 면도한 그의 얼굴은 웰링턴 백작처럼 콧대가 높고 잘 생긴 얼굴이었다. 그러나 가장 두드러지는 부분은 그의 눈이었다. 비유적으로 하는 말이 아니라 실제로 그의 눈은 튀어나왔고 눈 주위의 부어오른 부분은 그의 얼굴에서 유일하게 비례가 맞지 않는 곳이었다. 입술은 감각적이었고 일부러 그런 듯 다소 꽉 다물고 있었다.

보드리 경은 시골의 대지주로 이 작은 마을을 소유하고 있었다. 이런 마을에서는 이웃끼리 모두 잘 알고 있을 뿐 아니라, 어느 시간에 누가 어디에 있을지도 다 아는 것이 일반적이다. 보드리 경의 경우에는 보통 아침에 마을로 걸어가서 푸줏간 주인이나 다른 가게 주인들에게 자신이 하고 싶은 이야기를 한 다음 집으로 돌아갔다. 30분이면 이 모든 과정이 끝났다. 두 젊은이가 담배를 사러 갔을 때 본 것은 보드리 경 일과의 한 부분이었다. 그러나 담배를 사고 돌아오는 길에서는 아무도 보지 못했다. 애벗 박사라는 보드리 경 집의 방문객을 빼고는 아무도 보이지 않았다. 박사는 그 젊은이들 쪽으로 널따란 등을 돌리고 강둑에 앉아 참을성 있게 낚시를 하고 있는 중이었다.

아침식사를 하러 돌아온 두 젊은이와 박사는 보드리 경이 계속 보이지 않았는데도 그것에 대해 전혀 신경쓰지 않는 듯했다. 하지만 하루가 끝나가고 식사 때마다 보드리 경이 나타나지 않자 이들은 서서히 걱정이 되기 시작했다. 누구보다도, 이 집의 가정부 시빌 라이가 심각하게 걱정하기 시작했다. 계속해서 보드리 경을 찾으러 사람을 보냈으나 흔적도 찾을 수 없었다. 결국 어두워졌을 때 이 집은 공포감에 싸였다. 시빌은 사람을 시켜 브라운 신부를 모셔오게 했다. 그녀의 친구이기도 한 신부는 과거에 그녀가 어려운 문제에서 벗어날 수 있도록 도와주었다. 분명 위험한 일이 생길 것이라는 부담을 느꼈으나 브라운 신부는 이 집에 머물면서 조사해보겠다고 동의했다.

아무런 소식도 들리지 않은 채 날은 밝았고, 신부는 단서를 찾기 위해 일찍 길을 나섰다. 마을의 뒷길 사이로 검은 옷을 입은 땅딸막한 신부의 모습이 보였다. 강둑을 따라 건물의 뒤뜰이 나란히 늘어서 있는 그곳을 걸어가고 있는 그는 근시인 눈을 찡그려가며 흐릿하게 보이는 전경을 위아래로 자세히 살피고 있었다.

신부는, 자신보다 더욱 부산하게 제방을 따라 움직이는 사람이 있는 것을 발견했다. 비서 에반 스미스였다. 신부는 그의 이름을 불러 인사했다.

에반 스미스는 키가 큰 금발의 젊은이로 다소 초조해 보였다. 이런 혼란스런 사건을 맞은 그로서는 당연한 것인지도 몰랐다. 하지만 그에게는 늘 초조한 뭔가가 있었다. 소설에서도 그렇고 실제로도 종종 그런 경우가 많은데, 그처럼 건장한 몸매와 자세에 사자 갈기 같은 노란 머리에 콧수염까지 가진 사람은 당연히 솔직하고 쾌활한 '전형적인 영국 젊은이'일 거라고 기대하게 된다. 하지만 그의 경우에는 좀 달랐다. 키 큰 금발의 전형적인 로맨스 주인공에 어울리지 않게 동굴처럼 깊게 패인 눈과 창백한 표정은 사악한 분위기마저 풍겼다. 그러나 브라운 신부는 그를 향해 충분히 친절하게 미소를 지은 뒤, 조금 더 진지한 자세로 말을 꺼냈다.

"이건 끔찍한 일입니다."

"라이 양에게는 특히 그렇지요. 왜 제가 이 사건의 가장 끔찍한 부분을 숨겨야 하는지 모르겠습니다. 그녀가 댈몬과 약혼을 한 사이라고 해도 말입니다. 놀라셨지요?"

스미스가 울적하게 말했다.

신부는 별로 놀라는 기색이 아니었다. 그러나 그의 얼굴은 종종 무표정일 때가 많았다. 그는 온화하게 말했다.

"당연히 우리 모두 그녀가 상심하는 것을 걱정합니다. 이번 일에 어떤 소식이나 의견들이 있나요?"

"어떤 정확한 소식도 없습니다. 외부에서 들어온 소식도 없습니다. 다른 의견은……."

그는 다시 울적한 침묵에 빠졌다.

"실례지만 당신의 의견을 듣고 싶습니다. 스미스 씨는 뭔가 생각하고 있는 것이 있는 것 같습니다."

신부가 유쾌하게 말했다.

스미스는 놀라기보다는 몸을 주춤 일으키더니 신부를 뚫어져라 쳐다보았다. 그가 인상을 쓰자 그의 푹 꺼진 눈이 더 깊이 그림자에 덮였다.

"신부님 말이 맞습니다. 누군가에게 말을 해야 한다고 생각했습니다. 신부님이, 말하기에 안전한 상대일 듯합니다."

스미스가 드디어 입을 열었다.

"보드리 경에게 무슨 일이 있었는지 알고 있습니까?"

지극히 일상적인 일을 얘기하듯 차분하게 신부가 물었다.

"네. 조금은 알 것 같습니다."

그는 거칠게 대답했다.

"아름다운 아침입니다. 우울한 모임을 하기에는 더할 나위 없이 아름다운 아침입니다."

어딘가에서 온화한 목소리가 갑자기 들려왔다.

햇볕이 내리쬐는 길 위에 애봇 박사의 그림자가 드리워지자, 스미스는 총에 맞은 것처럼 펄쩍 뛰었다. 박사는 아직 실내용

가운을 입고 있었다. 화려하게 꽃과 용을 수놓은 동양풍의 사치스런 가운은 마치 뙤약볕 아래 펼쳐진 화사한 화단 같았다. 그는 큼직하고 납작한 슬리퍼를 신고 있어서 가까이 올 때까지도 기척이 나지 않았던 것이다. 그는 덩치가 크고 육중했기에 보통 때라면 그렇게 공중에 떠다니듯 가볍게 다가올 수 없었을 것이다. 건강하고 인자하게 보이는 얼굴은 햇빛에 검게 그을렸고, 빽빽하게 휘감긴 옛날식 회색 구레나룻과 턱수염은 길게 늘어뜨린 회색 고수머리에 잘 어울렸다. 옆으로 길게 찢어진 눈은 좀 졸려 보였는데 사실 그는 이렇게 이른 시각에 일어나기에는 좀 나이 든 신사였다. 그러나 온갖 풍상을 겪은 주름진 농부나 선장처럼 튼튼하고 단련되어 보였다. 그는 보드리 경의 집에서 유일하게 보드리 경 또래의 옛 친구였다.

"정말 장관이군요. 저 작은 집들은, 항상 앞뒷문이 열려 있는 인형의 집 같습니다. 보드리 경을 거기에 숨기려 해도 숨길 공간이 없을 듯합니다. 분명 숨기지 않았겠지만요. 댈몬과 제가 어제 그곳 사람들 모두를 대질 심문했습니다. 대부분이 파리 한 마리도 죽이지 못할 나이 든 여자들이었습니다. 남자들은 푸줏간 주인만 빼고 모두 추수를 하러 다른 마을에 가서 거기에 머물고 있었습니다. 보드리 경이 푸줏간에서 나오는 것은 목격이 됐습니다. 강변에서는 아무 일도 일어날 수 없었습니다. 제가 종일 거기에서 낚시를 하고 있었으니까요."

머리를 흔들며 애봇 박사가 말하더니 스미스를 쳐다보았다. 그의 길게 찢어진 눈초리는 그 순간 졸려 보일 뿐 아니라 교활해 보였다.

"내 생각에는 자네와 댈몬이 담배 가게에 갔다오는 동안 내가 낚시하고 있었던 것을 증언할 수 있을 것 같네."

"예."

에반 스미스가 짧게 말했다. 그는 박사가 오래 끼어들어 얘기하는 것에 조바심을 내는 것 같았다.

"내가 생각할 수 있는 것은……."

애봇 박사의 말이 중단되었다.

가벼운 동시에 다부진 체격의 남자가 화단 사이의 푸른 잔디를 가로질러 재빨리 걸어왔다. 서류를 손에 들고 있는 그는 존 댈몬이었다. 그는 깔끔한 옷차림에 좀 가무잡잡했고 나폴레옹처럼 각진 얼굴에 너무나 슬픈 눈을 하고 있었다. 너무 슬퍼 보여 거의 죽은 듯이 보이는 눈이었다. 아직 젊어 보였으나 관자놀이 주변의 머리가 너무 일찍 회색으로 세어 있었다.

"경찰에서 방금 이 전보를 받았습니다. 제가 어젯밤에 경찰에 전보를 보냈는데 경찰에서 즉시 사람을 보내겠다고 합니다. 애봇 박사님, 누구를 또 불러야 할까요? 제 말은 친척이나 뭐 그런 사람들 말입니다."

"보드리 경의 조카 버논 보드리가 있습니다. 저를 따라오시면 그의 주소를 알려드리겠습니다. 그리고 그의 특이한 점도 알려드리겠습니다."

박사가 말했다.

댈몬은 박사와 함께 보드리 경의 집 쪽으로 향했다.

그들이 어느 정도 멀어져갔을 때 브라운 신부가 아무 일도 없었다는 듯 간단하게 물었다.

"말씀하시지요."

"신부님은 정말 침착하십니다. 고백성사를 들으시기 때문인가 봅니다. 저도 왠지 고백성사를 하는 기분입니다. 그 괴상하고 늙은 코끼리 같은 박사가 뱀처럼 섬뜩하게 기어다니니까 갑자기 신의를 버리고 털어놔버리고 싶은 기분이 들었지만 신의를 지키는 것이 좋겠습니다. 그리고 사실 저의 고백성사가 아니라 다른 사람의 고백성사입니다."

그는 잠시 멈추어 서서 찡그리면서 콧수염을 만졌다. 그러더니 갑자기 말했다.

"저는 보드리 경이 도망갔다고 믿고 있습니다. 그리고 그 이유도 알고 있습니다."

한동안 침묵이 흘렀고 스미스가 다시 격하게 말했다.

"저는 지독한 입장에 처했습니다. 사람들은 제가 벌 받을 짓을 하고 있다고 말할 겁니다. 제가 지금 밀고자나 스컹크처럼 보이겠지만 제 의무를 다하고 있다고 믿습니다."

"재판관의 입장에 처하셨나 보군요. 당신의 의무에 무슨 일이 있는 겁니까?"

브라운 신부가 위엄 있게 말했다.

"저는 지금 제 연적, 그것도 연인을 차지한 연적에게 불리한 이야기를 해야 하는 완전히 비열한 처지입니다. 그리고 도대체 이것밖에는 말할 수 있는 것이 없습니다. 아서 보드리 경이 사라진 것을 설명해보라고 물어보셨는데요, 저는 댈몬이 바로 그 이유라고 확신합니다."

스미스가 쓸쓸하게 말했다.

"그렇다면 댈몬이 보드리 경을 죽였다는 말씀입니까?"

신부가 침착하게 말했다.

"아니요!"

스미스가 깜짝 놀랄 정도로 과격하게 소리쳤다.

"아닙니다. 그건 절대 아닙니다. 그가 다른 어떤 짓을 했는지는 몰라도 보드리 경을 죽이지는 않았습니다. 그가 어떤 사람이건 살인자는 아닙니다. 그리고 그에게는 가장 완벽한 알리바이가 있습니다. 그를 증오하는 한 남자가 그 증인이고요.

제가 연인을 빼앗겼다고 해도 위증을 하지는 않을 겁니다. 그가 어제 보드리 경에게 아무 짓도 하지 않았다고 어떤 법정에서도 맹세할 수 있습니다. 댈몬과 저는 어제 하루 종일 함께 있었습니다. 아니 보드리 경이 사라지던 그 시간대에 함께 있었습니다. 그리고 댈몬은 마을에서 담배를 사는 것 외에는 아무것도 하지 않았습니다. 집에서도, 담배를 피고 서재에서 책 읽는 것 외에 아무것도 하지 않았고요. 아니, 저는 그가 범인이라고 믿습니다. 그러나 보드리 경을 죽이지는 않았습니다. 다시 말씀드리자면, 그가 범인이기 때문에 살인하지 않은 것입니다."

"그렇군요. 그런데, 그게 무슨 말인가요?"

"그가 다른 범죄와 관련이 있다는 뜻입니다. 그리고 그 범죄는 보드리 경이 살아 있어야 가능한 것입니다."

"아, 알겠습니다."

"저는 시빌 라이 양을 잘 압니다. 시빌 양의 성격도 이야기의 중요한 부분입니다. 시빌 양은 고귀한 성품과 지나치게 예민한 성격, 이 두 가지 의미에서 매우 훌륭한 아가씨입니다. 그녀는 지나치게 양심적인 그러면서도 양심적인 사람들이 으레 갖는 습관과 고루한 상식이라는 갑옷이 없는 사람입니다. 거의 제정신이 아닐 정도로 예민하면서 동시에 이타적입니다.

그녀의 삶은 상당히 흥미로운 게 글자 그대로 무일푼으로 버려진 아이였습니다. 그런 그녀를 보드리 경이 집으로 데려와서 보살펴주었습니다. 많은 사람들이 그런 그를 보고 당황했었지요. 보드리 경을 너무 매정하게 본 것이 아니라 그의 성격과 맞지 않았기 때문이었습니다. 그러다 시빌 양이 열일곱 살이 됐을 때 그 이유를 알게 되었고, 그녀 또한 큰 충격을 받았습니다. 그녀의 보호자인 보드리 경이 그녀에게 청혼을 한 것입니다.

이제 이야기의 가장 흥미로운 부분을 말하겠습니다. 시빌은 누군가로부터, 보드리 경이 젊은 시절에 방탕한 범죄를 저질렀다는, 아니면 적어도 누군가에게 아주 나쁜 짓을 했고 그 때문에 심각한 문제에 처했다는 얘기를 들었습니다. 저는 그것이 애봇 박사라고 의심하고 있습니다. 저도 그 사건이 무엇인지는 모릅니다. 그러나 감수성이 예민한 나이의 소녀였던 시빌 양에게는 보드리 경의 과거는 악몽이었고 보드리 경이 괴물처럼 보였습니다. 적어도 결혼으로 연결되기에는 너무 큰 문제였습니다. 시빌 양은 그녀답게 행동했습니다. 무기력한 공포를 느끼면서도 영웅적 용기를 내어, 그녀는 떨리는 입으로 보드리 경에게 사실대로 말했습니다. 자신의 혐오감이 병적일 수도 있다고 인정했습니다. 이것을 마치 숨겨온 정신질환처럼 고백했습니다. 다행스럽고 놀랍게도 보드리 경은 그녀의 고백을 차분하고 예의 바르게 받아들였고 결혼문제에 관해 더이상 언급하지 않았습니다. 그래서 그녀는, 보드리 경이 정말로 너그러운 사람이라고 생각하게 되었습니다. 그녀의 외로운 인생에 역시 외로운 한 남자가 영향을 미치게 됐습니다. 강에 있는 섬들 중 하나에서 은자처럼 야영을 하며 살아가는 사람이 있었습니다. 그 남자가 매력적인 것은 저도 인정하지만 이런 신비감 때문에 더욱 그 남자를 매력적으로 만들어주었습니다. 그는 재치 있는 신사였습니다. 너무 우울했지만 제 생각에 그래서 더 낭만적이었습니다. 그가 바로 댈몬입니다. 지금까지도 저는 시빌 양이 댈몬을 어디까지 받아들였는지 모릅니다. 그러나 댈몬이 그녀의 보호자를 만나보게 허락 받는 정도에 이르렀습니다. 보드리 경이 연적의 등장을 어떻게 받아들일지 궁금해하며 괴로움에 싸여 두 사람의 만남을 기다리는 그녀의 모습이 상상이 갑니다. 그러나 여기서 다시 시빌 양은 자신이 보드리 경을 오해하고 있었음을 깨달았습니다. 보드리 경은 댈몬을 진정으로 따뜻하게 맞았고 두 사람이 맺어지는 가능성에 대해 기뻐하는 것 같았습니다. 보드리 경과 댈몬은 함께 사냥도 가고 낚시도 다녔습니다. 그러다가 절친한 사이가 되었을 때 시빌은 또다시 충격을 받았습니다. 댈몬이 대화중에 우연히 보드리 경에게

'삼십 년 간 별로 변하지 않았다' 는 말을 흘렸습니다. 시빌에게, 이상하게도 두 사람이 친밀하다는 사실이 새삼 떠올랐습니다. 소개하고 접대한 모든 것이 위장이었던 것이었습니다. 두 사람은 분명 전부터 서로를 알고 있었습니다. 그래서 댈몬이 다소 은밀히 이 지역에 왔던 것이었습니다. 그래서 보드리 경이 그렇게 쉽사리 그들의 결혼을 진행시키려 했던 것입니다. 무슨 생각을 하십니까?"

"당신이 무슨 생각을 하는지 알겠습니다. 매우 논리적입니다. 여기 흉악한 과거사가 있는 보드리 경이 있습니다. 그리고 신비한 이방인이 와서 보드리 경을 괴롭히고 무엇이든 원하는 것을 빼앗아갑니다. 단순하게 말해서 당신은 댈몬이 공갈협박을 했다고 보고 있습니다."

브라운 신부가 미소지으며 말했다.

"예, 그렇습니다. 생각하기도 싫은 일이지요. 이제 집으로 가서 애봇 박사와 얘기를 나눠봐야겠군요."

브라운 신부가 잠시 생각에 잠기더니 말했다.

한두 시간 후 신부가 다시 집에서 나올 때는 시빌과 함께였다. 신부가 박사와 대화를 나누었는지는 알 수 없었다. 창백한 얼굴에 붉은 머리카락, 섬세한 옆모습이 거의 떨고 있었다. 그녀를 보면 비서 스미스가 말한 그녀의 떨리는 순수함을 즉시 이해할 수 있을 것이다. 고디 부인*과 성녀의 이야기가 연상되는 그런 모습이었다. 수줍은 자만이 양심에 부끄러움이 없을 것이다.

스미스가 신부와 시빌을 만나러 나왔고 잠시 그들은 잔디에서서 말했다. 동틀 무렵부터 화창한 날씨는 이제 빛이 작열하면서 눈부시기까지 했다. 그러나 브라운 신부는 우산처럼 생긴 검정색 모자를 쓰고 게다가 검정색 우산까지 들고 있었다. 그리고 폭풍우에 맞서듯 단추를 다 채우고 있었다. 어쩌면 그것은 무의식을 반영하는 것으로, 폭풍우가 반드시 실제의 것을 의미하지는 않을 것이다.

"제가 가장 싫은 것은 벌써 이러쿵저러쿵 얘기들을 하는 거예요. 모두들 서로 의심하고요. 존과 에반은 서로를 위해 대답해줄 수 있을 거예요. 그렇지만 자신이 혐의를 받고 있다고 생각해서 이 사람 저 사람에게 혐의를 씌우는 푸줏간 주인과 박사님이 싸우고 있어요."

시빌이 조용히 말했다.

에반 스미스는 매우 불편해하는 것 같더니 불쑥 말했다.

"시빌 양, 봐요. 다 말할 수는 없지만 이렇게 소란을 피울 필

---

* 11세기 백작 부인. 알몸으로 말을 타고 마을을 한바퀴 돌면 주민의 세금을 면해준다는 남편의 약속을 믿고 그대로 실행했다고 함.

요가 없을 것 같아요. 너무 야만적인 일이에요. 그리고 이 사건에는 어떤 폭력도 없었다고 생각해요."

"뭔가 아는 것이 있다는 말인가요?"

시빌은 즉시 신부 쪽을 보며 말했다.

"매우 설득력 있는 얘기를 들었습니다."

신부가 대답했다.

그는 꿈꾸는 듯한 얼굴로 강 쪽을 바라보고 있었다. 스미스와 시빌은 작은 소리로 빠르게 얘기를 주고받았다. 신부는 곰곰이 생각하며 강둑을 따라 거닐다가 제방의 돌출한 부분에 가는 나무들이 수풀을 이룬 곳에 푹 떨어졌다. 강한 햇빛이 작은 초록 불꽃처럼 작고 흔들리는 잎사귀들의 얇은 베일에 비추고 있었다. 나무에 수백 개의 입이 달린 듯 나무 주변에 온갖 새들이 지저귀고 있었다. 1, 2분 후에 스미스는 조심히 자신의 이름을 부르는 소리를 들었다. 분명히 깊은 덤불에서 나오는 소리였다. 그는 재빨리 그쪽으로 갔고 걸어 나오는 브라운 신부를 만났다. 신부가 아주 조용히 그에게 말했다.

"시빌 양이 이리로 오지 않도록 하세요. 다른 곳으로 가게 하세요. 그녀에게 전화나 다른 걸로다가 어떻게든 따돌리고 다시 이리로 오세요."

스미스는 어지럽고 절망한 표정으로 돌아서서 시빌에게 다가갔다. 그러나 다른 사람을 위한 작은 배려로 시빌을 분주하게 만드는 것은 별로 어려운 일이 아니었다. 곧 시빌은 집으로 사라졌고 스미스는 신부를 찾기 위해 다시 덤불로 향했다. 나무 덤불 바로 뒤편에 작은 갈라진 틈이 있었고 그곳에는 잔디가 강변 모래 높이만큼 가라앉아 있었다. 브라운 신부는 이 오목한 자리의 가장자리에 서서 아래를 보고 있었다. 우연인지 일부러 그런 것인지 강한 태양빛이 머리에 쏟아지는데도 모자를 벗어 손에 들고 있었다.

"직접 보시는 것이 좋겠습니다. 증거로 말입니다. 오시기 전에 마음의 준비를 하십시오."

신부가 무겁게 말했다.

"무슨 준비 말입니까?"

"제 인생에서 가장 끔찍한 광경입니다."

스미스는 잔디가 난 제방의 가장자리로 발걸음을 옮겼다. 그리고 비명을 지를 뻔한 걸 겨우 참아냈다.

아서 보드리 경이 그를 노려보며 웃고 있었다. 얼굴은 완전히 위로 향하고 있었고, 머리 부분은 뒤로 젖혀져 있고, 흰빛이 나는 노란색 가발은 스미스 쪽으로 놓여 있었다. 그가 보드리 경의 얼굴을 위아래가 거꾸로 된 방향에서 본 것이다. 그래서 더욱 끔찍해 보였다. 머리가 거꾸로 달린 채 걸어가는 기분이었다. 보드리 경은 여기서 무엇을 하고 있었던 걸까? 보드리 경이 정말로 몰래 어슬렁거리다가 제방 틈에 숨어서 저런 부자연스런 자세로 사람들을 엿보았다는 것일까? 머리 외의 몸의 다른 부분은 불구자의 몸처럼 움츠려 거의 꼬부라져 있었다. 그러나 좀더 자세히 보니 팔다리가 오므라들어 있는 것이었다. 그가 미쳤던 것일까? 보면 볼수록 보드리 경의 자세가 뻣뻣해 보였다.

"여기서는 제대로 볼 수 없을 겁니다. 보드리 경의 목이 잘려 있습니다."

신부가 말했다.

스미스는 갑자기 떨기 시작했다.

"정말 신부님이 지금까지 보았던 가장 끔찍한 일이겠군요. 저는 얼굴을 거꾸로 보고 있다고 생각했습니다. 저 얼굴을 아침상에서, 저녁식사 때 십 년 간 매일 보았습니다. 거꾸로 뒤집어놓은 것을 보니 악마의 얼굴처럼 보이는군요."

"사실은 웃고 있습니다. 어려운 수수께끼로군요. 자살을 하더라도 목이 잘릴 때 웃는 사람은 별로 없을 겁니다. 머리 부분에서 두드러져 보이는 저 눈과 미소를 보면 의심할 여지없이 행복한 표정입니다. 물론 거꾸로 보면 모든 것이 달라 보이지요. 미술가들은 종종 제대로 그렸는지 시험해보기 위해 그림을 거꾸로 해서 봅니다. 거꾸로 하는 것이 어려울 때는 마터호른 산을 그린 휨퍼*처럼 물구나무를 서서 다리 사이로 그림을 본다고 합니다."

신부가 있는 그대로를 말했다.

스미스를 진정시키려고 이렇게 가볍게 말하던 신부는 좀더 심각한 어조로 말을 끝냈다.

"상당히 당황하셨으리라 생각합니다. 불행히 다른 것도 당황스럽군요."

"무슨 말씀이십니까?"

"우리가 추정한 사건 경위 말입니다."

신부는 이렇게 대답하고는 제방을 넘어 강 옆의 모래쪽으로 향했다.

"자살을 했는지도 모릅니다. 결국 가장 확실하게 도망치는 방법이었을 테니까요. 그리고 우리의 추론과도 잘 들어맞습니다. 조용한 장소를 찾아 여기에 와서 스스로 목을 자른 겁니다."

---

* Whymper, Edward(1840~1911). 영국의 등산가. 1860년에 알프스 산맥에 관한 책에 삽입할 그림을 스케치하기 위해 스위스로 간 것이 계기가 되어 그후 등산가가 되었다. 1865년 알프스 산맥의 준봉(峻峰)인 마터호른 산(Matterhorn)을 최초로 등반했으나, 하산할 때 자일이 끊어져 7명 중 4명이 추락하여 조난한 비극은 널리 알려졌다.

불현듯 스미스가 말했다.

"보드리 경은 여기 오지 않았습니다. 적어도 살아서 온 것은 아닙니다. 육로로 온 것도 아니고요. 그는 여기서 살해된 것이 아닙니다. 그러기에는 피가 별로 보이지 않습니다. 지금쯤이면 햇빛이 그의 머리와 옷을 다 말렸을 터인데 모래에 물기가 있습니다. 밀물 때면 바닷물이 이곳까지는 올라옵니다. 소용돌이가 일어 시체를 이곳 강기슭 쪽으로 데려왔을 겁니다. 작은 집들과 가게 바로 뒤편에 강이 흐르니까 아마 마을 쪽에서부터 시작해 강을 타고 내려왔겠지요. 보드리 경은 마을에서 죽은 것이지, 그가 여기서 자살한 것은 아니라고 생각합니다. 문제는 누가 그 작은 마을에서 그를 죽였느냐, 아니 죽일 수 있었느냐입니다."

신부는 땅딸막한 우산 끝으로 모래에 지도를 대략 그리기 시작했다.

"봅시다. 가게가 어떻게 배열되어 있지요? 우선, 푸줏간이 있습니다. 물론 큰 칼이 있는 푸줏간 주인이 유력할 수 있습니다. 그러나 보드리 경이 푸줏간에서 나오는 것을 스미스 씨가 보았죠. 게다가 푸줏간 주인이 '안녕하세요. 당신 목을 자르겠습니다. 감사합니다. 다음 분?' 하고 말할 때 보드리 경이 가게 바깥쪽에 그냥 서 있을 것 같지는 않습니다. 이런 일이 벌어지는데도 상냥하게 웃고 서 있을 사람은 아닙니다. 그는 매우 튼튼하고 혈기 왕성한 사람이었고 폭력적인 성향도 있었습니다. 푸줏간 주인말고 누가 보드리 경에게 맞설 수 있었을까요? 옆 가게는 부인이 경영하고 있습니다. 다음으로 담배 가게 주인이 있습니다. 분명 남자이기는 하나 꽤 작고 소심한 사람이라고 들었습니다. 다음은 여자분 둘이서 운영하는 의상실이고 간이 식당은 원래 어떤 남자가 운영했지만 그가 입원을 해서 그의 아내가 가게를 맡고 있었습니다. 잔심부름을 하는 마을 청년과 점원이 두세 명 있습니다. 그러나 모두가 일 때문에 멀리 가 있었습니다. 음료수 가게가 끝이고 마을 너머 저 편에는 여관 하나밖에 없습니다. 마을과 여관 사이에는 경찰서가 있고요."

신부는 우산의 끝 부분을 쳐서 모래에 경찰을 그리고는 시무룩하게 강을 올려다보았다. 그리고는 팔을 조금 움직여보고는 재빨리 가로질러 가서는 시체 위로 몸을 웅크렸다.

몸을 다시 펴며 그는 큰 숨을 내쉬며 말했다.

"담배 가게 주인! 도대체 왜 그걸 생각 못 했을까?"

"왜 그러세요?"

성난 듯 스미스가 물었다. 눈을 두리번거리며 중얼거리던 신부가 끔찍한 심판의 말을 하듯 '담배 가게 주인'이라는 말을 입 밖으로 내뱉었기 때문이었다.

"보드리 경의 얼굴이 이상하다고 느끼지 않았나요?"

잠시 말이 없던 신부가 물었다.

"끔찍할 정도로 이상했죠! 목이 잘려 있었으니……."

기억을 더듬던 스미스가 벌벌 떨며 말했다.

"그의 얼굴 말입니다. 게다가 손에는 붕대를 감고 있었죠."

신부의 말에 스미스가 서둘러 답했다.

"아, 그건 이번 사건과 상관이 없습니다. 그건 전에 사고 때문에 다친 겁니다. 깨진 잉크병에 팔을 베였죠. 그때 저도 그 자리에 있었습니다."

"결국 사건과 관련이 있습니다."

긴 침묵이 흘렀다.

신부는 모래를 따라 우산을 질질 끌며 시무룩하게 걷다가 '담배 가게 주인'을 몇 번이나 중얼거렸다. 결국 그 말이 스미스를 두려움에 떨게 했다. 신부는 갑자기 우산을 들어 골풀 사이에 있는 보트하우스를 가리켰다.

"저 보트는 보드리 경의 것이지요? 노를 저어 저를 데려다 주십시오. 뒤편에서 마을을 보고 싶습니다. 시간이 없습니다. 그들이 시체를 찾을 수도 있겠지만 감수할 수밖에 없습니다."

스미스는 두말 않고 마을 쪽으로 노를 저어나가며 말했다.

"그나저나, 애봇 박사님에게서 보드리 경의 범죄가 무엇인지 알아냈습니다. 이집트 공무원과의 흥미로운 이야기입니다. 이집트인은, 이슬람교인이라면 돼지와 영국인을 피해야 하고 그 중에도 특히 영국인을 피해야 한다고 말해서 보드리 경을 화나게 했습니다. 그 당시 무슨 일이 있었든 간에 보드리 경과 그 이집트인의 싸움은 몇 년 후 이집트인이 영국을 방문했을 때 다시 시작됐습니다. 성깔 있는 보드리 경이 그 이집트인을 끌어다가 농장에 있는 돼지우리에 처넣고 팔다리를 부러뜨린 다음 다음날 아침까지 이집트인을 우리에다 가두어놓았습니다. 물론 그 일 때문에 한바탕 난리가 났지만 사람들은 애국심 때문이니 용서할 만한 일이라고 생각했습니다. 어찌 되었건 몇십 년 간 협박을 받으면서도 아무 말도 하지 못할 만한 일은 아니었습니다…… 그러니 이번 일과는 아무 관련이 없겠지요?"

스미스가 신중하게 물었다.

"제가 지금 생각하는 것과 큰 연관이 있다고 생각합니다."

그들은 보트를 타고 낮은 벽을 지나 뒷문에서부터 강으로 내려오는 가파른 정원들을 지났다. 브라운 신부는 이곳을 우산으로 가리켜가며 하나 둘 세었다. 세번째 정원에 다다르자 신부가 다시 말했다.

"담배 가게 주인! 어떻게 그가…… 그래도 알아낼 때까지는 추측한 대로만 움직이겠어요. 우선은, 보드리 경 얼굴의 이상한 점만 말해드리죠."

"그게 뭐지요?"

잠시 노를 멈추고 스미스가 물었다.

"보드리 경은 대단한 멋쟁이였습니다. 그런데 그의 얼굴에 반만 면도가 되어 있었습니다…… 여기서 잠깐 보트를 세울까요? 저 기둥에 보트를 매어놓읍시다."

1, 2분 후에 그들은 작은 벽을 넘어 작은 정원의 가파른 자갈길을 올라갔다. 정원에는 직사각형의 야채밭과 화단이 있었다.

"담배 가게 주인은 감자를 재배합니다. 의심할 여지없이 월터 롤리*와 관련이 있지요. 풍성한 감자와 감자 자루. 이 마을 사람들은 소작민들의 습관을 모두 잃지는 않았습니다. 아직도 두세 가지 일을 동시에 하지요. 그러나 시골 담배 장수들은 한 가지 일을 더하는 경우가 많습니다. 보드리 경의 턱을 보고서야 그 생각이 났습니다. 십중팔구 스미스 씨는 그 가게를 담배 가게라고 부르시겠지만 이발소도 겸하고 있습니다. 담배 가게로 간 겁니다. 생각나시는 것이 있습니까?"

"많이 있습니다만 신부님이 더 많으실 것 같습니다."

"예를 들자면 건장하고 과격하기까지 한 신사가 목이 잘리는

---

*Raleigh, Walter(1554~1618). 영국의 군인이자 탐험가. 감자와 담배를 영국으로 들여온 사람으로 유명하다.

데도 즐겁게 웃을 수 있는 상황이 떠오릅니다."

다음 순간 그들은 집의 뒤편에 있는 어두운 통로를 지나서 담배 가게의 뒷방으로 들어갔다. 방 안은 희미했고, 지저분하고 금이 간 벽거울이 하나 있었다. 해질 무렵 저수지의 어둑어둑한 푸른빛과 비슷했으나 이발소 장비와 창백하게 겁에 질린 이발사의 얼굴을 알아볼 수는 있었다.

신부는 이제 막 청소하고 정리한 듯한 방을 이리저리 둘러보았다. 그리고 문 바로 뒤 먼지가 수북한 구석에서 무엇인가를 발견했다. 그것은 모자걸이에 걸려 있는 모자였다. 이 마을 사람들 모두 익히 알고 있는 흰색 모자였다. 길에서 보면 눈에 확 띄는 모자였으나 모든 신경을 기울여 바닥을 닦고 피로 얼룩진 깔개를 다 처리하면서도 종종 완전히 잊어버리는 작은 물건, 지금 이 모자가 바로 그런 물건이었다.

"어제 아침 보드리 경이 여기서 면도를 하신 것 같군요."

브라운 신부가 침착한 목소리로 말했다.

작은 덩치에 대머리에 안경을 쓴 이발사 윅스에게는 뒷마당에서 갑자기 나타난 이 두 사람이, 무덤에서 튀어나온 유령처럼 느껴졌다. 그러나 미신을 믿어서 그렇게 놀라는 것은 아니었다. 그는 유령을 본 것보다도 더 놀랐다. 그는 어두운 방구석으로 쪼그라들었고 커다란 안경을 빼고는 그의 주변에 있는 모든 것이 줄어드는 것 같았다.

"한 가지만 말씀해주시죠. 보드리 경을 미워할 만한 이유가 있었습니까?"

신부가 조용히 계속했다.

구석에서 이발사는 무언가를 떠듬거리며 말했고 스미스는 알아들을 수 없었으나 신부는 고개를 끄덕였다.

"이유가 있다는 것을 압니다. 당신은 그를 증오했습니다. 그래서 당신이 죽였다고 생각했습니다. 무슨 일이 있었는지 말해주겠습니까, 아니면 제가 할까요?"

침묵이 흘렀고 뒤쪽 부엌에서 들려오는 희미한 시계 소리만 공간을 채웠다. 이윽고 신부가 말을 이었다.

"이것이 사건 경위입니다. 댈몬 씨가 바깥쪽 담배 가게 안으로 들어와서 진열장에 있는 담배를 달라고 했습니다. 당신은 잠깐 밖으로 나가서 댈몬이 원하는 담배가 무엇인지 확인했습니다. 그때 댈몬 씨는 안쪽 이발소에 방금 전에 당신이 내려놓고 왔던 면도칼을 보았습니다. 그리고 이발소 의자에 앉아 있는 보드리 경의 희끄무레한 노란색 머리도 보았습니다. 아마 면도칼과 보드리 경의 머리카락 모두 진열창의 빛을 받아 반짝이고 있었겠지요. 댈몬이 면도칼을 집어들고, 보드리 경의 목을 자르고, 다시 카운터로 돌아오는 데는 얼마 걸리지 않았습니다. 희생자는 면도날과 손길에 놀라지도 않았을 겁니다. 이발소니까요. 그는 상상 속에서 미소짓다가 그대로 죽었습니다. 제 생각에 델몬 씨를 경계하지도 않았을 겁니다. 여기 있는 스미스 씨가 두 사람이 종일 같이 있었다고 법정에서 증언하려 했을 정도로 너무나 빠르고 조용히 이루어진 일이었습니다. 그러나 깜짝 놀란 사람이 있었으니 바로 당신입니다. 당신은 집세 밀린 것 등등 때문에 땅주인 보드리 경과 다투었고, 가게로 돌아왔을 때 당신의 적수가 당신의 의자에서 당신의 면도칼로 살해된 것을 발견했습니다. 어떻게 혐의에서 벗어날지 절망스러워졌고 이발소를 정리하고 바닥을 닦은 뒤 밤에 시체를 강에 버리기로 결정했습니다. 헐렁하게 묶은 감자 자루에 넣어서 버리기로 한 거죠. 이발소 문 닫는 시간이 정해져 있어서 충분한 시간이 있다는 것이 다행이었습니다. 모든 것을 잘 처리한 것 같습니다. 모자만 빼고는요…… 겁먹지 마세요. 저는 모자를 포함해서 모든 것을 잊어버릴 겁니다."

신부는 평온하게 바깥쪽 담배 가게를 지나 길로 나갔다. 스미스는 의아해하며 그를 따라갔고 남겨진 이발사는 멍하니 허공만 바라보았다.

"이발사의 경우는 유죄선고를 내리기에는 살인 동기가 너무 빈약해서 석방될 겁니다. 이발사처럼 그저 조금 신경질적인 사람은 돈 때문에 사소한 말다툼을 했다고 해서 강한 거물을 진짜로 살해하지는 않습니다. 그러나 혐의를 받을까봐 두려워했을 사람이지요…… 살인자의 동기는 사소한 다툼과는 전혀 다른 것이었습니다."

눈에서 빛이 날 정도로 허공을 노려보며 신부는 생각에 잠겼다.

"불쾌할 뿐입니다. 한두 시간 전만 해도 댈몬 씨를 협박자, 불량배라고 욕했는데 결국에는 그가 살인자라는 소리를 하게 만들다니……."

스미스가 신음 소리를 냈다.

심연의 끝을 내려다보는 사람처럼 신부는 아직도 일종의 몰아지경의 경지에 있는 듯했다. 드디어 그가 입을 움직이며 기도하듯 중얼거렸다.

"신이여, 자비를 내리소서! 이렇게 끔찍한 복수라니!"

스미스가 신부에게 물었지만 신부는 혼잣말하듯 계속했다.

"끔찍한 증오! 인간이 다른 인간에게 품을 수 있는 원한이란! 이렇게 혐오스러운 상상력이 거주하는, 끝도 없는 인간의 마음 끝에 도달할 수 있을까? 오만에서 우리를 구하소서. 이번과 같은 증오와 원한은 아직도 상상이 가지 않습니다."

"저는 댈몬 씨가 왜 보드리 경을 죽여야 했는지 전혀 이해가 안 갑니다. 댈몬 씨가 협박했다면 보드리 경이 댈몬 씨를 죽이는 것이 맞을 것 같은데 말입니다. 물론 목을 자르는 것은 끔찍하지만……."

스미스가 말했다.

브라운 신부는 놀라며 잠에서 깨어난 사람처럼 눈을 깜박였다.

"아 그거요! 저는 다른 것을 생각하고 있었습니다. 끔찍한 원한이라고 한 것은 이발소에서의 살인자를 말한 것이 아니었습니다. 그 살인 자체도 끔찍하지만 그보다 훨씬 더 끔찍한 것을 생각하고 있었습니다. 그러나 훨씬 더 이해할 만합니다. 누구라도 그럴 수 있을 겁니다. 이건 사실 거의 정당방위였습니다."

"네? 한 남자가 다른 사람의 등뒤에서 목에 칼을 댔습니다. 이발소 의자에 앉아 천장을 보며 유쾌하고 웃고 있는 사람을요. 그걸 정당방위라고 하십니까?!"

스미스가 믿을 수 없다는 듯 소리쳤다.

"타당한 정당방위라고 생각지는 않습니다. 많은 사람이 오싹한 범죄의 재앙으로부터 자신을 보호하기 위해 그런 일을 저지르게 된다고 말한 것입니다. 제가 생각하고 있었던 것이 바로 이 재앙을 피하기 위한 범죄입니다. 우선 스미스 씨가 방금 물어본 것에서 시작하겠습니다. 왜 협박자가 살인자가 되었나?

이 점에 대해서는 일반적으로 많은 혼란과 오류가 있습니다."

공포의 무아지경 후에 생각했던 것을 끌어 모으는 듯 신부는 말이 없었다. 그리고는 보통 때의 목소리로 말했다.

"나이 든 보드리 경과 젊은 댈몬 두 사람이 함께 어울려다니고 결혼 문제에 의견을 같이했다고 말씀하셨습니다. 그러나 그들이 친밀한 것은 오래되고 은밀한 이유 때문이었습니다. 보드리 경은 부자였고 댈몬 씨는 가난했습니다. 스미스 씨는 협박을 의심했습니다. 적어도 그 부분까지는 당신 말이 맞습니다. 틀린 부분은 누가 누구에게 협박을 했느냐입니다. 가난한 댈몬 씨가 돈 많은 보드리 경을 협박했다고 생각하셨지만 사실은 보드리 경이 댈몬 씨를 협박했습니다."

"그렇지만 그건 말도 안 됩니다."

스미스가 반대했다.

"말만 안 되는 것이 아닙니다. 더 나쁘기도 하지요. 그러나 드문 일은 아닙니다. 현대 정치계에 있는 사람의 반은 서민들을 협박하는 부자들입니다. 말도 안 된다고 하신 것은 말도 안 되는 두 가지 환상 때문입니다. 부자는 더 부유해지고 싶어하지 않는다는 환상이 그 하나이고 항상 돈이 협박의 원인이라고 생각하는 것이 두번째 환상입니다. 지금 문제가 되는 것은 바로 이 두번째 환상입니다. 보드리 경이 연극을 한 것은 탐욕이 아니라 원한 때문이었습니다. 그리고 그는 제가 지금까지 들어본 것 중 가장 소름끼치는 앙갚음을 계획했습니다."

"그렇지만 왜 보드리 경이 존 댈몬 씨에게 복수를 해야 하죠?"

"존 댈몬 씨에게 복수하려는 것이 아니었습니다."

신부가 심각하게 말했다.

한동안 말이 없다가 주제를 바꾸듯 신부가 다시 시작했다.

"기억하죠, 우리가 시체를 발견했을 때 얼굴이 거꾸로 세워져 있었습니다. 스미스 씨가 악마의 얼굴처럼 보인다고 했지요. 이발소 의자 뒤쪽에서 다가가던 살인자도 거꾸로 된 얼굴을 보았을 거라는 생각이 드나요?"

"그렇지만 그건 너무 병적인 과장입니다. 저는 보드리 경의 똑바른 상태의 얼굴에는 익숙합니다."

스미스가 이의를 제기했다.

"어쩌면 똑바른 얼굴을 한 번도 보지 못했는지도 모릅니다. 예술가들은 그림이 제대로 됐는지를 보려고 거꾸로 해서 본다고 말씀드렸지요? 아마 아침상에서 또는 차를 마시며 당신은 악마의 얼굴에 익숙해졌을 겁니다."

"도대체 무슨 말씀을 하고 싶으신 겁니까?"

스미스가 성급하게 다그쳤다.

"우화로 말씀드리겠습니다. 물론 보드리 경이 실제로 악마는 아닙니다. 성깔이 있지만 그 성깔이 착하게 변할 수 있는 그런 사람입니다. 그의 부릅뜬 의심하는 눈, 꽉 다물고 있지만 떨고 있는 입에 당신이 너무 익숙해지지만 않았다면 그 눈과 입이 당신에게 뭔가를 느끼게 했을 겁니다. 아시다시피 상처가 치료되지 않는 육체가 있습니다. 보드리 경에게는 치료되지 않는 마음의 상처가 있었습니다. 상처에는 피부가 부족하듯이 그는 열병이 나는 헛된 불면증이 있었습니다. 그의 긴장한 눈은 자기중심의 불면증으로 밤에도 떠 있었습니다. 예민하다고 이기적인 것은 아닙니다. 시빌을 보세요. 그녀도 역시 여린 사람이지만 성인처럼 선하게 살아가고 있습니다. 그러나 보드리 경은 예민하고 여린 부분을 모두 독기 어린 자만심으로 바꾸었습니다. 안전하지도 자기만족적이지도 않은 자만심으로 말입니다. 그의 영혼의 표면에 난 모든 상처가 썩어갔습니다. 이집트인을 돼지우리에 던져버린 것도 이 상처가 곪았다는 것을 말해줍니다. 영국인이 돼지보다 못하다는 소리를 들은 바로 그때 그곳에서 그랬다면 성격이 폭발한 것이라고 너그럽게 봐줄 수 있을 겁니다. 그러나 그곳에는 돼지우리가 없었습니다. 이게 중요한 점입니다. 보드리 경은 어리석게도 수년 간 그가 이집트인에게서 받은 모욕을 기억했고 드디어 그가 왔을 때 이웃에 있는 돼지우리에 그를 던져버렸습니다. 그제서야 자신이 생각하는 적당한, 예술적 복수를 한 것이지요…… 세상에! 그는 받은 것을 정확히 돌려주는 복수를 그것도 예술적인 방법으로 하려 했습니다."

"지금 돼지우리 사건을 생각하고 계신 것은 아니시죠?"

스미스가 신부를 의아하게 쳐다보며 말했다.

"아닙니다, 살인사건을 생각하고 있습니다."

신부는 목소리가 떨리는 것을 자제하며 계속했다.

"범죄에 딱 맞는 복수를 하기 위한 그의 놀랍고도 끈기 있는 계략을 기억하면서 지금 우리 앞에 있는 살인사건 얘기를 생각해봅시다. 당신이 알고 있는 한에서 보드리 경을 모욕한, 보드리 경이 치명적 모욕이라 생각할 만한 일을 한 사람이 있습니까? 그렇습니다. 한 여자가 그를 치욕스럽게 했습니다."

희미한 공포가 스미스의 눈에 스며들기 시작했다. 그는 귀를 쫑긋 세워 듣고 있었다.

"이제 막 아이 티를 벗은 한 소녀가 그와 결혼하기를 거부했습니다. 그가 한때 일종의 범죄를 저질렀다는 이유로 말입니다. 실제로, 화가 난 이집트인 때문에 보드리 경은 잠깐 동안 감옥 생활을 하기도 했습니다. 보드리 경은 사악한 마음으로 다짐했습니다. '시빌은 살인자와 결혼하게 될 거다.'"

신부와 스미스는 보드리 경의 저택으로 가는 도로로 가서 한 동안 말없이 강을 끼고 도로를 걸었다. 신부가 다시 입을 열었다.

"보드리 경은 오래 전에 살인을 저지른 적이 있는 댈몬 씨를 위협할 수 있는 위치에 있었습니다. 그는 젊은 시절 알았던 무모한 친구들 사이에 있었던 몇 가지 살인사건을 알고 있었을 겁니다. 무모한 범죄라도 구원을 받을 수 있는 그런 범죄였겠죠. 제가 보기에 댈몬 씨는 참회할 줄 아는 사람입니다. 보드리 경을 죽인 것에 대해서도요. 그러나 댈몬 씨는 보드리 경의 손아귀에 있었습니다. 그리고 이 두 사람 사이에서 시빌 양은 약혼을 하게끔 걸려들었던 것입니다. 보드리 경은 댈몬 씨가 시빌 양에게 접근하도록 그냥 두면서 너그럽게 격려했습니다. 그러나 그 누구도 보드리 경의 속내를 알지 못했습니다.

그러다가 며칠 전에 댈몬 씨는 소름끼치는 사실을 알아냈습니다. 자신이 도구에 불과하며 이 도구가 부서져버려질 것이라는 것을요. 댈몬은 보드리 경의 서재에서 우연히 노트를 보게 되었습니다. 경찰에게 건네줄 정보를 준비해놓은 것이었습니다. 댈몬은 보드리 경의 계략을 이해하게 되었고, 제가 처음 이해하게 되었을 때 그랬듯이, 경악하여 그 자리에 서 있었습니다. 시빌 양과 댈몬 씨가 결혼하자마자 댈몬 씨는 체포되어 처형되는 계략이었습니다. 한때 감옥에 있었던 남자를 거부했던 고집쟁이 숙녀는 이제 단두대에 올라갈 남자와 결혼하게 되는 것입니다. 보드리 경 생각에는 이 계획이야말로 예술적인 복수에 가장 적절한 끝마무리였던 것이지요."

완전히 기가 질린 스미스는 말이 없었다. 길 저편에서 큰 모자를 쓴 애봇 박사의 커다란 몸집이 그들 쪽으로 다가오는 것이 보였다. 멀리 보이는 윤곽만으로도 그가 동요하고 있는 것을 알 수 있었다. 그러나 두 사람은 각자의 생각에 빠져 있었다.

"말씀하신 대로 증오란 정말 끔찍한 것이군요. 한 가지가 제게는 위안이 됩니다. 댈몬에 대한 모든 미움이 사라졌습니다. 이제야 그가 어떻게 두 번이나 살인을 했는지 알 것 같습니다."

스미스가 마침내 말했다.

두 사람은 쭉 말없이 걸어가다가 그들에게 오고 있던 애봇 박사를 만났다. 박사는 절망적인 몸짓으로 장갑을 낀 손을 내밀었고 그의 회색 수염은 바람에 날리고 있었다.

"끔찍한 소식이 있어요. 아서의 시체가 발견됐어요. 정원에서 죽은 것 같아요."

박사가 말했다.

"아니, 어떻게 그런 일이!"

브라운 신부가 다소 기계적으로 말했다.

"다른 소식도 있어요."

숨을 헐떡이며 박사가 소리쳤다.

"댈몬은 아까 아서의 조카인 버논 보드리를 만나러 갔잖아요. 하지만 버논 보드리는 댈몬이 도대체 누구냐고, 온 적이 없다고 하더군요. 댈몬이 완전히 사라진 것 같아요."

"아니, 어떻게 그런 일이!"

브라운 신부가 말했다.

배우와 알리바이

그녀는 자기 자신밖에 모르는 사람입니다.

누가 문을 두드리면 창문을 내다보기 전에

거울을 먼저 들여다보는 유형의 사람이지요.

그리고 이것은 우리 인생에 최악의 재앙입니다.

그 벽거울은 그녀에게 불운한 것이었습니다.

깨지지 않았기 때문이죠.

극장 매니저 먼던 맨더빌은 무대 너머 아래쪽에 나 있는 통로를 힘차게 걸었다. 복장은 말쑥했고 축제풍이었다. 지나치게 축제풍이라고 할 수 있었다. 단추 구멍에 꽂은 꽃도, 구두의 광도 축제 분위기였다. 그러나 그의 얼굴은 전혀 축제 분위기가 아니었다. 그는 굵은 목에 덩치가 컸으며, 눈썹은 아주 새까맸다. 그리고 지금은 그의 눈썹이 평소보다 더 검게 보였다. 그런 직책을 맡은 사람들이 으레 그렇듯이 그는 늘 수많은 골칫거리에 둘러싸여 있었다. 크고 작은 문제, 오래됐거나 새로운 문제 등 다양한 문제가 상존해 있었다. 낡은 팬터마임 무대장치가 쌓여 있는 통로를 지나가는 일도 그를 괴롭게 했다. 그는 이 극장에서 인기 있는 팬터마임으로 성공적인 연기 경력을 시작한 유능한 배우였으나, 극장의 운영을 맡게 되면서 도전한 진지한 고전극들이 실패를 거듭하면서 많은 돈을 잃었다. 그 이후로 그는, 곳곳에 거미줄이 쳐지고 쥐가 갉아먹은 자국이 있는 한쪽 벽에 기대어 세워놓은 무대 장치들, 이를테면 푸른 궁전에 달려 있는 사파이어 문이나 황금으로 된 마법 오렌지숲 들을 보아도 별 감흥이 없었다. 이런 것들은 더이상 그에게 어린 시절 꿈꾸던 동화 나라를 상기시켜주지 못했다. 그는 돈을 잃은 곳에서 눈물을 떨굴 시간도, 피터팬의 낙원을 꿈꿀 시간도 없었다. 서둘러 현실적인 문제를 해결하러 가야 했기 때문이었다. 그것도 과거의 문제가 아니라 당면한 문제였다. 무대 뒤의 신기한 세상에서는 종종 이런 일이 일어났다. 제법 심각한 일이었다.

극중 꽤나 비중 있는 역할을 맡고 있는 이탈리아 태생의 재능 있는 젊은 배우, 마로니는 그날 오후에 리허설을 하고 그날 밤 공연을 하기로 되어 있었다. 그런데 마지막 순간에 와서 갑자기, 그런 배역은 맡지 않겠다고 단호하게 거절해버렸다. 그는 분통 터지게 하는 이 여배우를 아직 만나보지도 못했다. 의상실 안에서 문을 잠그고 말을 듣지 않고 있었으므로 현재로서는 여배우를 설득할 가능성이 없는 듯했다. 먼던 맨더빌은, 외국인들은 다들 돌았다고 중얼거리면서 이러한 상황을 설명하는 지극히 영국적인 사람이었다. 그러나 성공적인 팬터마임을 기억하는 것이 그에게 위로가 되지 못하듯, 지구상에서 유일하게 제정신인 섬나라에 살고 있다는 행운을 생각하는 것만으로는 위로가 되지 못했다. 이 모든 일들이 그리고 이 외의 많은 일들이 그를 괴롭혔다. 그러나 그와 친밀한 사람이라면 골칫거리 문제 이상으로 그에게 이상한 점이 있다고 생각했을 것이다.

육중하고 건강한 사람이라도 초췌해 보일 때가 있는데, 그가 지금 그렇게 보였다. 얼굴은 괜찮았으나 눈 주위가 움푹 들어가 있었다. 짧아서 씹기 힘든 콧수염을 물려는 듯 입이 계속 씰룩거렸다. 그는 마치 마약을 하기 시작한 사람 같았다. 마약을 한다고 가정해보면 그럴 만한 이유가 있을 것도 같았다. 약이 비극의 원인이 아니라 비극이 약의 원인임을 암시하는 점이 있었다. 그의 은밀한 비밀이, 작은 사무실이 있는 긴 통로의 어두컴컴한 구석에 있는 무언가와 관련이 있는 듯했다. 빈 통로를 따라가면서 이따금 그는 신경을 곤두세우며 뒤를 돌아보곤 하였다.

그러나 일은 일이다. 그는 아무 장식도 없는 초록색 문을 잠가버리고, 세상에 반항하는 마로가 있는 통로의 반대 끝 쪽으로 향했다. 한 무리의 배우들과 관계자들이 이미 문 앞에 모여

문을 부술지에 대해 의논들을 하고 있었다.

　그들 중에 상당히 유명한 사람이 한 명 있었다. 바로 배우 노만 나이트였다. 많은 사람들이 화로 위에 그의 사진을 걸어놓고 그의 사인을 앨범에 간직했다. 비록 여전히, 연기는 못해도 잘생겨서 얼굴 덕 보는 배우라고 불리면서 구식의 변두리 극장에서 주연을 하고는 있지만, 적어도 유명세를 얻고 있는 것만은 확실했다. 잘생긴 얼굴에 살짝 패인 긴 턱과 짧은 앞머리가 네로 시대의 로마인 같은 인상을 주었으나 그의 충동적이고 저돌적인 성격과는 좀 어울리지 않는 데가 있었다. 장년층 인물을 주로 연기하는 랄프 랜달도 그곳에 있었다. 익살스럽게 생긴 그는 푸르스름한 면도 자국에, 잦은 분장으로 얼굴색이 변한 여위고 모난 얼굴을 하고 있었다. 맨더빌 극장에서 두번째로 잘생긴 배우 오브리 버논도 그곳에 있었다. 피부색이 검고 곱슬머리인데다 약간은 유대인의 얼굴선을 갖고 있는 그는, 아직 완전히 사라지지 않은 상류사회의 전통을 따르고 있었다.

　문 앞에 모인 사람 중에는 붉은 머리를 하나로 묶은 단단한 나무 같은 인상의 샌즈도 있었다. 맨더빌 부인의 시녀인 그녀는 이 극장의 의상을 담당하고 있었다. 마침 맨더빌의 아내도 그곳에 있었다. 뒷전에 조용히 서 있는 그녀의 얼굴은 창백해서 환자 같았다. 얼굴 윤곽은 아직 고전적 균형미와 엄격함을 간직하고 있었으나, 퀭한 눈 때문에 얼굴은 더욱 창백해 보였다. 그녀는 연한 노란색 머리를 별다른 장식이 없는 머리끈 두 개로 묶고 있었다. 그런 그녀의 모습은 고풍스런 성모 마리아 상과 닮은 데가 있었다. 그녀는 한때 입센의 작품을 비롯하여 진지한 연극에 출연하기도 했던 성격파 유명 배우였다. 반면 그녀의 남편은 문제극에 별로 관심이 없었다. 더군다나 지금 이 순간에는 문제극보다는 잠긴 방에서 외국인 여배우를 끌어내는 문제, 즉 이 새로운 종류의 '여인 사라지기' 마술에 더 관심을 갖고 있었다.

"아직도 안 나왔나?"

맨더빌은 부인에게가 아니라 조금 더 실무적인 일을 담당하는 샌즈에게 물었다.

"네, 아직요."

샌즈 부인으로 알려진 시녀가 음울하게 답했다.

"이제 우리 모두 조금씩 겁이 나네요. 마로니 양이 이성을 잃은 것 같아요. 자해라도 저지르면 어떡하죠?"

"빌어먹을!"

단호하고 꾸밈없이 맨더빌이 말했다.

"광고도 좋지만 이런 종류의 광고는 원치 않아. 여기 마로니 양과 친한 사람 없나? 설득할 수 있는 사람 있나?"

"자비스 생각에 마로니 양을 다룰 수 있는 사람은, 모퉁이 근처에 계시는 브라운 신부님뿐이라고 합니다."

랜달이 말했다.

"모자걸이에 목을 매지는 않을까 걱정이 돼서 신부님을 이리로 모셔오는 것이 좋겠다고 생각했습니다. 자비스가 신부님을 모시러 갔고요…… 저기 자비스가 오는군요."

무대 밑 지하 통로에 두 사람이 나타났다. 한 사람은 애쉬튼 자비스로 주로 악역을 하는 쾌활한 사내였다. 지금은 그가 맡았던 고귀한 악역을 거만한 태도의 곱슬머리 버논에게 내주었다. 또 한 사람은 위아래로 검정색 옷을 입고 작고 단단해 보이는 인물로, 모퉁이 근처 성당에서 온 브라운 신부였다.

브라운 신부는 이렇게 불려온 것을, 그래서 타락한 양이건 길 잃은 양이건 간에 그가 돌보는 양떼 중 한 마리가 벌이는 괴상한 행동을 보는 것을 자연스럽고 일상적인 일로 여기는 듯했다. 그리고 자살에 대한 언급에도 별로 신경쓰지 않았다.

도착한 신부가 물었다.

"마로니 양이 이렇게 이성을 잃은 이유가 있을 것 같은데요. 이유를 아시는 분이 계십니까?"

"역이 마음에 들지 않았던 것 같아요."

나이 든 배우 랜달이 대답했다.

"여배우들은 늘 그렇지요. 그런 문제는 아내가 잘 처리할 거라고 생각했어요."

먼던 맨더빌이 투덜거리며 말했다.

그러자 맨더빌 부인이 약간 피곤한 기색으로 말을 꺼냈다.

"저로서는 마로니 양에게 가장 잘 맞는 역할을 주었습니다. 연극에 빠진 젊은 여성이라면 누구나 원하는 역이었어요. 아름답고 젊은 여주인공 역으로 남자 주인공과 객석에서 쏟아지는 환호와 꽃다발을 받으며 결혼하는 역이니까요. 물론 제 나이의 여자는 품위 있는 부인 역을 해야겠지요. 저는 좀 신중하게 그런 역에만 집중하고 있어요."

"아무튼 지금 와서 역을 바꾸는 것은 정말 어색할 겁니다."

랜달이 말했다.

"그건 생각도 못 할 일이죠. 저는 역을 바꿔서는 연기할 수 없습니다. 그리고 바꾸기에도 너무 늦었지요."

노만 나이트가 단호하게 선언했다.

브라운 신부는 슬그머니 앞쪽으로 가서는 잠긴 문 쪽에 서서 귀를 기울였다.

"아무 소리도 없나요?"

맨더빌이 걱정하며 물었다. 그리고는 낮은 목소리로 덧붙였다.

"이제 좀 지친 것 같습니까?"

"무슨 소리가 납니다."

브라운 신부가 차분하게 답했다.

"소리로 추측해보건대 아마도 창문이나 벽거울을 발로 깨고 있는 것 같습니다. 자해 행위를 할 위험은 없을 거라고 생각합니다. 발로 유리를 깨는 것은 자살을 준비하려는 행동으로는 전혀 맞지 않습니다. 마로니 양이, 형이상학적이고 염세적인 세계를 사색하기 위해 조용히 사라져버리는 독일인이라면 당장 문을 부수자고 하겠지만, 이탈리아인들은 그렇게 쉽게 죽지 않습니다. 그리고 화가 나서 자살하는 일도 별로 없습니다. 다른 누군가가, 아…… 그렇겠군요…… 그녀가 뛰어나올 때를 대비하는 것이 좋겠습니다."

"그렇다면 문을 부수는 것에는 찬성하지 않으시는군요?"

맨더빌이 물었다.

"네. 당신들의 무대에서 그녀가 연기하길 바라신다면요. 억지로 무대에 세운다면 지붕을 들어올려서라도 무대를 떠날 겁니다. 그냥 내버려두시면 호기심에 스스로 나올 겁니다. 제가 당신이라면 문을 지킬 사람을 여기 두고 한두 시간 기다려보겠습니다."

"그렇다면 일단 마로니 양이 나오지 않는 부분만 연습해봅시다. 아내가 무대에 필요한 모든 준비를 할 겁니다. 결국은 4막을 위주로 연습해야겠군요. 자, 모두 시작하세요."

"의상을 입고 하는 리허설이 아닙니다."

맨더빌의 부인이 사람들에게 말했다.

"물론 그래야죠. 그 지옥에서나 입을 법한 의상은 정말 불편하다니까요."

나이트가 투덜거렸다.

"어떤 연극이지요?"

호기심 어린 목소리로 신부가 물었다.

"〈스캔들 클럽〉*입니다. 문학적인 요소가 많지만, 저는 연극적인 요소를 더 살리고 싶었습니다. 아내는 소위 고전극이라고 하는 작품을 좋아하지요. 단순히 웃기기보다는 격조가 있는 작품들 말입니다."

맨더빌이 말했다.

그때, 공연이 없는 동안 외로이 극장을 지키는 샘이라는 나이 든 문지기가 어슬렁거리며 매니저 맨더빌에게 와서는 미리암 마든 부인이 만나기를 원한다는 쪽지를 건넸다. 맨더빌이

---

* The School for Scandal. 아일랜드의 극작가 셰리든의 희극(1777). 18세기 영국 연극을 대표하는 작품으로 긴밀한 구성 속에 날카로운 기지와 코믹한 정경들을 곁들여 사교계의 분위기를 능란하게 묘사하였다.

돌아섰고 브라운 신부는 몇 초 동안 맨더빌의 아내 쪽을 향해 눈을 계속 깜박이다가 그녀의 창백한 얼굴이 희미하게 웃는 것을 보았다. 유쾌한 미소는 아니었다.

브라운 신부는 자신을 이곳으로 데려온 배우와 함께 움직였다. 비슷한 점을 가진 그들은 그새 친구가 되어 있었다. 배우들에게는 사실 흔히 있는 일이지만 말이다. 신부는 가면서, 맨더빌 부인이 시녀 샌즈에게 마로니의 방문 앞을 지키고 있으라고 조용히 지시하는 것을 들었다.

"맨더빌 부인은 지적인 여성인 듯합니다. 지금은 주로 뒤에서 많은 일을 하는 것 같지만요."

신부가 자비스에게 말했다.

"부인은 한때 정말 지적인 여성이었습니다. 맨더빌같이 천박한 사람과 결혼해서 지치고 소진됐다고 봐야지요. 그녀는 연극에 대한 아주 높은 이상을 가지고 있습니다. 그러나 물론 남편 때문에 이상을 실현시키지 못하고 있지요. 맨더빌이 그녀에게 어떤 팬터마임의 소년 역을 시키려 했다는 것을 알고 계세요? 부인이 훌륭한 배우라는 것은 인정하면서 팬터마임이 돈벌이가 된다고 말했다더군요. 그에게 얼마나 심리적 통찰력과 감각이 없는지 감이 오실 겁니다. 그러나 부인은 불평하는 일이 절대 없습니다. 한번은 제게 이렇게 말하더군요. '불평은 항상 세상 끝에서 메아리가 되어 돌아오지요. 그러나 침묵은 우리를 강하게 한답니다' 라고요. 아마도 그녀의 이상을 이해하는 사람과 결혼했더라면 이 시대의 위대한 배우 중 하나가 되었을 겁니다. 실제로 지적인 비평가들은 아직도 그녀를 많이 생각합니다. 현실은 부인이 저 사람과 결혼했다는 것입니다."

자비스는 그들 쪽으로 등을 보이고 서 있는 커다란 몸집의 맨더빌을 가리켰다.

맨더빌은 현관으로 그를 불러낸 여인들과 얘기하고 있었다. 미리암 부인은 키가 매우 큰데다 날씬하고 우아한 숙녀로, 이집트 미라를 주제로 최근 유행하는 의상을 입은 모습이 당당해 보였다. 헬멧처럼 짧고 네모나게 자른 검은 머리에, 루주를 칠한 두드러진 입술이 경멸을 가득 담은 딱딱한 표정을 연출했다. 그녀의 동행인은 못생겼지만 매우 활기차고 매력 있는 숙녀로 머리에 회색 분을 바르고 있었다. 이 여자는 테레사 탈봇이었다. 미리암 부인은 이미 너무 지쳐 보였지만 계속해서 맨더빌과 수다를 떨고 있었다. 신부와 자비스가 지나갈 때에, 미리암 부인은 비로소 힘을 모아 말했다.

"연극은 지겨워. 그러나 평상복을 입고 연습하는 것은 본 적이 없으니까 재미있을 거야. 요즘엔 새로운 것을 보기가 힘들잖아."

"어머, 맨더빌 씨. 그 리허설을 그냥 구경하게 해주세요. 저희는 오늘 밤 올 수가 없어요. 오고 싶지도 않고요. 연습하는 모습, 평범한 옷을 입은 재미있는 사람들을 보고 싶어요."

그의 팔을 두드리며 탈봇이 졸랐다.

맨더빌은 서둘러 대답했다.

"물론 원하시면 칸막이 박스석을 드릴 수 있습니다."

그는 숙녀들을 다른 쪽 통로로 안내했다.

"숙녀분들 이쪽으로 오시지요."

"맨더빌 씨가 정말 저런 류의 여자들을 좋아하는지 궁금하네요."

자비스가 심사숙고하듯이 말했다.

"맨더빌 씨가 저 여자분을 좋아한다고 할 만한 이유가 있습니까?"

그의 친구 신부가 물었다.

자비스는 잠시 신부를 빤히 바라보고 나서 대답했다.

"맨더빌 씨는 알 수 없는 사람입니다. 아, 네. 그가 피커딜리 광장을 걸어가는 그저 평범한 사람으로 보인다는 것은 저도 압니다. 하지만 역시 정말로 알 수 없는 사람입니다. 그에게는 양심적으로 뭔가 꺼려지는 일이 있는 것 같습니다. 그의 인생에 그늘 같은 것이 있어요. 그 그늘이, 소홀한 대접을 받는 불쌍한 그의 아내보다는 시시덕거리며 어울리는 저 여자들과 관련이 있지 않나 의심하고 있습니다. 관련이 있다면 눈에 보이는 것 이상의 뭔가가 있을 겁니다. 사실 저는 순전히 우연하게 다른 사람들보다 그의 어두운 면에 대해 더 많이 알게 되었습니다. 그러나 알게 된 것만으로는 단서가 잡히질 않습니다. 뭔가 있다는 것 외에는요."

그가 진지하게 말했다.

그는 서 있던 현관 주변을 둘러보아 아무도 없는 것을 확인하고는 낮은 목소리로 말했다.

"신부님께만 특별히 말씀드리지요. 신부님은 비밀에 대해선 반드시 침묵을 지키신다는 것을 아니까요. 얼마 전에 정말 충격적인 이상한 일이 있었습니다. 그 이후 몇 번이나 그 일이 반복됐습니다. 맨더빌 씨는 항상 무대 바로 밑, 통로 끝에 있는 작은 사무실에서 작업을 합니다. 저는 두 번이나 우연히 그곳을 지나가게 됐습니다. 모두들 그가 혼자 있을 거라고 생각하는 때였습니다. 게다가, 우리 극단에 있는 여자들은 모두 제가 알 만한 곳에 있었죠. 그와 관계가 있을 법한 여자들 모두 자기 자리에 있다거나 아니면 아예 나오지 않았던 때죠."

"모든 여자들이요?"

호기심에 찬 얼굴로 브라운 신부가 물었다.

"사실은 한 여자가 그와 함께 있었습니다. 늘 그를 방문하는 어떤 여자가 있는데 아무도 그 여자가 누구인지 모른답니다. 문 쪽으로 난 통로도 아닌데 어떻게 그 여자가 그곳에 왔는지도 의문입니다. 그리고 언제인가 한번은 망토 같은 것을 두른 사람이 유령처럼 극장 뒤편의 여명 속으로 사라지는 것을 본 적이 있습니다. 그 여자가 유령일 리는 없죠. 그리고 맨더빌과 그 여자가 내연의 관계에 있다고 생각하지도 않습니다. 연애도 아니고요. 일종의 협박이라고 생각합니다."

자비스가 속삭이듯 말했다.

"어떤 근거로 그렇게 생각하시죠?"

신부의 질문에 자비스의 근엄한 표정은 조금 험악해졌다.

"한번은 싸우는 소리를 들었거든요. 싸우는 듯하더니 이내 그 낯선 여자는 위협이라도 하듯 금속성의 목소리로 말했습니다. '난 당신의 아내예요.'"

"맨더빌이 두 집 살림을 한다는 건가요? 중혼에는 협박이 따르는 일이 많지요. 그렇지만 협박으로 엄포를 놓았는지도 모릅니다. 여자가 제정신이 아니었을 수도 있고요. 연극계 사람들에게는 스토커가 따라다니는 경우도 많잖아요. 자비스 씨 말이 맞을 수도 있겠지만 저는 너무 성급한 결론을 내리지 않겠습니다…… 연극인들 말이 나왔으니 말인데, 지금 리허설이 시작되는 것 아닙니까? 자비스 씨는 출연하지 않나요?"

"저는 지금 연습하는 장에는 나오지 않습니다. 신부님의 이탈리아 친구분이 제정신이 들 때까지는 한 막만 연습할 겁니다."

"제 이탈리아 친구 말이 나왔으니 말인데, 제정신이 들었는지 살펴봐야겠습니다."

"그러시다면 다시 그쪽으로 함께 가보시지요."

그들은 다시 지하로 내려가 한쪽 끝에는 맨더빌의 개인 사무실이 있고 다른 쪽 끝에는 마로니가 문을 걸어 잠근 방이 있는 긴 통로로 갔다. 문은 아직도 닫혀 있는 것 같았다. 시녀 샌즈가 나무인형처럼 미동도 없이 문 밖에 험상궂은 표정으로 앉아 있었다.

통로 끝쪽에서 두 사람은 바로 위에 있는 무대 쪽으로 난 계단을 올라가는 배우들의 모습을 흘긋 볼 수 있었다. 버논과 랜달 노인이 선두에서 재빨리 계단을 뛰어 올라가고 있었고 맨더빌 부인은 조용하고 품위 있게 천천히 올라가고 있었다. 노만 나이트는 부인에게 말을 걸려고 주춤거리는 듯했다. 일부러 들으려 한 것은 아니었지만 나이트와 부인이 지나갈 때 나누는 몇 마디가 들렸다.

"어떤 여자가 맨더빌을 찾아왔어요."

나이트가 거칠게 말했다.

"쉿!"

금속성이 느껴지는 낭랑한 목소리로 맨더빌 부인이 말했다.

"그런 식으로 말하지 말아요. 그 사람이 제 남편이라는 것을 잊지 말아주세요."

"잊어버릴 수만 있다면 좋겠군요."

이렇게 말하고 나서 나이트는 황급히 계단을 올라 무대로 갔다.

부인은 여전히 조용히 차분하게 그의 뒤를 따라 무대로 올라가 자신의 자리로 갔다.

"그 정체 모를 여자에 대해 알고 있는 사람이 있군요. 이 일이 우리와 무슨 상관이 있는지는 잘 모르겠네요."

브라운 신부가 속삭이듯 말했다.

"네. 모두들 그 사실을 알고 있지만 그 여자가 누구인지는 아무도 모르는 것 같습니다."

자비스가 중얼거렸다.

두 사람은 통로를 따라 엄격한 시녀가 지키고 서 있는 이탈리아 문으로 향했다.

"아직 마로니 양은 나오지 않았습니다."

시녀가 퉁명스럽게 말을 이었다.

"이따금 움직이는 소리가 들리는 것을 보면 아직 죽지는 않은 모양이네요. 도대체 무슨 생각으로 저러는지 모르겠어요."

"혹시 지금 맨더빌 씨가 어디 계신지 아시나요, 부인?"

갑작스럽게 예의를 차리며 브라운 신부가 물었다.

"예. 몇 분 전에 통로 끝에 있는 자기 사무실로 들어가는 것을 보았습니다. 배우에게 대사를 가르쳐주는 프롬프터가 들어가고 커튼이 올라가기 바로 직전에 들어갔습니다. 아직 거기에 있을 거예요. 나오는 것을 못 봤으니까요."

그녀가 즉각 대답했다.

"그 방에 다른 문은 없다는 말씀이군요."

브라운 신부가 무심코 말했다.

"마로니 양은 저 방에서 투덜대지만 그래도 지금쯤 연습은 한창이겠죠?"

"그럴 겁니다."

그리곤 잠시 말이 없다가 자비스가 다시 말했다.

"무대에서 나는 소리가 조금 들리네요. 랜달 노인의 목소리가 참 낭랑하게 울리네요."

두 사람은 잠시 귀를 기울이는 자세를 취했다. 무대 위에 있는 랜달의 울려퍼지는 목소리가 층계를 지나 통로를 따라서 희미하게 흘러들었다. 그들이 미처 다른 자세를 취하기도 전에 갑자기 커다란 소리가 들렸다. 둔중하고 무거운 것이 깨지는 소리로, 맨더빌 개인 사무실 안에서 들려오는 것이었다.

브라운 신부는 시위를 떠난 화살처럼 쏜살같이 통로를 뛰어가 사무실 문의 손잡이를 비틀었다. 자비스는 갑작스런 신부의 행동에 놀라 정신이 들었고 뒤늦게 신부 쪽으로 달려갔다.

"문이 잠겼어요. 이 문을 부수는 데는 전적으로 찬성입니다."

약간 창백해진 얼굴을 돌리며 신부가 말했다.

"그 미지의 방문객이 다시 여기 왔다는 말씀입니까?"

섬뜩해진 표정으로 자비스가 물었다.

"심각한 일일까요, 신부님?"

잠시 후 그가 덧붙였다.

"나사를 빼낼 수 있을 것 같습니다. 이 문의 자물쇠가 어떤 것인지 잘 압니다."

자비스는 무릎을 꿇고 긴 철제도구가 달린 주머니칼을 꺼내서는 잠시 만지작거렸다. 그러자 사무실 문이 활짝 열렸다.

그들이 먼저 본 것은 문도, 심지어 창문도 없는 방 안에 신기하게 생긴 커다란 램프만이 탁자 위에 놓여 있는 풍경이었다. 하지만 사실 이보다 먼저 그들의 눈에 들어온 것은, 납작하게 엎드려 있는 맨더빌이었다. 쓰러진 그의 얼굴에서 스멀스멀 기어나오는 핏줄기는 지하의 음침한 불빛을 받아 검붉은 뱀처럼 사악하게 빛났다.

그들은 한참 동안 멍하니 서로를 바라보고만 있었다. 마침내 자비스가 숨죽이며, 감추었던 것을 누설하는 사람처럼 말을 꺼냈다.

"정체 모를 여자가 들어왔다 나갔군요."

"그 여자 생각에 너무 집착하는지도 모릅니다. 이 이상한 극장에 수상한 것이 너무나 많다는 걸 자비스 씨는 잊어버리려 하시는군요."

브라운 신부가 말했다.

"어떤 점을 말씀하시는 건가요?"

자비스가 재빨리 물었다.

"많이 있지요. 예를 들면 마로니 양이 잠근 문도 있고요."

"그렇지만 그 문은 지금도 잠겨 있잖아요."

"어찌 되었건 잊고 계셨습니다."

얼마 후 신부가 생각에 잠긴 듯 말했다.

"시녀 샌즈는 심술궂고 음산한 사람입니다."

"샌즈가 거짓말이라도 했고, 마로니 양은 이미 밖으로 나왔다는 말씀입니까?"

목소리를 낮추며 자비스가 물었다.

"아닙니다. 사건과는 별도로 그저 분석을 해본 것뿐입니다."

"샌즈가 이 일을 저질렀다는 말씀은 아니시죠?"

배우가 소리치듯 물었다.

"샌즈의 성격을 분석했다는 말은 아니었습니다."

갑작스럽게 떠오른 생각을 말하면서 브라운 신부는 시체 옆쪽으로 무릎을 굽히고, 희망이 전혀 남아 있지 않은지 살펴보았다. 멀리서는 보지 못했지만 연극 소품인 듯한 단검 하나가 시체 옆에 놓여 있었다. 상처에서 떨어졌거나 암살자의 손에서 떨어진 듯했다. 이 단검이 무엇인지 알고 있는 자비스는, 전문가가 이 검에서 지문을 찾아내지 못하는 한 별로 알아낼 것이 없다고 했다. 이것은 공유물이었다. 다시 말해 누구의 것도 아니었다. 오랫동안 극장에 굴러다니던 이 검을 누군가가 주웠을 것이다. 이제 신부는 일어서며 방 주위를 신중하게 둘러보았다.

"경찰을 불러야겠습니다. 너무 늦었지만 의사도요…… 그런데 이 방을 둘러보니, 마로니 양이 어떻게 이런 일을 해냈는지 모르겠군요."

"마로니 양이라니요!"

자비스가 소리쳤다.

"저는 그렇게 생각하지 않습니다. 그녀에겐 알리바이가 있잖아요. 이 방은 통로 반대편 끝에 있는데다가 양쪽 방 모두 문이 잠겨 있었고, 그녀에겐 붙박이처럼 감시하고 있는 시녀도 있고요."

자비스가 말했다.

"아니지요. 그녀가 어떻게 이쪽 끝에 들어왔느냐가 문제지요. 반대쪽에 있는 방에서는 이미 나왔을 거라고 생각합니다."

"왜요?"

"좀전에 유리 거울이나 창문이 깨지는 소리가 들렸습니다. 바보처럼 마로니 양이 미신을 믿는 경향이 있다는 사실을 잊고 있었어요. 그러니까 거울을 깨지는 않았을 겁니다. 유리창을 깼을 겁니다. 아니, 이곳은 지하니까 채광창이나 출입구로 통하는 창이었을 겁니다. 그런데 여기는 채광창도 출입구도 없는 것 같군요."

그리고 신부는 한참 동안을 오로지 천장만 바라보았다.

갑자기 그는 놀라며 의식을 되찾았다.

"위층에 가서 빨리 모든 사람에게 말해야 해요. 너무 끔찍하군요…… 하느님 맙소사. 배우들이 위층에서 아직도 소리치고 부르짖는 것이 들립니까? 연극은 계속 진행되는군요. 이런 것이 비극적 아이러니인가 봅니다."

맨더빌이 살해되어 극장이 운명적으로 비탄의 장소로 변했을 때, 배우들에게는 이것이 배우들의 참된 미덕을 보여주는 기회가 되었다. 배우들은 인물값이나 하는 사람들이 아니라, 진정한 신사들처럼 행동했다. 그들 모두 맨더빌을 좋아하거나 신임하지는 않았으나 이런 상황에서 그에 관하여 뭐라고 해야 하는지는 정확히 알고 있었다. 그들의 태도에는 부인에 대한 동정의 마음뿐 아니라 섬세한 마음도 배어났다. 이제 새롭고 완전히 다른 의미에서 부인은 비극의 여왕이 되었다. 그녀의 가벼운 말도 법이 되고, 그녀가 천천히 슬프게 이리저리 움직일 때 사람들은 그녀를 위해 갖가지 일을 해주었다.

"맨더빌 부인은 강인한 사람입니다. 그리고 우리들 중 가장 머리가 좋지요. 물론 불쌍한 맨더빌 씨는 교육이나 그 외의 점에서 부인의 수준에는 미치지 못했지요. 그러나 부인은 항상 아내의 의무를 멋지게 해냈습니다. 가끔씩 더 지적인 삶을 살았으면 좋겠다고 말하는 부인이 애처로워 보였지요."

쉰 목소리로 랜달이 말했다. 그리고는 슬프게 고개를 흔들며 가버렸다.

"랜달은, 그 정체 모를 여자에 관한 얘기는 듣지 못했나 봅니다. 그런데 그 여자가 한 일이라고 생각하지 않으십니까?"

자비스가 엄격하게 말했다.

"그 여자를 누구로 생각하는지에 따라 다르지요."

"이탈리아 여배우는 아니라고 봅니다."

자비스가 서둘러 말했다.

"그래도, 사실, 신부님이 그 여배우에 관해 말씀하신 것은 정확했습니다. 들어가보니 채광창이 깨져 있었고 방에는 아무도 없었습니다. 그러나 경찰이 발견한 바로는 마로니 양은 얌전히 집에 돌아갔다고 합니다. 예, 제 말은 비밀스럽게 맨더빌 씨와 만나 자신이 그의 아내라고 협박했던 그 여자를 말한 겁니다. 그 여자가 정말 맨더빌의 아내였을까요?"

"정말 아내였을 수도 있겠지요."

멍하니 허공을 응시하며 신부가 말했다.

"이중 결혼에 질투가 난 것이 살인 동기였다고 할 수 있을 것 같습니다. 시체가 그대로 그곳에 있었으니까요. 도벽이 있는 하인이나 가난뱅이 배우들을 의심할 필요는 없을 것 같습니다. 보셨다시피 그러기에는 사건이 분명하고 특이한 점이 몇 가지 있잖습니까?"

자비스가 동의를 구하듯 말했다.

"몇 가지 특이한 점을 보았지요. 어떤 점을 말하시는지?"

신부가 물었다.

"단체 알리바이 말입니다."

자비스가 진지하게 말했다.

"이번처럼 실제적으로 모든 사람들이 공공 알리바이를 갖는 경우는 흔하지 않습니다. 조명이 켜진 무대에 있었던 알리바이에 모두들 서로의 증인이 되는 것이죠. 불쌍한 맨더빌 씨가 그 멍청한 사교계 여성을 박스석에 앉혀 연습 구경을 하게 한 것이 결과적으로 우리들에게는 정말 행운이었습니다. 모든 배역이 계속 무대에서 순조롭게 연습한 것을 그 두 여자들이 증명해줄 수 있을 겁니다. 배우들은 맨더빌 씨가 사무실로 들어가기 훨씬 전에 연습을 시작했고 신부님과 제가 시체를 발견하고 적어도 오 분이나 십 분 후까지 연습을 계속했습니다. 맨더빌 씨가 쓰러지는 소리를 우연히 우리가 들었을 때 모든 배우가 무대에 함께 있었습니다."

"그렇지요. 분명히 중요한 일입니다. 그리고 모든 것을 간단하게 해주지요."

브라운 신부가 동의했다.

"알리바이가 있는 사람을 세어봅시다. 랜달 씨가 무대에 있었습니다. 지금은 그의 감정을 예의상 드러내지 않고 있지만 그는 맨더빌 씨를 싫어했다고 생각합니다. 그러나 그는 제외해야지요. 무대에서 그의 천둥 같은 목소리가 들려왔으니까요. 나이트 씨도 있었습니다. 맨더빌 부인을 사랑하고 있고 감정을 별로 숨기려 하지는 않지만 랜달 씨의 상대역으로 천둥 같은 목소리를 듣고 있었으니 그도 제외됩니다. 맨더빌 부인도 제외되고요. 자비스 씨가 말했듯이 이 사람들의 집단 알리바이 증명은 박스석에 있었던 미리암 부인과 그녀의 친구에게 달려 있습니다. 연극 연습이 계속 진행되어야 했고, 중단되지 않고 평소처럼 진행되었다는 것도 알리바이 증명을 확실히 해줍니다. 그래도 어찌 되었건 법적 증인은 미리암 부인과 그의 친구 탈봇 양입니다. 그 사람들 모두 괜찮겠지요?"

브라운 신부가 자비스를 쳐다보았다.

"미리암 부인요?"

자비스가 깜짝 놀라며 말했다.

"그럼요⋯⋯ 부인이 요부처럼 하고 다니는 것이 좀 걸리시나 본데요. 요즘에는 최고의 가문 부인들도 그렇게 하고 다닙니다. 게다가 부인과 탈봇 양의 증언을 의심할 특별한 이유가 없지 않습니까."

"그러면 우리는 벽에 부딪히게 됩니다. 이 집단 알리바이가 사실 모든 사람들에게 해당된다는 것을 모르시겠어요? 그 네 사람이 그때 극장에 있었던 전부입니다. 극장에는 하인들도 거의 없었습니다. 정문 입구를 지키는 늙은 샘과 마로니 양의 문앞을 지켰던 시녀를 빼고는 사실 아무도 없었습니다. 당신과 저를 빼면 아무도 남지 않습니다. 거기다 시체를 발견한 것도 우리이니 우리가 의심을 받을 것 같은데요. 제가 다른 곳을 볼 때 맨더빌 씨를 죽인 것은 아니시지요?"

자비스가 조금 놀라 위를 바라보았다. 잠시 바라보다 그의 거무스름한 얼굴에 환한 미소가 돌아오더니 머리를 흔들었다.

"당신이 저지른 일은 아닙니다."

브라운 신부가 말했다.

"논의를 전개하기 위해서 일단 저도 하지 않았다고 합시다. 무대에 있었던 사람들도 빼면, 문을 잠가버리고 안에 있었던 마로니 양과 문 앞에 보초를 서고 있었던 시녀와 그리고 샘만 남습니다. 아니라면 박스석에 있던 두 여자분은 어떤가요? 분명 박스에서 몰래 나올 수도 있었을 겁니다."

"그 여자들은 아니에요. 저는 자신이 맨더빌의 아내라고 말했던 그 정체 모를 여자를 생각하고 있습니다."

"그 여자일 수도 있지요."

이렇게 말하는 신부의 목소리에 뭔가 다른 점이 있었다. 그래서 자비스는 다시 일어서서 탁자 반대편 신부 쪽으로 몸을 기울였다.

"맨더빌의 첫 부인이 다른 부인을 질투했을지도 모릅니다."

자비스가 낮고 간절한 목소리로 말했다.

"아닙니다. 맨더빌 부인은 마로니 양이나 미리암 부인을 질투했을 수는 있지만 다른 부인을 시기하지는 않았습니다."

"왜요?"

"다른 부인은 없으니까요. 제가 보기에 맨더빌은 가정에 충실한 사람입니다. 그에게 아내는 너무 큰 존재였습니다. 여기 배우들 모두 그녀가 맨더빌 부인으로 있기에는 아깝다고 생각할 정도로 큰 존재였습니다. 그런데 그가 살해될 때 부인이 어떻게 그와 함께 있을 수 있었는지를 모르겠군요. 분명 내내 무대 위에서 연기를 하고 있었는데요. 그것도 중요한 역을……."

"그럼, 유령처럼 맨더빌을 따라다녔던 그 정체 모를 여자가, 우리가 다 아는 맨더빌 부인이었다는 것입니까?"

자비스가 외쳤다. 그러나 답을 얻지는 못했다. 브라운 신부는 백치처럼 멍한 표정으로 허공을 응시하고 있었다. 신부는 가장 지적인 순간에 늘 백치처럼 보였다.

다음 순간 신부는 매우 침통하고 괴로운 표정으로 몸을 일으켜 세웠다.

"끔찍한 일이군요. 제가 지금까지 보아온 것 중 최악의 사건일지도 모르겠습니다. 그래도 해결을 해야지요. 맨더빌 부인께 가셔서 제가 개인적으로 만나고 싶어한다고 전해주십시오."

"알겠습니다. 그런데 어디 편찮으세요?"

"아, 이 바보 같으니."

신부는 소리질렀다.

"이 안타까운 세상에서 흔히들 하는 푸념이죠. 하지만 저는 정말 멍청하게도 그 연극이 〈스캔들 클럽〉이라는 걸 완전히 잊고 있었어요."

자비스가 놀란 얼굴로 다시 문 앞에 나타날 때까지 신부는 내내 불안하게 방을 오르락내리락했다.

"맨더빌 부인을 어디서도 찾을 수가 없습니다. 아무도 보지 못했다고 합니다."

"그러면 노만 나이트도 보이지 않겠군요?"

브라운 신부가 냉담하게 물었다.

"제 인생에서 가장 고통스러운 면담을 하지 않아도 되겠군요. 자비로운 주님, 저는 그 여자가 무섭기까지 했습니다. 그런데 그 여자도 저를 두려워했군요. 제가 본 장면이나 제가 한 말을 두려워했겠지요. 나이트는 맨더빌 부인에게 함께 도망가자고 늘 졸랐습니다. 이제 그들은 도망갔고 나이트에게는 정말 유감입니다."

"나이트에게요?"

자비스가 물었다.

"살인자와 달아나는 것이 편할 수는 없지요. 그리고 사실 맨더빌 부인은 살인자보다 훨씬 더 나쁜 경우지요."

브라운 신부가 냉정하게 말했다.

"무슨 말씀이십니까?"

"그녀는 자기 자신밖에 모르는 사람입니다. 누가 문을 두드리면 창문을 내다보기 전에 거울을 먼저 들여다보는 유형의 사람이지요. 그리고 이것은 우리 인생에 최악의 재앙입니다. 그 벽거울은 그녀에게 불운한 것이었습니다. 깨지지 않았기 때문이죠."

"무슨 말씀인지 전혀 모르겠습니다. 모두들 맨더빌 부인이 높은 이상을 가진, 우리들보다 더 수준 높은 정신적 경지에 있는 사람이라 생각했습니다······."

"그녀 자신이 그렇게 생각했지요. 그리고 다른 사람들도 그렇게 여기도록 최면을 걸었습니다. 다행히 저는 최면에 걸릴 만큼 그녀를 많이 접하지 못했습니다. 우연히 눈길이 마주치고 오 분 후에 맨더빌 부인이 그런 류의 사람임을 알았습니다."

"무슨 말씀이세요! 마로니 양에게도 얼마나 잘해주었는데요."

자비스가 소리쳤다.

"맨더빌 부인의 품행은 늘 반듯했습니다. 불쌍한 맨더빌 씨보다 부인의 세련됨과 섬세함, 지적인 면에, 여기 있는 모든 사람들은 훨씬 더 기울어져 있었습니다. 결국 그녀는 숙녀이고 맨더빌은 신사가 아니라는 단순한 사실로 집약되는 듯했습니다. 그러나 성 베드로가 천국의 문에서 신사숙녀이냐 아니냐만을 문제삼을 것 같지는 않습니다."

신부가 점점 더 활기를 찾으며 말했다.

"맨더빌 부인이 맨 처음 한 말에서 저는, 그녀가 겉으로는 자애로운 척하지만 사실은 가여운 이탈리아 배우 마로니 양에게 못되게 군다는 것을 알았습니다. 그리고 이번 연극이 〈스캔들 클럽〉이라고 하셨을 때 그녀에겐 부당한 일이라는 걸 알게 되었습니다."

"제가 이해하기에는 너무 전개가 빠르십니다. 그 연극과는 무슨 관계가 있지요?"

자비스가 다소 당황해하며 말했다.

"자, 맨더빌 부인은 자신이 마로니 양에게 아름다운 여주인공 역을 주고 자신은 나이 든 부인 역으로 뒤편으로 물러났다고 했습니다. 그런 배역은 거의 어떤 연극에도 적용할 수 있을 겁니다. 그러나 이 연극에서는, 그 적용은 왜곡된 것입니다. 맨더빌 부인은 거의 역할이 없는 마리아 역을 마로니 양에게 준 것입니다. 무식하고 자신을 희생하는 결혼을 한 여성 역, 바로 이 연극에서 중요한 여성 역은 바로 맨더빌 부인이 맡은 티즐 부인 역입니다. 이 연극에서는 어떤 여배우라도 연기하고 싶어

할 유일한 배역입니다. 이 이탈리아 여배우 마로니 양이 일류급 배우로 주연급 역할을 맡기로 사전에 얘기가 되어 있었다면 다혈질인 이탈리아인 기질이 폭발할 만합니다. 적어도 이유가 될 겁니다. 라틴계 민족들은 논리적입니다. 미치는 데는 다 이유가 있습니다. 그 배역 문제라는 사소한 일이 맨더빌 부인의 자비로움이 어떤 것인지를 밝혀주었습니다.

그 시점에 다른 이상한 점도 있었습니다. 제가 음산한 샌즈가 캐릭터 분석의 대상이라고, 그러나 그녀의 성격 자체를 분석한 것은 아니라고 했을 때 자비스 씨는 껄껄 웃으셨습니다. 그러나 그건 사실이었습니다. 만약 어떤 여자의 진짜 모습을 알고 싶을 때는 그 여자를 보지 마십시오. 영리해서 참 모습을 드러내지 않을 수도 있으니까요. 그 여자 주위의 남자들을 보지도 마십시오. 그 여자에 관해서 남자들은 전혀 알지 못하는 경우가 있습니다. 항상 그 여자의 주변에 있는 다른 여자, 특히 아랫사람을 보십시오. 그 사람을 거울로 그 여자의 진짜 얼굴을 보게 될 겁니다. 시녀 샌즈의 눈에 비친 맨더빌 부인의 얼굴은 정말로 추한 모습이었습니다.

그리고 다른 인상에 대해 말하자면, 맨더빌이 가치 없는 사람이란 이야기를 많이 들었습니다. 모두 다 부인에 비해 모자라다는 이야기였습니다. 간접적이지만 부인에게서도 그런 말을 들었습니다. 여기서 드러나는 것이 있었습니다. 모든 남자 배우들이 말한 것을 보면 분명 맨더빌 부인은 그녀의 지적 외로움을 모든 남자들에게 털어놓았습니다. 자비스 씨는 그녀가 불평하는 일이 없다고 했습니다. 그리고는 불평하지 않고 침묵하면서 그녀가 자신의 영혼을 강하게 한다고 그녀의 말을 인용했습니다. 그게 바로 불평하는 이들의 특색입니다. 이런 식으로 불평을 하지요. 오해의 여지 없이 불평하는 사람들의 방식이지요.

불평하는 사람들은 그냥 유쾌한 골칫거리지요. 저는 그들을 싫어하지 않습니다. 그러나 불평하지 않는다고 하면서 불평하는 사람들은 사악한 사람들입니다. 진정한 악당이지요. 금욕하는 것을 과시하는 것이야말로 비장하면서도 낭만적인 바이런식 사탄 숭배가 아니고 무엇이겠습니까? 저는 이 모든 것을 들었습니다. 그렇지만 제 목숨을 걸고 맨더빌 부인이 불평할 만한 어떤 명백한 것을 듣지는 못했습니다. 아무도 맨더빌이 주정뱅이라거나, 부인을 때린다거나, 돈을 주지 않는다거나, 아니면 바람을 피운다는 말을 하지는 않았습니다. 물론 비밀스럽게 어떤 여자와 만난다는 풍문이 있었지만 그것은 그저 부인이 그의 사무실에서 신파조로 해대던 바가지 긁는 소리였을 뿐이죠. 맨더빌 부인이 꾸며낸 순교자적인 이미지를 제쳐놓고 보면

실상은 전혀 달랐습니다. 맨더빌 씨는 부인을 기쁘게 하기 위해 돈이 되는 팬터마임을 그만두고 전통 드라마 극을 만들면서 돈을 날리기 시작했습니다. 부인은 자신이 원하는 대로 무대와 가구를 배치했습니다. 셰리든의 연극을 고집해서 그렇게 했고 이번 연극에서는 자신이 원하는 티즐 부인 역을 맡았습니다. 그리고 사건이 있은 바로 그때, 자신이 원하는 대로 의상을 입지 않고 연습에 들어갔습니다. 의상 없이 리허설을 하길 원했다는 그 사실에 주목할 필요가 있습니다."

"그렇지만 이 모든 긴 얘기들이 무슨 소용이지요?"

신부가 이렇게 길게 말하는 것을 들어본 적이 없는 자비스가 물었다.

"이 모든 심리 문제를 생각하다가 살인사건에서는 멀어져버린 것 같습니다. 맨더빌 부인이 나이트와 도망을 쳤을 수도 있습니다. 랜달과 저를 감쪽같이 속였을 수도 있고요. 그렇지만 남편을 죽였을 리는 없습니다. 모든 사람이 연습 내내 부인이 무대에 있었다고 했습니다. 사악한 여자였는지는 모르지만 마술을 쓰는 마녀는 아닙니다."

자비스는 여전히 믿기지 않는다는 듯 말했다.

"저라면 그렇게 확신하지 않겠습니다."

미소지으며 신부가 말했다.

"이번 사건에서는 마법을 쓸 필요가 없었습니다. 부인이 살인을 했다는 것을 이제 알겠습니다. 아주 간단하게 했습니다."

"어떻게 그렇게 확신하시죠?"

자비스는 뭐가 뭔지 모르겠다는 표정으로 신부를 보며 물었다.

"왜냐하면 그 연극이 〈스캔들 클럽〉이었으니까요. 그리고 특히 〈스캔들 클럽〉의 4막이었으니까요. 방금 말했듯이 맨더빌 부인은 늘 자신이 원하는 방식으로 가구를 배치했다는 것을 다시 한번 말씀드리고 싶습니다. 그리고 이 무대가 팬터마임용으로 만들어졌고 사용되었다는 것도요. 그러니가 당연히 무대 바닥에는 뚜껑문과 그런 식의 비밀 출구가 있었을 겁니다. 증인들이 모든 배우가 무대에 있는 것을 봤다고 증언할 수 있다고 하셨지만 〈스캔들 클럽〉의 주요 장면에는 배우 중 한 명이 상당 시간 동안 무대에는 있는 것으로 설정되어 있으나 사실상 보이지 않는 부분들이 있습니다. 맨더빌 부인은 설정상 무대에 있는 것으로 되어 있었으나 사실은 없었던 겁니다. 그것이 바로 그녀의 속임수이자 알리바이가 돼주었던 것이죠."

한동안 말이 없던 자비스가 말했다.

"맨더빌 부인이 장막 뒤에 있는 뚜껑문을 통해 맨더빌 씨의 방이 있는 지하로 갔다고 생각하시는군요?"

"부인은 분명 어떤 방식으로든 무대를 빠져나갔습니다. 가장 쉬운 방식으로요. 의상 없이 연습하는 기회를 포착하고 거기다가 본인이 의상 없는 연습을 주장한 것을 보면 무대를 빠져나간 개연성이 더욱 높습니다. 이건 저의 생각입니다만, 18세기의 화려한 드레스를 입고 바닥에 있는 뚜껑문을 빠져나가기란 불가능했을 겁니다. 물론 이 사건에는 풀기 어려운 자잘한 점들이 더 있지만 시간이 지나면서 해결될 수 있겠죠."

"도저히 이해되지 않는 커다란 문제가 있는데요? 어떻게 그렇게 상냥하고 침착한 여인이, 도덕은 물론이고 몸의 평정까지 잃어버릴 수 있을까요? 뚜렷한 동기가 있었나요? 그렇게 나이트를 사랑했나요?"

괴로운 듯 머리를 손으로 가져가며 자비스가 말했다.

"저도 그랬기를 바랍니다. 그것이 동기라면 가장 인간적인 구실일 터이니까요. 그러나 유감스럽게도 그런 것 같지는 않습니다. 그녀는 큰 돈도 벌지 못하는 구식 시골 촌뜨기인 남편을 제거하려 했습니다. 화려하게 급부상하고 있는 배우의 화려한 아내가 되고 싶었던 겁니다. 이런 의미에서는 〈스캔들 클럽〉의 티즐 부인 역을 원하지 않았을 것 같습니다. 자신과는 정반대로 희생적인 여자 역이니까요. 마지막 피난처가 아니라면 남자와 달아나지는 않았을 겁니다. 인간적 열정 때문이 아니라 일

100

종의 흉악한 명성을 위한 것이었습니다. 그녀는 늘 비밀리에 남편을 괴롭혔고 이혼해주지 않으면 도망가겠다고 졸라댔습니다. 맨더빌 씨는 이혼을 거부했고 마침내는 그 대가를 치른 것이지요.

하나 더 기억하실 것이 있습니다. 예술적으로 수준 높고 철학적인 극작품을 하는 지적 부류들 말씀을 하셨지요. 그러나 철학적인 것들이 어땠는지 기억하십시오! 그런 교양인들이 더 고귀한 뜻을 위해 어떤 행동들을 하는지 보십시오! 권력에 대한 욕망과 삶에의 권리? 경험해볼 권리? 다 웃기는 소립니다. 정말 말도 안 되는 기가 막힌 소리들이라구요."

브라운 신부가 얼굴을 찡그렸다. 그는 좀처럼 찡그리는 일이 없었다. 모자를 눌러 쓰고 밤길을 걸어 나가는 그의 이마에는 짙은 어둠이 드리워져 있었다.

최악의 범죄

사람들이 역설이라고 부를 만한 얘기를
해드릴까요? 사악한 마음을 가진 사람도 가끔은
진실을 얘기하면서 쾌감을 느낀답니다.

브라운 신부는 전시장 안을 돌아다니고는 있었지만 그의 표
정은 그림을 보기 위해 온 것 같지 않았다. 신부는 그림을 좋아
하기는 했지만 지금은 별로 그림을 보고 싶은 마음이 아니었
다. 이 현대미술 작품들이 부도덕하다거나 그림답지 않다고 생
각하는 것은 아니었다. 오히려 신부는 열정적인 기질이 있어
서, 중간에 끊긴 소용돌이라든지, 뒤집힌 솔방울이나 깨진 실
린더에서 영감을 받기도 하고 위협을 느끼기도 하는 미래지향
적 현대미술에 끌리는 사람이었다. 하지만 지금은 그의 젊은
친구를 찾기 위해 사람들에게로 시선을 돌리고 있었다. 미래지
향적 친구가 특이하게도 이곳을 만날 장소로 정한 것이었다.
이 젊은 친구는 신부의 몇 안 되는 친척이기도 했다. 그녀의 이

름은 엘리자베스 훼인으로 그냥 베티라고 불렸다. 고상했지만 가난한 지주에게 시집간 여동생의 딸이었다. 가난한 지주는 죽은 지 오래되어 브라운 신부가 베티의 신부이자 보호자 노릇을 했다. 삼촌이자 후견인이라 할 수 있었다. 그러나 전시장에 있는 사람들을 이리저리 둘러보아도 조카의 갈색 머리와 환한 얼굴을 찾을 수 없었다. 전시장에는 신부가 아는 사람들도 몇 명 있었으나 대부분은 모르는 사람들이었으며 그의 취향상 알고 싶지 않은 사람들도 몇 있었다.

그때 유연하고 민첩해 보이는 한 젊은이가 신부의 눈길을 끌었다. 그는 옷을 멋지게 차려입었고, 수염은 스페인 노인처럼 스페이드 모양으로 잘라 길게 기른 데 반해 검은 머리는 너무 짧게 잘라 챙 없는 모자가 머리에 딱 붙어 있는 것처럼 보이는, 왠지 낯선 스타일로 보아 외국인인 듯했다. 신부가 특히 알고 싶지 않은 사람은 자극적인 진홍색 옷을 입은, 아주 튀는 여자였다. 사자털 같은 머리는 단발이라기에는 너무 길고 다르게 부르기에는 너무 산만했다. 창백하고 다소 건강이 나빠 보이는 혈색에, 섬세함이 부족해 보이는 강한 얼굴이었다. 다른 사람을 보는 그녀의 눈빛은, 노려보는 것만으로도 사람을 죽인다는 뱀을 연상시켰다. 뒤에는 그녀에게 가려진 키 작은 남자가 있었다. 큰 수염에 넓적한 얼굴, 그리고 졸린 듯 옆으로 늘어진 눈을 한 이 남자는 자비롭고 광채가 나는 듯한 표정을 하고 있었다. 아직 잠에서 완전히 깨지 않았는지도 모른다. 그러나 뒤쪽에서 보면 그의 굵직한 목이 조금은 무지막지해 보였다.

조카가 나타나면 흥미로운 대조를 이루겠구나 생각하면서 신부는 사자 머리의 숙녀를 보고 있었다. 이곳에 어떤 누가 등장하더라도 그 숙녀를 능가하여 튀어 보일 사람은 없을 것이라는 결론에 이르렀다. 그래서 누군가가 그의 이름을 부르는 소리가 들렸을 때 잠에서 깨어날 때처럼 조금 놀라기는 했으나 안도감 같은 것이 느껴졌다.

그랜비라는 변호사의 날카롭고 불친절한 얼굴이었다. 듬성듬성 난 흰머리는 마치 가발에서 떨어진 가루 같아, 활기찬 그의 동작과는 어울리지 않았다.

그는 학생들처럼 사무실 안팎을 뛰어 다니는 금융계에서 일하는 사람들 중 하나였다. 우아한 전시장 안에서는 차마 그런 식으로 뛸 수 없었지만, 그는 마치 그렇게라도 하고 싶다는 듯 초조하게 좌우를 둘러보며 누군가를 찾고 있었다.

"신예술의 후원자이신 줄은 몰랐습니다."

신부가 미소지으며 인사했다.

"저도 신부님이 예술 후원자이신 줄 몰랐는데요."

그랜비가 응수했다.

106

"사실 저는 사람을 찾으러 왔습니다."

"어쨌든 좋은 시간 되셨으면 좋겠군요. 저 역시 누구를 좀 기다리고 있습니다."

그랜비가 말했다.

"그가 콘티넨트 쪽으로 지나갔다고, 그러니까 이 이상한 곳으로 오면 그를 만날 수 있다고 해서요."

그랜비는 잠시 곰곰이 생각하더니 불쑥 말했다.

"이리로 오시지요. 신부님은 비밀을 지키는 분이라고 알고 있습니다. 존 머스그레이브 경을 아십니까?"

"아니요. 그가 성에서 숨어산다는 얘기를 듣기는 했지만, 비밀이라는 것이 존 경을 말씀하시는 것은 아닌 것 같은데요. 진짜 내리닫이 격자문에 도개교(跳開橋)가 달린 성에서 살면서 중세 시대에서 좀처럼 빠져나오려 하지 않는다는 등등 온갖 소문이 나도는 그 괴짜 신사를 말씀하시는 것 아닙니까? 그도 변호사님의 고객인가요?"

"아닙니다."

그랜비가 짧게 답했다. 그리곤 다시 덧붙였다.

"의뢰를 한 것은 그의 아들 머스그레이브 선장입니다. 그러나 그의 아버지 존 경이 이 일에 매우 중요한 인물입니다. 그런데 저는 존 경을 전혀 모르니 그게 문제입니다. 이 일은 비밀이지만 아까 말씀드렸듯이 신부님께는 털어놓아도 괜찮을 것 같습니다."

그는 목소리를 낮추고 신부를 사람이 별로 없는, 여러 가지 실물을 재현한 작품이 있는 한쪽 구석으로 끌고 갔다.

"머스그레이브 선장은 노섬버랜드에 사는 나이 든 아버지에게서 받은 거액의 사후 지불 채권을 담보로 우리 법률회사에서 돈을 빌리려고 합니다. 그의 아버지 존 경은 칠순도 한참 지났고 아마 조간만 고인이 될 겁니다. 그러나 고인이 된 후에는 어떻게 될까요? 그의 돈, 성, 내리닫이 격자문, 그 모든 것들이 어떻게 되느냐 말입니다. 그 성은 오래되었지만 훌륭한 건물로 아직도 값어치가 상당합니다. 그런데 이상하게도 상속인이 지정되지 않았습니다. 이제 아시겠지요. 문제는 그 노인이 친절한 사람이냐, 이거죠."

"그가 아들에게 친절하게 상속을 해주면 변호사님에게는 아주 친절한 사람이 되겠군요. 죄송합니다만 제가 도울 일은 없군요. 저는 존 경을 만난 적도 없고 요즘에 그를 만나는 사람은 거의 없다고 알고 있습니다. 그 젊은 선장에게 회삿돈을 빌려주기 전에 변호사님이 선장에게 존 경이 친절한지 물어볼 권리는 있다고 봅니다. 그런데 머스그레이브 선장은 사람들에게 인기가 없는 사람입니까?"

"그렇지 않습니다. 인기도 많고 사교계에서 알아주는 사람이지요. 외국에 오래 있었고 저널리스트로 활동을 해왔죠."

"외국에 오래 있었던 것이 뭐, 죄가 되는 건 아니죠."

신부가 말했다.

"아, 누가 뭐랍니까!"

그랜비가 퉁명스럽게 말했다.

"제가 말하려는 건, 그가 단지 좀 진득하지 못한 사람이라는 것뿐이죠. 기자, 강사, 배우, 그리고 갖가지 다른 일도 했습니다. 지금 내가 무슨 말을 하고 있는 건지 원…… 아, 저기 선장이 있군요."

구석에서 안절부절 발을 구르던 그랜비가 갑자기 방향을 돌려, 사람이 붐비는 쪽으로 급히 걸어갔다. 그는 어떤 젊은 남자에게로 달려가고 있었다. 키가 크고 잘 차려입은 남자는 짧은 머리에 이국적인 스타일의 수염을 하고 있었다.

그랜비와 젊은이는 함께 말하며 걸어나갔고 신부는 근시 때문에 눈을 찡그리며 잠시 동안 그들을 지켜보았다. 그러나 조카 베티가 헐레벌떡 부산스럽게 들어와 신부의 시선을 돌려놓았다. 당황스럽게도 베티는 신부를 다시 사람이 드문 그 구석으로 데려갔다. 그리고 바다에 떠 있는 섬처럼 드문드문 놓인 좌석에 신부를 앉혔다.

"삼촌한테 꼭 말해야 할 게 있어요. 다른 사람은 이해 못 할 거예요."

"사람을 놀라게 하는구나. 너의 어머니가 일전에 말한 네 약혼 얘기니?"

"어머니는 제가 머스그레이브 선장과 약혼하기를 바라세요."

"그건 몰랐구나. 하지만 요즘 어딜 가나 머스그레이브 선장에 대한 얘기들이 한창인 건 알고 있지."

체념한 듯 신부가 말했다.

"물론 우리 집은 너무 가난해요. 말한다고 달라질 건 없지만요."

"선장과 결혼하고 싶니?"

반쯤 감은 눈으로 조카를 바라보며 신부가 물었다.

베티는 바닥을 보며 인상을 찌푸리더니 더 낮은 톤으로 대답했다.

"그와 결혼하고 싶다고 생각했어요. 적어도 그랬었다고 생각해요. 그런데 방금 깜짝 놀랄 만한 일이 있었어요."

"무슨 일인지 다 말해보렴."

"그가 웃는 소리를 들었어요."

"사교적인 제스처가 뛰어나구나."

"그런 게 아니에요. 사람들 앞에서 웃는 것이 아니었어요."

베티는 잠시 말이 없더니 강경하게 말했다.

"꽤 일찍 여기에 왔어요. 그리고 전시장 한가운데 선장님이 혼자 조용히 앉아 있는 것을 보았어요. 그때는 사람이 거의 없었어요. 저나 다른 누군가가 근처에 있다는 것을 전혀 모르는 눈치였어요. 그가 조용히 혼자 앉아서 마구 웃었어요."

"별거 아니로구나. 나도 미술 평론가는 아니지만 여기 있는 그림을 전반적으로 보면……."

"그런 것이 아니라니까요."

베티가 거의 화내듯 말했다.

"그림을 보고 웃는 것이 아니었어요. 그림은 보지도 않았어요. 그는 천장을 물끄러미 쳐다보고 있었고 그의 눈은 안으로 뒤집힌 것처럼 보였어요. 큰 소리로 웃는 모습에 소름이 끼칠 정도였다니까요."

신부는 일어서서 뒷짐을 지고 전시장 중앙으로 향했다.

"결혼 문제는 속단해서는 안 된다. 세상에는 두 종류의 남자가 있단다. 하지만 지금은 이 문제를 논의할 수 없을 것 같구나. 그가 지금 여기 있으니 말이다."

머스그레이브 선장이 그들 쪽으로 잽싸게 다가왔다. 주변이 그의 웃음으로 가득 찼다. 선장 바로 뒤에는 그랜비가 있었는데 아까와는 달리 안심하는 흡족한 표정이었다.

"선장님에 대해 제가 말했던 모든 것에 대해 사과를 드려야 겠습니다."

함께 문 쪽으로 가며 그랜비가 신부에게 말했다.

"선장은 지극히 사려 깊은 사람이라 저의 고충을 이해하더군 요. 그가 먼저 저에게 노섬버랜드에 가서 자기 아버지를 만나 보라고 하더군요. 유산 문제가 어떻게 진행되는지 아버지에게 직접 들을 수 있을 거라고요. 정말 타당한 제안이지 않습니까? 거기다가 선장은 일이 빨리 해결되었으면 좋겠다고 하면서 자 기 차로 거기까지 데려다주겠다고 합니다. 수고스럽지 않다면 함께 가자고, 내일 출발하자고 했습니다."

그랜비와 신부가 말하고 있을 때 베티와 선장이 함께 문 쪽 으로 왔다. 두 사람의 모습이 하나의 그림 같았다. 감상적인 사 람이라면 그곳에 전시된 그림들보다는 이 그림을 더 좋아했을 것이다. 둘이 통하는 점도 많았지만, 무엇보다도 그들은 예쁘 고 잘생긴, 정말 잘 어울리는 한 쌍이었다. 그랜비도 이 커플의 아름다운 모습을 보고 경탄했다. 그러나 그 순간, 상황은 일변 했다.

제임스 머스그레이브 선장은 중앙 전시장 안쪽을 내다보았 다. 그의 웃음기 어린 의기양양한 눈빛은 굳어버렸고, 그가 보고 있는 것은 마치 머리끝에서 발끝까지 그를 바꿔놓아버린 듯했다. 브라운 신부는 불안한 징조의 그림자가 드리우는 것을 느끼듯 주변을 둘러보았다. 사자 머리에 진홍색 옷을 입은 덩치 큰 여자의 침울한 흙빛 얼굴이 보였다. 황소가 뿔을 내려뜨리듯 그녀는 구부정한 상태로 서 있었다. 창백한 안색이 너무 강렬하고 최면적이어서 사람들은 미처, 그 옆에 있던 수염이 길고 키 작은 남자를 보지 못했다.

머스그레이브 선장이 그녀가 있는 중앙 쪽으로 다가갔다. 아름다운 옷을 입은 밀랍인형이 태엽에 감겨 걸어가는 것 같았다. 선장은 그녀에게 몇 마디 건넸으나 들리지는 않았다. 그녀는 대답하지 않았고 함께 방향을 돌려 토론하듯 긴 전시장을 선장과 함께 걸어갔다. 옆에 있던 키 작고 목이 굵은 남자는 괴기스러운 도깨비 시종처럼 그들 뒤를 따라갔다.

"주님, 저희를 도와주소서!"

그들의 뒷모습을 보며 얼굴을 찡그린 채 신부가 중얼거렸다.

"도대체 저 여자는 누구지요?"

신부가 물었다.

"다행히 저의 친구는 아닙니다. 저 여자와 조금이라도 놀아났다가는 치명적 결과가 발생할 것 같군요, 그렇지 않습니까?"

단호하면서도 경박하게 그랜비가 말했다.

"선장이 여자와 수작을 부리는 것은 아닌 것 같습니다."

신부가 이렇게 말하고 있을 때 선장, 여자, 키 작은 남자, 세 사람은 전시장 끝쪽에서 헤어졌고 선장은 다시 성큼성큼 걸어서 신부 쪽으로 왔다.

"잠깐만요, 그랜비 씨. 정말 죄송합니다만, 내일 함께 노섬버랜드에 갈 수가 없게 되었습니다. 제가 가지 못하더라도 제 차를 사용해주십시오. 부탁입니다. 저는 내일 차가 필요 없습니다. 며칠간 런던에 있어야 하니까요. 원하시면 친구분을 태우고 함께 가셔도 좋습니다."

얼굴색은 변해 있었지만 선장은 평상시처럼 말했다.

"나의 친구 브라운 신부님……."

그랜비가 말하고 있는데, 브라운 신부가 끼어들어 엄숙하게 말했다.

"머스그레이브 선장님이 허락하신다면, 그랜비 씨의 조사 일에 저도 참여할 자격이 있다는 것을 말씀드려야겠습니다. 함께 갈 수 있다면 제 마음이 한결 가벼울 것 같습니다."

이렇게 해서 다음날, 신부와 그랜비는 점잖은 기사가 운전하는 중후한 차를 타고 요크셔 지방의 황무지를 총알처럼 달렸다. 검은 짐꾸러미 같아 보이는 신부와, 남의 차를 타고 달리기보다는 여기저기 뛰어다니는 데 익숙한 변호사를 싣고 차는 북

쪽으로 달렸다.

　유쾌하게 달리던 그들은 웨스트 라이딩에 있는 골짜기에서 잠시 쉬어갔다. 편안한 숙소를 찾아 저녁식사를 하고 하룻밤을 묵고 다음날 아침 일찍 출발해서 노섬버랜드 지방의 해안을 따라 달리기 시작했다. 이윽고 모래 언덕과 고약한 냄새를 풍기는 해안의 목초지들이 미로처럼 흩어져 있는 한 시골에 도착했다. 이곳 중심부 어딘가에 보더 전쟁 때 세운 독특하면서도 비밀스러운 보더 성이 있었다. 자동차는 내륙을 흐르는 바다의 지류를 따라 난 길을 달리다가 방향을 틀어 일종의 운하 같은 것을 통과했다. 공사가 덜 끝난 그 운하는 성의 해자*로 연결되는 것이었다. 이 성은 머스그레이브 선장의 아버지 존 경의 성으로, 갈릴리에서 그램피안스까지 제국을 건설하려던 노르만족의 요새 계획 작품 중 하나였다. 정말로 내리닫이 격자문과 도개교가 있었다. 실제로 이 문과 다리를 보고 신부와 변호사는 이 성에 들어가는 데 시간이 좀 걸리겠다고 느끼게 되었다. 그들은, 길게 자란 거친 잔디와 덤불 속을 걸어가서 해자의 둑 쪽으로 갔다. 검정색 리본 모양으로 흐르는 해자 위에는 마른 나뭇잎과 찌꺼기가 떠 있어 흙단 나무에 금무늬가 새겨진 것 같았다. 그 검은 못 뒤로 1, 2미터 떨어져서 또다른 녹색 제방과

─────────
* 垓字. 성 주위에 둘러 판 못.

출입구를 가리키는 커다란 돌기둥들이 있었다. 이 외딴 요새에 외부인이 접근하는 일은 거의 없는 듯했다. 성미 급한 그랜비가 뒤편 성 안에 보이는 사람들에게 먼저 인사했는데 그들은 커다란 녹슨 다리를 내리는 것을 상당히 힘들어하는 것 같았다. 다리가 천천히 움직여 공중에서 탑이 무너지듯 뒤집히더니 멈추어서 더이상 움직이지 않고 위험한 각도 그대로 공중에 그냥 매달려 있었다.

조바심이 난 그랜비는 제방 위에서 발을 구르며 신부에게 큰 소리로 외쳤다.

"이런, 진흙탕에 빠져 꼼짝달싹 못 하는 꼴이군요! 다리가 내려오기를 기다리느니 건너뛰는 편이 차라리 빠르겠습니다."

그리고는 충동적인 성격을 이기지 못하고 진짜로 껑충 뛰어버렸다. 그는 조금 비틀거리기는 했지만 안쪽 땅 기슭에 안전하게 닿았다. 신부는 다리가 짧아 점프를 잘할 수는 없었다. 하지만 특유의 천성 덕에 물을 튀기며 진흙탕에 빠지는 것에 쉽게 적응했다. 민첩한 그랜비 덕분에 깊이 빠지지는 않았다. 그러나 그랜비가 초록색의 끈적끈적한 진흙탕에서 신부를 들어올릴 때 신부는 고개를 숙이고 멈추어 서서 잔디가 깔린 경사 부분의 한 지점을 쳐다보았다.

"식물 연구 하시나요? 희귀식물을 채집할 시간은 없습니다.

116

빨리 오세요. 진흙이 묻었건 아니건 이 성의 주인에게 우리의 얼굴을 보여야 합니다."

그랜비가 짜증난다는 듯 재촉했다.

두 사람이 성 안으로 들어갔을 때 나이 든 하인이 혼자 나와, 예의를 갖추어 그들을 맞았다. 용무를 말하자 하인은 예스러운 문양의 격자 창으로 벽을 장식한 방으로 그들을 안내했다. 수세기 동안의 갖가지 무기가 어두운 벽에 균형 잡힌 모양으로 걸려 있었고 14세기 갑옷 한 벌이 큰 화로 옆에 보초처럼 서 있었다. 반쯤 열린 문을 통해, 저쪽 편 긴 방에 몇 줄로 늘어선 칙칙한 색깔의 가족 초상화가 보였다.

"집에 들어온 것이 아니라 꼭 소설 속에 들어온 것 같습니다그려."

그랜비가 말했다.

"노신사 주인이 역사에 열광하는 사람인가 봅니다."

신부가 거들었다.

"게다가 모든 물건이 진품이군요. 중세라도 모두 같은 시기는 아니라는 것을 아는 사람이 장식한 겁니다. 어떤 시기에는 조각 조각을 이어서 갑옷을 만들기도 했습니다. 그러나 저 갑옷은 한 벌로 한 사람을 그것도 거의 완전히 덮는 갑옷이군요. 말기의 갑옷입니다."

"말기의 대저택 주인이기도 하지요. 이렇게 한참을 기다리게 하는 것을 보면요."

"이런 곳에서는 모든 것이 천천히 진행된다고 생각하셔야 합니다. 우리를 만나준다는 것 자체가 참 다행입니다. 전혀 모르는 두 사람이 꽤나 사적인 질문을 하러 온 것이니까요."

실제로 이 성의 주인이 나타났을 때 신부와 그랜비는 대접에 대해 불평할 것이 하나도 없었다. 그는 오랜 세월 쓸쓸한 전원 생활을 해온 터라 그 고독은 가히 야만적이었을 텐데도, 타고난 품위를 간직하고 있는 태도와 예의 범절에 맞는 관례들을 아무런 어려움 없이 보여주고 있었다. 존 경은 이런 뜻밖의 방문에 놀라지도 당황해하지도 않는 것 같았다. 신부와 그랜비는 그가 이 집에 20년 간은 방문객을 들인 적이 없는 것 같다고 생각했었지만 존 경의 행동은 자연스러웠다. 그들이 여기 온 목적을 얘기하면서 매우 사적인 문제를 건드렸는데도 불쾌해하거나 불편해하지 않았다. 잠시 천천히 숙고한 끝에 그는, 여러 가지 정황으로 비추어볼 때 그들이 그런 호기심을 가질 수 있다는 것을 이해하는 듯했다. 존 경은 마르고 예리하게 보이는 노신사로 눈썹이 짙고 턱이 길었다. 잘 정돈된 곱슬머리는 분명히 가발이었으나, 현명하게도 노인다운 회색 가발을 쓰고 있었다.

"지금 여쭤보신 문제에 관해서라면 대답은 매우 간단합니다. 저는 저의 전 재산을 아들에게 물려주려고 합니다. 저의 아버님이 저에게 물려주셨던 그대로 말입니다. 어떤 것도, 그 어떤 것도 아버지인 제가 재산을 달리 처분하도록 하지 못할 겁니다."

존 경이 말했다.

"답변해주셔서 진심으로 감사드립니다."

그랜비가 말했다.

"친절하게 말씀해주시니 저도 이런 말씀을 드리고 싶습니다. 상속건에 관해서는 상당히 단호하게 말씀하시는군요. 제가 이런 말씀을 드리는 것은 아드님이 그런 재산을 받기에 적절하지 않다고 의심한다는 뜻은 절대로 아닙니다. 그러나 아드님이 만약……."

"맞습니다."

존 머스그레이브 경이 메마른 목소리로 말했다.

"아들이 만약…… 만약이라는 말은 너무 조심스럽게 말하는 것이지요. 저와 함께 잠깐 다음 방으로 가주시겠습니까?"

존 경은 신부와 그랜비를 그들이 아까 슬쩍 보았던 초상화가 걸린 곳으로 안내했다. 그리고 검게 손상된 아래쪽 초상화 앞에서 심각하게 멈춰 섰다.

"이분이 로저 머스그레이브 경입니다."

검정색 가발을 쓴 우울한 얼굴을 가리키며 그가 말했다.

"이분은 두 왕을 배반하고 두 아내를 살해한 것과 다름없는 윌리엄 왕이 통치한 야만의 시대에 살았던 저열한 거짓말쟁이이자 악당 중의 한 사람이었습니다. 저분은 그의 아버지 로버트 경입니다. 정말로 정직한 기사였지요. 저분은 로저의 아들 제임스 경입니다. 재커바이트* 시대의 고귀한 순교자이자 교회의 가난한 사람들에게 보상금을 주려고 했던 선행의 선구자이십니다. 머스그레이브 가문의 명예, 권위, 위세가, 훌륭한 사람에게서 다른 훌륭한 사람에게로 전해졌는데 중간중간 형편없는 사람들도 있었습니다. 에드워드 1세는 훌륭하게 영국을 통치했습니다. 에드워드 3세는 영국을 영광스럽게 했지요. 에드워드 3세의 영광은 1세로부터 왔으나 게이브스톤에게 아부나 하고 브루스에게서 도망쳤던 에드워드 2세 때의 불명예와 아둔함을 거쳐야 했습니다. 그랜비 씨, 훌륭한 가문의 위대함과 그 역사는 우연히 그 가문을 계승하여 명예를 훼손한 개인의 문제 이상의 것입니다. 아버지로부터 아들로 우리 가문의 유산은 계속 내려왔습니다. 그리고 앞으로도 아버지로부터 아들로

---

*Jacobite. 명예혁명 후 망명한 스튜어트 가의 제임스 2세와 그 자손을 정통의 영국 군주로서 지지한 영국의 정치세력.

이어질 겁니다. 신사님들, 저는 저의 돈을 다른 곳에 남기지 않을 것입니다. 하늘이 무너져도 머스그레이브는 머스그레이브에게 유산을 상속합니다. 이 점은 믿으셔도 좋습니다. 아들에게도 말씀해주시기 바랍니다."

"알겠습니다. 무슨 말씀이신지 알겠습니다."

브라운 신부가 사려 깊게 말했다.

"저희도 그 말씀을 아드님께 전해드리게 되어 기쁘기 그지없습니다."

그랜비가 말했다.

"이렇게 전해주셔도 좋겠습니다. 어떤 일이 있어도 그가 안전하게 이 성과, 지주의 자격과 땅, 그리고 돈을 물려받게 될 것입니다. 하지만 이 상속에는 아주 사소하면서도 사적인 추가사항이 있습니다. 제가 살아 있는 한 무슨 일에 관해서건 그리고 어떤 상황에서건 저는 아들과 만나지 않을 것입니다."

존 경이 심각하게 말했다.

그랜비는 여전히 공손한 태도를 잃지 않았으나, 이번에는 정중하게 그를 빤히 쳐다보았다.

"대체 아드님이 무슨 일을 하셨길래……."

"저는 위대한 유산을 관리하는 저희 가문의 일원이자 한 개인이기도 합니다. 제 아들은 끔찍한 일을 저질렀습니다. 저는 그를 신사라고 생각하지 않습니다. 인간도 아니라고 생각합니다. 세상 최악의 범죄자입니다. 손님으로 온 마르미온이 악수를 청했을 때 더글라스가 어떻게 말했는지 기억하십니까?"

"기억합니다."

신부가 말했다.

"나의 성은, 탑에서 기둥까지 모두 나의 왕, 그분만의 것입니다. 그러나 더글라스의 손은 더글라스만의 것이었지요."

존 경은 말을 마치고 그 방을 나와, 다소 어리벙벙해진 손님들을 처음 인사를 나눴던 방으로 다시 안내했다.

"편하게 쉬시기 바랍니다. 이 성이 낯설으시면 밤에 제가 성을 안내해드리는 기쁨을 누리고 싶습니다."

"감사합니다. 그러나 저희는 가봐야 합니다."

가라앉은 목소리로 신부가 말했다.

"그렇다면 바로 다리를 내려드리겠습니다."

존 경이 말한 후 얼마 안 되어 거대하고 오래된 기구가 삐그덕거리는 소리가 방앗간 소리처럼 성에 울려퍼졌다. 녹슬기는 했지만 이번에는 다리가 제대로 작동했다. 신부와 그랜비는 다시 해자 뒤편의 잔디가 무성한 둑에 도착했다.

그랜비는 갑자기 한번 부르르 떨었다.

"도대체 머스그레이브 선장이 무슨 짓을 한 거죠?"

브라운 신부는 대답하지 않았다.

그들은 차를 타고 달려서 그리 멀지 않은 곳에 있는 그레이
스톤이라는 마을에 이르렀고 그곳에 있는 '세븐스타' 여인숙
에서 여장을 풀었다. 신부가 더 멀리 가자고 하지 않아 그랜비
는 적지 않게 놀랐다. 즉, 신부에겐 이 근처에 머물러야 할 명백
한 이유가 있는 것이었다.

"이렇게 이곳을 떠날 수는 없습니다. 변호사님은 차를 타고
돌아가십시오. 원하시는 대답을 얻으셨으니 당신 회사에서 머
스그레이브 선장에게 돈을 빌려줄 여력이 있는지 그렇지 않은
지 결정만 하면 됩니다. 그러나 저는 대답을 얻지 못했습니다.
선장이 제 조카 베티에게 맞는 신랑감인지 아닌지 아직 답을
얻지 못했습니다. 그가 정말 끔찍한 일을 저지른 것인지 아니
면 노망난 늙은이의 과대망상에 불과한 것인지 알아봐야겠습
니다."

신부가 진지하게 말하자 그랜비는 반대하며 나섰다.

"그렇지만 신부님이 선장에 대해 알고 싶다면 선장을 따라
런던에 가보시지요. 왜 그가 있지도 않은 이런 황량한 곳에 있
으시려는 겁니까?"

그러자 신부가 답했다.

"선장을 따라간들 무슨 소용이 있겠습니까? 멋쟁이 젊은이

를 따라가서, '실례지만 차마 인간이 할 수 없는 끔찍한 일을 저지르셨습니까?' 라고 물어볼까요? 그런 짓을 저지를 정도의 나쁜 놈이라면 당연히 아니라고 하겠지요. 정확히 무슨 일이 벌어진 것인지 알아낼 수도 없을 겁니다. 하지만, 그 모든 상황을 알고 있고, 잘하면 얘기를 해줄 수도 있을 사람이 딱 한 명 있습니다. 지금으로선 존 경의 근처에 있는 것이 좋을 것 같은데요."

실제로 브라운 신부는 괴짜 지주 존 경 근처에 머물면서 몇 번인가 그를 만났다. 양쪽 모두 최대한 예의를 차린 상태였다. 존 경은 나이에도 불구하고 건장했고 늘 산책을 즐겼다. 인근 마을 길을 성큼성큼 걸어다니는 것이 종종 보였다. 간소한 검정색 옷을 입었으나 그의 강한 얼굴은 밝은 햇살에 더욱 두드러져 보였다. 은발에 검은 눈썹과 긴 턱은 헨리 어빙 같은 유명한 배우를 연상시켰다. 머리는 다 셌으나 그의 얼굴과 몸은 강인함이 엿보였고 지팡이를 든 모습도 목발보다는 곤봉을 들고 가는 것 같았다.

존 경이 신부에게 인사말을 건넸다. 그리고 역시 배우의 분위기로 과감하게 어제 폭로했던 이야기를 꺼냈다.

"아직도 제 아들에게 관심이 있으시다면……."

얼음장 같은 무심한 투로 '아들' 이란 단어를 사용하며 그가 말했다.

"앞으로는 그를 보지 못하실 겁니다. 방금 이 나라를 떠났습니다. 신부님이시니 편하게 말씀드리자면, 이 나라에서 도망쳤다고 해야겠지요."

"그렇군요."

브라운 신부가 진지하게 바라보며 말했다.

"모든 사람들 중에서도 특히 그루노브라는 사람이 아들의 행방을 물으며 저를 괴롭혀왔습니다. 지금 그 사람에게 제가 아는 한 아들은 '리가'라는 곳에서 살고 있다고 전보를 보내려고 왔습니다. 전보 보내는 것도 귀찮은 일이군요. 어제 보내려고 했지만 우체국 업무시간보다 오 분 늦게 와서 보내지 못했습니다. 이곳에서 더 머무시나요? 저희 집에 한번 방문해주시면 좋겠습니다."

신부가 마을에서 존 경을 만난 이야기를 그랜비에게 설명하자 그랜비는 관심을 보이면서도 어리둥절해했다.

"왜 선장이 도망을 친 거죠? 선장을 찾아다니는 사람들, 그루노브란 사람은 도대체 누구죠?"

"지금은 저도 모릅니다. 아마도 베일에 싸인 선장의 범죄가 밝혀졌나 봅니다. 그리고 그루노브란 사람은 그 범죄에 대해 선장을 협박하는 사람인 것 같습니다. 알 것도 같습니다. 그 끔찍한 노란 머리의 뚱뚱한 여자가 그루노브 부인이었습니다. 그 키 작은 남자는 그 여자의 남편으로 통했구요."

다음날 신부는 다소 피곤한 모습으로 돌아왔고 순례자가 지팡이를 내려놓듯 검정 우산을 집어던졌다. 우울해 보였다. 그러나 그건 그가 범죄를 조사할 때 흔히 있는 일이었다. 조사에 실패해서가 아니라 사건을 해결했을 때의 우울함이었다.

"정말 충격입니다."

신부가 둔탁한 목소리로 말했다.

"그래도 생각해냈어야 했는데…… 처음 들어가서 그 사람이 거기 서 있는 것을 봤을 때 알아냈어야 했어요."

"무얼 언제 보셨다는 겁니까?"

그랜비가 서두르며 물었다.

"내가 보았을 때 한 벌의 갑옷이 있었습니다."

신부가 대답했다.

침묵이 흐르는 동안 그랜비는 신부를 물끄러미 쳐다보기만 했다. 신부가 다시 말을 시작했다.

"일전에 조카에게, 혼자 있을 때 웃을 수 있는 남자는 두 가지 유형이 있다고 말하려 했습니다. 혼자 웃는 남자는 아주 착하거나 아주 나쁜 사람이라고 할 수 있습니다. 그 남자는 신에게 농담을 하거나 악마에게 농담을 털어놓는 것입니다. 어찌 되었건 사람은 내면 생활이 있는 법이지요. 그런데 정말로 악마에게 농담을 털어놓는 사람이 있습니다. 아무도 그 농담을 이해 못 해도 상관하지 않지요. 충분히 사악하고 악의가 있기만 하면 농담 자체로 충분한 거지요."

"무슨 이야기를 하고 계신 겁니까? 누구에게 말씀을 하시는 겁니까? 악마와 사악한 농담을 하는 사람이 누구란 말씀입니까?"

그랜비가 재촉했다.

"아, 그건 농담입니다."

신부가 말했다.

또다시 침묵이 흘렀다. 이번 침묵은 공허한 것을 넘어서 충만하고 짓누르는 듯했다. 미명에서 점차 어둠으로 바뀌는 저녁빛처럼 침묵이 그들에게 정착하는 듯했다. 브라운 신부가 팔꿈치를 탁자에 대고 둔탁하게 앉아서 억양이 없는 밋밋한 목소리로 말했다.

"저는 머스그레이브 가문을 조사했습니다. 건장하고 장수하는 가문이었습니다. 변호사님이 돈을 받으시려면 꽤 오래 기다리셔야 할 것 같습니다."

"그 문제라면 준비하고 있습니다. 그렇지만 한정 없이 기다릴 필요는 없겠지요. 존 경이 아직도 건강하게 걸어다니고 저희가 묵었던 여인숙 사람들이 그는 죽지도 않을 거라고 웃으며 말하기는 했지만 그는 이미 팔순이 다 됐습니다."

브라운 신부가 재빨리 움직이며 벌떡 일어났다. 그에게는 드문 민첩한 동작이었다. 그러나 손은 아직 탁자에 기댄 채 몸을 앞쪽으로 기울이며 그랜비의 얼굴을 빤히 쳐다보았다.

"바로 그겁니다. 그게 문제입니다. 유일한 어려움이지요. 그가 어떻게 죽겠습니까? 도대체 그가 어떻게 죽느냔 말입니다."

조용하되, 격앙된 목소리로 신부가 말했다.

"대체 무슨 말씀을 하시는 겁니까?"

"제 말은……"

어두워지는 방에서 신부의 목소리가 울려나갔다.

"제임스 머스그레이브가 저지른 범죄를 안다는 말입니다."

신부의 서늘한 목소리에 그랜비도 떨리는 것을 억제할 수 없었다. 신부는 말을 이었다.

"정말로 세계 최악의 범죄입니다. 적어도 많은 사회와 문화에서 최악이라고 간주할 겁니다. 인류 초기부터 부족과 마을에서 이런 죄에 대해서는 끔찍한 벌을 내렸습니다. 어찌 되었건, 머스그레이브 선장이 무슨 범죄를 저질렀는지 이제 알겠습니다."

"무슨 범죄를 저질렀지요?"

"그가 그의 아버지를 죽였습니다."

이번에는 그랜비가 자리에서 벌떡 일어나 눈살을 찌푸리며 탁자 건너편에 있는 신부를 빤히 쳐다보았다.

"그러나 그의 아버지 존 경은 성에 있지 않았습니까?"

그랜비가 날카로운 목소리로 외쳤다.

"그의 아버지는 해자 물 속에 있습니다. 갑옷에 뭔가가 이상하다고 느꼈을 때 알아차렸어야 했는데 제가 바보였습니다. 그 방의 모양이 기억나지 않나요? 정말 세밀하게 정돈되고 장식되어 있었지요. 화로의 한쪽에 전쟁 때 쓰는 도끼 두 자루가 십자형으로 걸려 있었고 화로 다른 쪽에도 도끼 두 자루가 있었지요. 화로 한쪽에는 그곳을 지키는 갑옷이 서 있었는데 다른 쪽은 비어 있었습니다. 방의 모든 부분을 지나칠 정도로 균형을 맞추어 배열해놓은 사람이 한 물건만 균형이 맞지 않게 해놓았다는 것은 믿을 수 없는 일입니다. 분명히 갑옷이 하나 더 있었습니다. 그러면 그 갑옷은 어떻게 된 걸까요?"

신부는 잠시 멈추더니 더욱 사무적인 말투로 계속했다.

"갑옷을 생각해보면, 살인자에게는 매우 좋은 계획입니다. 그리고 시체 처리 문제도 해결되겠지요. 시체는 완전히 몸을 가리는 갑옷 속에 몇 시간이고 아니 며칠이라도 서 있을 수 있을 겁니다. 하인들이 왔다갔다해도 괜찮지요. 살인자가 밤에 시체를 끌고 가서 다리를 건널 필요도 없이 해자 쪽으로 떨어뜨릴 때까지 갑옷 속에 서 있었을 겁니다. 그리고 그냥 달아나면 되는 거지요. 시체가 해자의 고여 있는 물에서 모두 부패해버리면 그 14세기 갑옷 속에는 뼈만 남게 되겠지요. 오래된 보더 성의 해자에서 발견될 만한 그런 물건이지 않습니까? 사람들이 해자에서 무언가를 찾을 일도 없겠지만 만약 찾는다면 갑옷과 그 속의 뼈가 전부가 될 것입니다. 제가 확신하는 이유가 있습니다. 변호사님이 저에게 희귀한 식물이나 채집할 때가 아니라고 할 때였습니다. 저는 딱딱한 제방에 푹 꺼진 두 발자국 자취를 보았습니다. 그래서 매우 무거운 사람이거나 누군가 무거운 것을 끌고 갔다고 확신했습니다. 좀 다른 얘기지만, 제가 건너뛸 때 다른 단서도 얻었습니다."

"머리가 빙글빙글 도는 것 같습니다. 그렇지만 이 모든 악몽이 무엇인지 조금씩 알 것 같습니다. 건너뛸 때 무슨 일이 있었지요?"

"오늘 우체국에 가서 존 경이 어제 저에게 얘기했던 것을 확인해보았습니다. 그가 그 전날 늦게 오는 바람에 전보를 보내지 못했는지 말입니다. 그날은 우리가 성에 도착한 날이고 거기다가 우리가 도착한 시각이었습니다. 무슨 뜻인지 아시겠습니까? 우리가 방문했을 때 그가 밖에 나와 있었다가 우리가 기다릴 때 돌아왔다는 얘기입니다. 그래서 그렇게 오래 기다리게 했던 것이죠. 여기까지 생각이 미쳤을 때 갑자기 그가 우리에 게 했던 이야기의 전체 그림이 그려졌습니다."

"자세히 말씀해주세요."

그랜비가 더이상 기다리지 못 하겠다는 듯이 다그쳤다.

"팔순의 노인도 걸을 수 있습니다. 오랫동안 걸으면서 시골 길을 여기저기 돌아다닐 수도 있지요. 그러나 팔순 노인이 펄 쩍 멀리 뛸 수는 없습니다. 저보다는 못 뛸 것입니다. 그러나 만 약 존 경이 우리가 기다릴 때 우체국에서 돌아왔다면 우리가 들어올 때처럼 해자를 점프해서 들어왔겠지요. 우리가 돌아갈 때까지 다리가 내려가지는 않았으니까요. 그리고 우리가 돌아 갈 때 다리가 그렇게 빨리 정상으로 고쳐진 것을 보면 처음부 터 일부러 다리를 허공에 멈추게 했을 겁니다. 불편한 방문객 이 들어오는 시간을 늦추려 했겠지요. 회색 머리의 검은 사람 이 해자를 훌쩍 뛰어넘는 장면을 생각해보니 그건 노인으로 분 장한 젊은이였습니다. 이것이 이야기의 전부입니다."

"그렇다면 그 상큼한 젊은이가 아버지를 죽이고, 우선 갑옷 에 숨긴 다음 해자에 떨어뜨리고, 자신이 아버지로 변장했다는 말씀입니까?"

"두 사람은 우연히도 거의 똑같이 생겼으니까요. 초상화에서 보았을 겁니다. 이 집안 사람들이 얼마나 닮았는지 말입니다. 선장이 변장했다고 했는데 어떤 의미에서 모든 사람의 의상은 변장입니다. 노인일 때는 가발로, 젊은이일 때는 이국적 수염으로 변장한 것이지요. 면도를 하고 짧은 머리에 가발을 쓰면 조금만 화장을 해도 아버지처럼 보였지요. 이제 왜 선장이 친절하게도 자신의 차를 우리에게 제공했는지 이해가 될 겁니다. 그는 기차로 그날 밤 이곳에 오려고 했던 것입니다. 그는 당신보다 먼저 이곳으로 와서 살인을 하고, 변장을 한 다음 당신과 법적 협상을 할 차비를 한 것이지요."

"그 법적 협상이요. 진짜 존 경이라면 협상이 전혀 달라졌을 거란 말씀이시군요."

그랜비는 생각에 잠긴 듯 말했다.

"진짜 존 경이었다면 선장에게 한푼도 주지 않겠다고 했을 겁니다. 살인 계획은 존 경이 그렇게 말하는 것을 막는 유일한 방법이었을 겁니다. 선장의 계획은 한번에 여러 가지 목적을 만족시키는 것이었습니다. 그는 악당 짓을 해서 그 러시아인들로부터 협박을 받고 있었습니다. 전쟁 때 반역행위를 한 것으로 봅니다. 그는 일격을 가해 러시아인들에게서 빠져나와 리가*로

---

* Riga. 1919년 러시아로부터 독립한 라트비아의 수도.

도망친 것처럼 꾸며 그들을 따돌렸습니다. 그러나 모든 것 중 가장 멋진 부분은 아들을 상속인으로 인정하지만 사람으로 보지 않는다고 자신 스스로 말하는 계획이었을 겁니다. 이렇게 말해서 사후 지급채권도 유효하게 하고 나중에 있을 최대의 어려움도 모면하고 말입니다."

"여러 가지 어려움이 있을 것 같은데요. 어떤 어려움을 말씀하시는 겁니까?"

그랜비가 물었다.

"상속권을 박탈하지도 않으면서 아버지와 아들이 결코 만나지 않는다는 것은 이상해 보였을 겁니다. 개인적으로 아들과 절연했다는 것이 이유가 되겠지요. 이제 한 가지 어려움이 남습니다. 지금도 선장을 괴롭히는 문제일 겁니다. 어떻게 이 노인이 죽을 것인가?"

"어떻게 죽을 것인지 알겠습니다."

그랜비가 말했다. 브라운 신부는 망연자실한 표정이더니 멍하게 말을 이었다.

"지금 말한 것 이상입니다. 그가 아버지로 가장해서 자신에 대해 말하면서 즐겼던 점이 있습니다. 범죄를 저지르고 다른 사람으로 변장해서 그 범죄에 대해 당신에게 이야기하는 것이 그에게는 사악한 지적 즐거움을 주었을 것입니다. 지옥의 아이러니라고 해야겠지요. 악마와 나누는 농담이라고 말한 것이 이 것입니다. 사람들이 역설이라고 부를 만한 얘기를 해드릴까 요? 사악한 마음을 가진 사람도 가끔은 진실을 얘기하면서 쾌 감을 느낀답니다. 그래서 머스그레이브 선장이 아버지인 척하 는 기괴한 계략을 좋아했던 겁니다. 그리고는 결국엔 자신에 대해 비난을 한 셈이죠. 제 조카가 전시장에서 혼자 앉아 껄껄 웃어대는 선장을 보았다고 말했던 것이 기억나는군요. 그 계략 을 생각하며 웃었던 것입니다."

그랜비는 물건에 탕 하고 가볍게 부딪히듯 조금 놀라는 기색 이었다.

"신부님의 여동생분은 따님을 머스그레이브 선장과 결혼시 키려 하지 않았나요? 부와 직위 때문이었겠지만요."

"그랬었지요."

브라운 신부가 냉담하게 말했다.

"제 여동생은 자기 딸의 결혼에 대해서는 정말 신중하다니까 요."

마른 후작의 상주

한 가지만 물어보고 싶습니다. 여러분은 모두

지위가 높고 명예를 중시 여기는 분들입니다.

절대로 모리스처럼 비열한 범죄에

빠지지 않을 것입니다. 그러나 만에 하나

비열한 유혹에 빠졌다면, 수십 년이 지난 후

나이 들고 재력도 있고 안전하게 되었는데 구태여

자신이 한 일을 고백하겠습니까?

그런 비열한 범죄는 있을 수 없다고 하셨는데

그런 죄를 고백하는 것이 쉬운 일일까요?

번개가 치자, 회색 숲의 시든 초목과 생기 잃은 잎사귀 하나하나까지, 마치 모든 것이 은으로 조각해놓은 것처럼 하얗게 변했다. 일순간에 수백만의 미물까지도 기록하려는 듯 번개의 기묘한 트릭은, 넓은 나무 아래 어지럽게 놓여 있는 야유회 용품들에서부터 굽이굽이 이어진 길 저편 끝에 서 있는 흰색 자동차에 이르기까지 모든 것을 잡아내었다. 성처럼 네 개의 탑이 서 있는 음침한 저택이 보였다. 보통 어스레한 저녁에는 사라져가는 구름처럼 그냥 희미한 벽 몇 개가 모여 있는 것으로 보였던 저택은 전경으로 튀어나왔고, 흙벽을 두른 탑과 텅 빈 창문이 또렷하게 보였다. 마치 번개가 저택의 비밀을 폭로하려는 것 같았다.

나무 아래 모여 있는 사람들에게 저 저택은 희미한, 거의 잊혀진 건물이었으나 지금은 그들의 삶의 전경에 다시 뛰어들 힘이 남아 있다는 것을 증명하려는 듯 또렷하게 그 모습을 드러내고 있었다.

　번개는 또한 탑처럼 꼼짝 않고 서 있던 한 사람도 은빛으로 덮어버렸다. 키 큰 남자 한 명이 일행보다 조금 올라온 곳에 서서 움직이지 않고 있었다. 다른 사람들은 잔디에 앉아 있거나 허리를 굽혀 바구니와 그릇들을 치우고 있었다. 그가 입은 짧은 망토는 은 버클과 사슬로 죄어 있었는데 번개가 치자 그것들이 별처럼 반짝였다. 그의 모습은 정말 금처럼 윤이 나는 숱 많은 노란색 곱슬머리 때문에 더욱 금속성이 강조되어 보였다. 그는 선이 예리한 잘생긴 젊은 얼굴이었으나 밝은 곳에서 보면 주름이 많고 늙어 보였다. 아마도 짙은 화장을 자주 한 탓이리라. 이 남자의 이름은 위고 로메인으로 당대 최고의 배우였다. 번개 치는 순간, 그의 금빛 고수머리와 하얀 얼굴, 그리고 망토의 은 장식 때문에 그의 모습은 마치 갑옷을 차려입은 투사처럼 순간적으로 빛나 보였다. 번개가 사라지자 이내 비 내리는 저녁 하늘의 음울한 회색 빛을 배경으로 서 있던 그는 어둡다 못해 검은 윤곽으로 보였다.

　그러나 조각상처럼 미동도 않고 서 있는 그의 모습에는 아래쪽에 있는 사람들과 구별되는 뭔가가 있었다. 다른 사람들은, 예기치 않게 번개가 내리치자 자연스럽게 반사적 행동을 보였다. 비가 내리고 있기는 했지만 번개는 처음이었던 것이다. 일행 중 유일한 여성인 오트람 부인은 회색 머리를 우아하게 뽐내듯 너풀거리다가, 번개가 치자 미국인답게 눈을 질끈 감고 날카로운 비명을 질렀다. 그녀의 남편 오트람 장군은 상당히 둔감한 영국계 인도인으로, 대머리에다가 검은 콧수염과 구레나룻을 구식으로 길렀다. 번개가 치자 그는 하늘을 한번 쳐다보더니 아무렇지도 않게 다시 자리 치우는 일을 계속했다. 체격이 크고 수줍음이 많은, 강아지 같은 갈색 눈의 청년 말로는 번개 치는 소리에 컵을 떨어뜨렸다가 머쓱해하며 사과했다. 규모가 큰 신문사 소유주인 존 콕스퍼 경은 화려하게 차려입고 있었다. 호기심 많은 테리어 종처럼 단단해 보이는 머리에 은발을 올백으로 빗어 넘긴 그는 토론토 출신답게 독특한 억양으로 마구 욕을 퍼붓고 있었다. 그 와중에도 망토를 두른 위고 로메인은 그야말로 동상처럼 가만히 서서 어둠을 응시하고 있었다. 그의 독수리 같은 얼굴은 로마 제국의 동상을 닮았고 조각된 듯한 눈은 단 한 번도 깜박이지 않았다.

잠시 후에 천둥을 동반한 어둠이 몰려왔고 위고 로메인은 그제서야 조각 상태에서 깨어나 생명을 되찾은 듯했다. 그는 고개를 돌리더니 태연하게 말했다.

"번개가 치고 천둥 소리가 나기까지 약 일 분 삼십 초가 걸렸습니다. 폭풍우가 오고 있나 봅니다. 번개가 칠 때 나무 밑은 오히려 위험하다고 하던데 지금 비를 피하려면 달리 피할 곳이 없겠군요. 곧 폭우가 쏟아질 것 같은데요."

말로가 걱정되는지 오트람 부인 쪽을 흘깃 보면서 말했다.

"어디 비를 피할 곳이 없을까요? 저쪽에 집이 한 채 있는 것 같던데."

"집이 있긴 하군요. 그다지 머물 만한 곳은 아닌 것 같지만."

오트람 장군이 조금 인상을 찌푸리며 말했다.

"근처에 저 집밖에 없는 상황에서 폭우가 몰아닥치다니, 예감이 좋지 않군요."

오트람 부인도 낙담하여 말했다.

부인의 어조에, 예민하고 통찰력 있는 청년은 주춤했다. 그러나 토론토 출신의 남자는 전혀 신경쓰지 않았다.

"저 집이 어때서 그러시죠? 그냥 평범한 폐허 이상으로 보이지 않는데요."

"저 집의 주인은 마른 후작입니다."

오트람 장군이 건조한 목소리로 말했다.

"이런! 그 작자에 대해 잘 알고 있지요, 정말 유별난 사람이지요. 작년에 〈코멧〉 신문 일면 기사로 그의 기사를 실은 적이 있어요. '아무도 모르는 귀족'이라는 제목으로 말입니다."

존 경이 말했다.

"저도 그 후작 얘기를 들었습니다. 그가 숨어 지내는 것에 대해 온갖 해괴한 풍문이 떠돌고 있는 것 같습니다. 문둥병에 걸려 가면을 쓰고 다닌다는 이야기도 있고, 후작의 집안에 저주가 내렸다고 하는 사람들도 있더군요. 차마 눈 뜨고는 볼 수 없는 기형아가 태어나서 어두운 방에 아이를 숨겨놓고 산다는 말도 들었습니다."

낮은 목소리로 말로가 말했다.

"마른 후작은 머리가 세 개나 달렸다지요."

위고 로메인이 엄숙하게 말했다.

"삼백 년에 한 번씩 후작의 집안에는 머리가 세 개 달린 사람이 태어난다는군요. 아무도 그 저주받은 저택에 접근하려 하지 않습니다. 모자 장수만이 조용히 그 집에 가서 수많은 모자를 제공해주지요. 그러나……."

갑자기 위고 로메인의 목소리가 깊고 끔찍한 목소리로 바뀌었다. 일행은 그 목소리에 섬뜩해졌다.

"여러분, 그 모자는 인간이 쓰는 모자 모양이 아니랍니다."

오트람 부인은 자신도 모르게 로메인의 목소리에 속아 놀란 것에 화가 난 듯 인상을 쓰며 로메인을 쳐다보았다.

"그런 끔찍한 농담은 사절입니다. 그런 농담은 하지 않으셨으면 좋겠어요."

"그 말씀에 복종하옵지요. 그러나 라이트 여단*처럼 이유도 묻지 못하는 건 아니겠지요?"

"이유는 후작이 '아무도 모르는 귀족'이 아니기 때문이에요. 저는 그 후작을 알아요. 적어도 삼십 년 전 그가 워싱턴에 외교관보로 와 있을 때는 잘 알고 지냈지요. 그때 그는 가면도 쓰지 않았고요. 적어도 저와 만났을 때는요. 문둥병 환자처럼 외로운 사람인지는 모르나 문둥병 환자는 아닙니다. 그런데 오직 한 사람만을 생각하던 그가 커다란 상처를 받게 되었습니다."

"불쌍하게 끝난 연애였군요."

존 경이 말했다.

"남자가 상심하는 것은 항상 여자 때문이라고 생각하시나 본데 여성에 대한 찬사로 받아들이겠습니다. 그러나 다른 종류의 사랑과 이별도 있지요. 시인 테니슨이 친구의 죽음을 애도하며 쓴 추모시 〈인 메모리엄〉을 읽어본 적이 없으세요? 다윗과 요

---

* 크림 전쟁 당시 브루더넬 장군이 이끌던 여단으로, 그의 오판으로 여단원들이 전멸했다.

나단의 우정에 관해 들어보지 못했나요? 가엾은 마른 후작이 상심한 것은 동생의 죽음 때문이었어요. 사실 사촌동생이었지만 두 사람은 친형제처럼 함께 자랐고 다른 형제들보다 가까운 사이였지요. 그 당시 후작은 제임스 메어로 통했죠. 그는 사촌동생 모리스 메어를 신처럼 떠받들었어요. 제임스의 설명에 따르면 모리스는 정말 놀라운 사람이었어요. 제임스도 어리숙한 사람이 아니었고 외교관보로 자신의 일에도 매우 능숙했지요. 그러나 모리스는 팔방미인이라고 들었어요. 그는 미술에도 조예가 깊고 아마추어 배우이자 음악가이고, 그밖에 못하는 것이 없었다더군요. 제임스는 상당히 잘생겼지요. 키도 크고 강인한 체격에 코도 오똑했고요. 그런데 빅토리아 시대에 유행했던 것처럼 털이 수북한 구레나룻을 기르고 다녀서 젊은 사람들은 제임스가 좀 별나 보인다고 생각했을 거예요. 반면 모리스는 말끔하게 면도한데다 아주 멋진 모습이었어요. 그의 사진을 본 적이 있거든요. 점잖은 신사라기보다는 테너 가수처럼 보였지만요. 제임스는 저를 볼 적마다 저에게, 모리스가 대리석 조각 같지 않으냐, 어떤 여자라도 모리스를 보면 사랑에 빠지지 않겠느냐 등등 지칠 줄도 모르고 물어보았죠. 나중에는 지겨울 정도였어요. 그러다 갑자기 비극적인 일이 터지고 말았지요. 모리스를 우상으로 섬기는 것에 제임스는 전부를 걸었는데, 어느 날 그 우상이 도자기 인형처럼 바닥에 떨어져 깨지고 말았지요. 모리스가 바닷가에서 독감에 걸려 죽고 말았거든요."

"그 다음부터 외부와 담을 쌓고 산다는 말입니까?"

말로가 물었다.

"처음에는 아시아와 야만의 섬들 등으로 여행을 떠났지요. 사람마다 충격에 대응하는 법이 틀리지요. 그는 모든 것과 극단적으로 단절하는 방식을 취한 겁니다. 가문에서, 심지어는 기억에서도 가능한 멀리 떠났지요. 모리스의 초상화, 그와의 추억, 그의 물건 등 그를 연상시킬 만한 그 어떤 것도 견딜 수가 없었어요. 물론 성대하게 장례식을 치를 경황도 없었고요. 그는 멀리 떠나기만을 바랐고 십 년 간 외국을 돌아다녔어요. 십년의 방황 끝에 조금이나마 원기를 회복하기 시작했다는 소문이 들리더군요. 그러나 집에 돌아와서는 다시 상심에 빠지더니 심한 우울증에 걸렸지요. 그건 광기에 가까운 상태였어요."

"신부들이 후작을 쥐고 흔든다고 하더군요. 그가 수도원 신축에 수천 파운드를 기부하고 스스로 수사처럼, 아니 은자처럼 살고 있다고 들었습니다. 그런다고 무슨 도움이 되는 건지 이해할 수가 없습니다."

오트람 장군이 못마땅한 듯 말했다.

"빌어먹을 미신이지요. 그런 바보짓은 다 밝혀져야 돼요. 이

국가와 세계에 유용한 인재가 될 수 있는 사람이 흡혈귀 같은 신부들의 손에 놀아나며 피를 뜯기다니요. 신부들은 자기들 생각만 하며 후작에게 결혼도 하지 못하게 했을 겁니다."

존 경이 코웃음치며 말했다.

"맞아요. 후작은 결혼한 적이 없어요. 그에게는 결혼을 약속한 여인도 있었지만, 모든 것이 끝나버리던 그때 같이 막을 내렸지요. 햄릿과 오필리아처럼 말이에요. 햄릿은 삶을 잃었기 때문에 사랑의 감정도 잃은 거예요. 전 약혼자가 누군지도 알아요. 사실 지금도 연락하고 지내지요. 우리끼리니까 말인데 그 약혼녀는 바로 퇴역 제독의 딸 비올라 그레이슨이에요. 그녀도 결혼하지 않고 여태 독신으로 살고 있지요."

"말도 안 돼요! 어떻게 그런 일이! 그건 비극이 아니라 범죄입니다. 제겐 대중들에게 알릴 의무가 있어요. 이 말도 안 되는 악몽을 모두 밝혀야겠어요…… 20세기에 그런 일이……."

펄쩍 뛰며 존 경이 외쳤다.

그는 흥분해서 숨이 막히는 듯하더니 이내 조용해졌다.

오트람 장군이 말했다.

"후작에 관해 제가 많이 알고 있는 것은 아니지만 신부들은 '죽은 자를 고이 잠들게 하라'는 구절을 좀더 연구해야겠습니다."

"지금이 바로 그런 상황이군요. 죽은 사람을 파헤치고 다른 사람을 대신 묻는 일을 되풀이하는 격이니 말이에요."

오트람 부인이 한숨을 쉬며 말했다.

"폭우가 지나갔습니다. 결국은 저 불길한 저택에 갈 필요가 없어졌네요."

의미를 알 수 없는 미소를 지으며 로메인이 말했다.

오트람 부인이 갑자기 덜덜 떨기 시작했다.

"오, 다시는 그 집에 가지 않을 거예요!"

말로가, 소리를 지르는 부인을 물끄러미 쳐다보았다.

"다시라니요? 후작의 집에 가보신 적이 있다는 건가요?"

말로가 소리쳤다.

"한 번이요."

부인이 약간 으쓱해 보이며 가볍게 말했다.

"다시 후작 이야기로 돌아갈 필요는 없을 것 같아요. 이제 비도 멈추었으니 차로 돌아가는 것이 좋겠어요."

모두 차로 향할 때 말로와 오트람 장군이 뒤쪽에서 함께 걸어가게 되자 장군이 낮은 목소리로 불쑥 말했다.

"저 비열한 존 경에게는 말하고 싶지 않지만 물어보셨으니 아시는 것이 좋을 듯합니다. 단 한 가지, 마른 후작을 용서할 수 없는 점이 있습니다. 신부들이 그렇게 만든 것 같지만요. 후작이 미국에 머물 때 가장 가까운 친구였던 제 아내는 후작의 저택에 갔었는데 마침 그가 정원에서 산책을 하고 있었습니다. 그는 검은 두건으로 얼굴을 가린 채 수도승처럼 땅을 내려다보고 있었습니다. 아내는 방문을 알리는 카드를 저택 안에 보냈지만 그는 움직일 줄 몰랐습니다. 마침 입구 쪽을 지나가던 후작이 아내를 보고도 한마디 없이, 아니 눈길 한 번 주지 않고 그냥 지나갔다고 합니다. 인간이 아닌 끔찍한 기계 같았다더군요. 아내가 그를, 삶을 잃은 사람이라고 부를 만도 합니다."

"정말 이상한 일이군요. 그건…… 제가 생각했던 것과는 딴판이군요."

말로가 모호하게 말했다.

다소 우울한 피크닉이 흐지부지 끝나자, 말로는 생각에 잠겨 그의 친구를 찾아 나섰다. 그가 피크닉 때 들었던 신기한 이야기에 관심을 기울일 만한 신부였다. 그는 먹구름처럼 마른 후작에 관해 떠도는 무자비한 풍문의 진상을 알고 싶었다.

그는 이곳저곳 수소문하고 다닌 끝에, 대가족을 거느린 가톨릭 신부 친구 집에 머무르고 있는 브라운 신부를 찾았다. 말로가 예고 없이 들이닥쳤을 때 브라운 신부는 상당히 심각한 표정으로 바닥에 앉아서 밀랍인형에 붙어 있던 꽃무늬 모자를 곰

인형에 붙이려 애쓰고 있었다.

말로는 신부의 행동이 좀 엉뚱하다고 느꼈으나 후작의 진실을 너무나 알고 싶은 나머지 신부에게 도와달라고 부탁할 생각밖에는 들지 않았다. 다만, 한동안 계속되던 잠재의식의 흐름이 일종의 방해물에 부딪혀 뒤뚱거리는 것 같았다.

그는 오트람 부인에게서 들은 대로, 마른 후작에 관해 신부에게 전부 털어놓았다. 오트람 장군과 존 경의 말도 대부분 잊지 않고 전했다. 신문사 소유주의 말을 꺼내자 신부는 새로운 관심을 보였다.

브라운 신부는 자신의 자세가 우스운 것은 신경도 쓰지 않았다. 그는 계속 바닥에 앉아 있었고 그의 큰 머리와 짧은 다리 때문에 어린아이가 바닥에서 장난감을 가지고 노는 것처럼 보였다. 그러나 그의 큰 회색 눈에는 19세기 소설을 통해 잘 알려진 표정이 나타났다. 의회에 참석한 의원의 눈, 수도회 총회에 참석한 수사의 눈, 좌석에 앉은 주교와 추기경의 눈, 먼 곳을 바라보는 듯하면서도 주의를 기울이는, 보통 인간으로서는 갖기 어려운 겸손함이 가득한 그런 눈이었다. 다른 점이라면 지금 브라운 신부는 바닥에 앉아 있다는 것이었다. 걱정하면서도 먼 곳을 향하는 그 눈빛은 수많은 폭우를 지나온 선원들에게서 볼 수 있는 것이었다.

"이야기를 해주어서 참 고맙습니다. 그 문제에 관해서 우리 신부들이 할 일이 많을 것 같습니다. 당신과 오트람 장군만 알고 있었다면 몰라도, 존 경이 알았으니 분명 신문에 그 끔찍한 일이 실리겠죠. 토론토 사람이니 막을 수가 없을 겁니다."

"그럼 어떻게 하시려고요?"

걱정되는 듯 말로가 물었다.

"우선, 당신이 말했듯 모든 얘기가 사실인 것 같지는 않습니다. 신부들이 모든 사람의 행복을 뺏어먹고 사는 염세적 흡혈귀라니…… 저도 그 중 하나라는 얘기 아닙니까."

신부는 곰인형을 코에 대고 문지르더니 이상해 보이는 짓이라는 것을 어렴풋이 의식했는지 인형을 다시 내려놓았다.

"신부들이 사람들과 가족의 유대를 파괴한다고 합시다. 그렇다면 왜 후작이 모든 것과 멀어지려고 할 때 그를 다시 그 유대 안으로 끌어들였을까요? 가족애를 파괴했다거나 종교에 심취하게 했다는 이유로 신부들을 비난하는 것은 분명 옳은 판단이 아닙니다. 종교에 심취한다고 그렇게 편집광이 되는 것은 아닙니다. 그리고 희망을 심어주지 않고서야 종교에 맹신하게 할 수는 없었을 겁니다."

신부는 잠시 뒤 말을 이었다.

"그 오트람 장군과 얘기해보고 싶군요."

"얘기를 해준 사람은 오트람 부인인데요."

"그렇지요. 그러나 저는 부인이 말한 것보다 장군이 말하지 않은 부분에 더 관심이 갑니다."

"장군이 부인보다 더 많이 알고 있다고 생각하세요?"

"부인이 말한 것보다는요. 장군이 부인에게 무례했던 것만 빼면 마른 후작을 용서할 수 있다는 표현을 했다고 하셨지요? 결국 용서할 일이 뭔가 있었다는 말 아닐까요?"

브라운 신부는 일어서서 볼품없는 옷을 털더니 묘한 표정의 찡그린 눈으로 말로를 쳐다보았다. 그런 다음 돌아서서 역시 뭉툭한 우산과 넓고 초라한 모자를 집어들고 길을 나섰다.

신부는 거리와 광장을 터벅터벅 걸어서 고풍스러운 멋진 건물에 도착했다. 그는 하인에게 오트람 장군을 만나고 싶다고 했다. 하인과 잠시 협상을 벌인 후, 책보다는 지도와 지구본이 더 많은 서재로 안내받았다.

서재에는 대머리에 검은 구레나룻을 한 영국계 인도인이 의자에 앉아, 길고 얇은 검정색 시가를 피우며 지도 위에 핀을 꽂는 놀이를 하고 있었다.

"방해해서 죄송합니다. 개인적인 일 때문에 이렇게 불쑥 찾아올 수밖에 없었습니다. 그리고 비밀로 해주셨으면 감사하겠습니다. 불행히 이 문제를 세상에 알리려는 사람이 있는 것 같아서요. 존 콕스퍼 경을 아실 거라고 생각합니다."

검은 콧수염과 구레나룻이 장군 얼굴의 아랫부분을 가리는 가면 역할을 하여 그가 웃는 것인지 아닌지 구별하기가 힘들었다. 그러나 그의 갈색 눈 주위에 잔주름이 잡히는 걸로 보아 웃는 것이 확실했다.

"존 경을 모르는 사람은 없겠지요. 저도 그를 잘 아는 것은 아닙니다만."

"아시다시피 경이 아는 일은 모든 사람들이 알게 되지요. 인쇄하는 데 지장이 없는 일이라면 말입니다. 제 친구 말로를 알고 계신 줄로 압니다. 말로의 얘기로는 존 경이 마른 후작에 관한 이야기를 신문에 내면서 가톨릭 사제들에게 신랄한 비판을 가하는 기사를 쓰려 한다는군요. '수사들이 후작을 미치광이로 만들다', 뭐 이런 기사를 낼 거라는군요."

브라운 신부가 웃으며 말했다.

"경이 그런 기사를 쓰는데, 왜 하필이면 저에게 오셨는지 모르겠군요. 저는 개신교도입니다."

"저는 믿음이 강한 개신교도들을 좋아합니다. 진실을 말씀해 주실 거라고 확신했기 때문에 이렇게 왔습니다. 경을 믿지 않은 것이 무정한 행위가 아니기를 바랄 뿐입니다."

오트람의 갈색 눈이 다시 반짝였으나 그는 아무 말도 하지 않았다.

"장군님, 존 경 같은 사람들이 당신 나라와 종교의 명예를 손상시키는 이야기로 세상을 들썩인다고 생각해보십시오. 당신의 부대가 전쟁 도중 도망을 갔다고, 아니면 당신의 부하들이 적에게 매수됐다고 경이 떠들고 다닌다고 상상해보십시오. 거짓 기사가 난무하는데도 개입하지 않고 가만히 계시겠습니까? 어떤 대가를 치르더라도 진실을 밝히려 하지 않으시겠습니까? 저에게도 일종의 부대가 있고, 저는 일종의 군대에 속한 사람입니다. 저의 군대가 거짓 소문에 명예를 실추하고 있습니다. 그러나 저는 진상을 알지는 못합니다. 진실을 캐고 다니는 저를 나무라시겠습니까?"

오트람은 말이 없었고 신부가 계속 말을 이었다.

"말로가 말하기로는, 마른 후작이 형제 이상으로 가깝게 지내던 사촌이 죽은 후 상심하여 세상을 등지고 지낸다고 하더군요. 저는 사촌의 죽음 이상의 일이 있었다고 생각합니다. 그것을 여쭙기 위해 이렇게 왔습니다."

"아니요, 더이상은 말씀드릴 수 없습니다."

오트람 장군이 딱 잘라 말했다.

"장군님. 제가 그런 애매한 표현을 했다면 장군님은 저에게 예수회 신부는 어쩔 수 없다고 하셨을 겁니다."

신부가 미소지으며 말했다.

오트람은 무뚝뚝하게 웃더니 좀전보다 더 큰 적개심을 보이며 호통을 쳤다.

"그렇다면 말씀드리지 않겠다고 하겠습니다. 이 표현은 어떤가요?"

"그럼 제가 장군님께 말씀드릴 것이 있습니다."

신부가 부드럽게 말했다.

장군의 갈색 눈이 신부를 응시했고 이번에는 눈가에 주름이 지지 않았다.

"배후에 무언가가 있는 것이 확실하다고 믿는 이유를 말씀드리지요. 후작이 그토록 깊이 고민하고 비밀스럽게 행동하는 데에는 친구를 잃은 슬픔 이상의 이유가 있다는 것을 알고 있습니다. 신부들이 그 이유와 관계가 있다고 생각하지는 않습니다. 후작이 종교로 귀화한 것인지 아니면 자선 사업으로 위로를 삼고 있는지는 저도 모릅니다. 그러나 그런 행동이 친구를 기리는 것 이상의 의미가 있다는 것은 확실합니다. 장군께서 말씀을 하지 않겠다고 하시니 제가, 후작이 비밀스러운 행동을 하는 이유를 한두 가지 말씀드리겠습니다.

우선, 제임스 메어 후작은 약혼을 했다가 모리스 메어의 죽음 후에 파혼했습니다. 약혼과 관계 없는 제삼의 인물인 사촌의 죽음에 낙담했다고 해서 왜 귀족의 신분으로 신의를 저버리는 파혼을 감행했을까요? 오히려 약혼자에게 위안을 구할 일이었는데 말입니다. 약혼자에게 위안을 구하지 않더라도 의연하게 슬픔을 헤쳐나가야 했을 텐데요."

오트람 장군은 검은 콧수염을 물어뜯었고 그의 갈색 눈은 경계하면서 조심스러워하는 기색이었으나 여전히 말은 없었다.

탁자를 찡그린 표정으로 내려다보며 브라운 신부가 계속했다.

"두번째로, 제임스 메어 후작은 늘 오트람 부인에게 모리스가 멋지지 않느냐고, 여자라면 그를 좋아하지 않겠느냐고 물었습니다. 부인도 그 질문에 다른 의미가 있다는 생각이 들었는지 모르겠군요."

오트람은 벌떡 일어나 주위를 성큼성큼 걷기 시작했다.

"빌어먹을."

오트람이 말했다. 그러나 증오의 흔적은 없었다.

"셋째로, 제임스 메어 후작이 친구의 죽음을 애도하는 방식에는 모든 흔적을 없애고, 초상화를 가려버리는 등 이상한 데가 있습니다. 물론 애정의 표현으로 이렇게 친구의 죽음을 애도하는 경우도 가끔 있겠습니다만 다른 의미일 수도 있지요."

"그만 하시지요. 언제까지 정황만 늘어놓으실 건가요?"

"넷째와 다섯번째가 결론 부분입니다."

신부가 차분하게 말했다.

"두 가지를 합하면 더 확실한 결론이 됩니다. 우선 모리스 메어의 공식적 장례식은 없었던 것 같습니다. 대가족의 사촌동생의 죽음에 어울리는 그런 장례식 말입니다. 급하게 비밀리에 매장했겠지요. 마지막으로 제임스 메어는 모리스 메어가 죽자마자 외국으로 사라졌습니다. 사실은 지구 끝으로 도망친 것입니다. 그리고……."

여전히 부드러운 목소리로 브라운 신부가 계속했다.

"당신이 제임스 후작의 사건을 완벽한 형제애로 포장하기 위해 저의 종교에 먹칠을 하시려는 것은……."

"그만!"

총알 같은 어조로 오트람 장군이 소리쳤다.

"제 차례군요. 그렇지 않으면 더 끔찍한 상상을 하시겠습니다. 먼저 말씀드릴 것이 있습니다. 제임스 메어는 비겁하게 도망친 것이 아닙니다."

"아."

브라운 신부가 크게 숨을 내뱉듯 말했다.

"결투를 한 것입니다. 영국에서의 마지막 결투였을 겁니다. 그것도 이제는 오래 전 일이군요."

"그렇다면 다행이군요. 주님 감사합니다."

"신부님이 상상한 추한 시나리오보다는 낫다는 말씀인가
요?"

오트람 장군이 퉁명스럽게 말했다.

"신부님은 순수하고 완벽한 우정을 비웃으셨지만 제임스와
모리스의 우정은 정말로 순수하고 완벽했습니다. 제임스는 동
생처럼 함께 자란 모리스에게 지극 정성이었습니다. 나이 차이
가 나는 누나나 형이 어린 동생에게 지극한 경우가 더러 있지
요. 특히 동생이 어릴 경우에는 말입니다. 제임스 메어는 단순
한 사람으로 사람을 증오할 때에도 이기적이지 않았습니다. 제
말은 그의 애정이 노여움으로 바뀌었을 때도 여전히 자신보다
는 증오의 대상을 향했다는 것입니다. 그는 자신을 의식하지
않았습니다. 모리스 메어는 정반대였지요. 그는 제임스보다 더
사교적이었고 평판도 좋았습니다. 그러나 성공하면서부터는
거울의 집에서 자신에게 도취되어 살았습니다. 그는 모든 운동
경기와 예술 분야에서 두각을 나타냈고 항상 승리한데다 유쾌
하게 승리를 받아들였지요. 우연히 지는 경우에는 불쾌한 표정
이 흘낏 보이곤 했지요. 그는 질투심이 많은 편이었거든요. 제
임스의 약혼에 그가 질투를 느끼게 된 그 비참했던 과정에 대
해 모두 말씀드릴 필요는 없을 것 같습니다. 제임스 메어가 모

리스보다 잘하는 몇 가지 중에 하나가 사격술이었다는 것을 말하는 것으로 충분하다고 생각합니다. 그것으로 비극의 결말이 난 것이지요."

"그리고 살아남은 자의 비극이 시작되었다는 말씀인가요? 후작이 비참해지는 데 흡혈귀 신부들을 끌어들일 필요는 없었다는 생각이 드는군요."

신부가 응수했다.

"제 생각에는 후작이 필요 이상으로 비참하게 지냅니다. 결투는 소름끼치는 비극이었지만 공정한 대결이었습니다. 제임스는 도발적인 성격이었지요."

"어떻게 그 모든 일을 다 알고 계시죠?"

"직접 보았으니까요. 제가 제임스 메어의 결투 입회인이었습니다. 모리스 메어가 총에 맞아 쓰러져 죽는 것을 바로 눈앞에서 보았습니다."

"더 자세하게 말씀해주시면 좋겠습니다. 모리스 메어의 입회인은 누구였지요?"

되새기듯 신부가 말했다.

"아주 유명한 사람이지요. 위고 로메인이 모리스의 입회인이었습니다. 그 유명한 위고 로메인 말입니다. 모리스는 연극에 미쳐 있었기에 로메인을 입회인으로 택했습니다. 그때 로메인은 떠오르는 배우였지만 아직은 고군분투하던 시기였지요. 모리스는 프로 배우인 로메인에게서 연기 수업을 받았고 그 대가로 로메인을 재정적으로 후원해주었습니다. 당시 로메인은 사실상 모리스에게 금전적으로 의존하고 지내는 상태였습니다. 지금이야 웬만한 귀족들보다 더 재력이 있지만 말입니다. 그래서 입회인이라고는 하지만 로메인은 결투에 대해서 거의 모르는 상태였습니다. 두 사람은 일 초에 한 발만 쏘는 영국식 결투 방법을 택했습니다. 저는 적어도 결투장에 의사를 참석시키려고 했었지만 모리스가 기어이 못 하게 했습니다. 결투에 대해 사람들이 알게 해서는 안 된다고 했지요. 최악의 경우에는 즉시 도움을 얻을 수 있다고 하면서요. 모리스가 말했지요, '일 킬로미터도 안 되는 거리에 마을이 있어요. 그곳에 제가 잘 아는 뛰어난 의사가 있습니다. 그에게는 이 지방에서 가장 빠른 말도 있어요. 언제라도 이곳으로 의사를 데려올 수 있지만 결투 전에는 부를 필요가 없습니다' 라고요. 우리는 모리스가 인생 최대의 모험을 걸고 있다는 것을 알았기 때문에 의사를 부르지 말라는 그의 말을 거부할 수 없었습니다. 결투는 스코틀랜드의 동해안에 있는 평평한 모래사장에서 진행되었습니다. 군데군데 잔디가 돋은 모래 둔덕이 모래사장 주변을 성벽처럼 둘러싸고 있어서 근처 마을에서는 결투 장면이 보이지 않았지요. 모래 둔덕 사이에 깊게 패인 구멍이 있어서 그 틈으로 모래 사장에 들어갈 수 있었습니다. 지금도 그 광경이 눈에 선합니다. 넓게 펼쳐진 누르스름한 모래 너머로 좁고 검붉은 모래땅이 있었지요. 혈투의 그림자처럼 그 검붉은 모래땅이 결투의 끝을 암시하는 듯했습니다.

결투 자체는 눈 깜짝할 사이에 끝났습니다. 회오리바람이 모랫바람을 일으키고 지나가듯 말입니다. 탕 하는 소리가 나자마자 모리스 메어가 팽이처럼 빙빙 돌면서 얼굴을 바닥에 떨구었지요. 그때까지 저는 모리스를 걱정했었습니다. 그런데 이상하게도 모리스가 죽자마자 저의 모든 동정심은 그를 죽인 제임스에게로 향했습니다. 지금 이 순간에도 마찬가지입니다. 그 결투로 제 친구의 평생에 걸친 사랑, 그 거대하고 끔찍한 사랑의 추가 되돌아오리라는 것을 알고 있었습니다. 다른 사람들이 어떤 이유로든 제임스를 용서한다 해도 제임스는 평생 자신을 용서하지 못하리라는 것을 알고 있었습니다. 아직도 생생하게 잊을 수 없는 것은 결투나 총에서 나던 연기, 모리스가 쓰러지던 장면이 아닙니다. 그런 것은 잠을 깨우는 소리처럼 모두 사라졌습니다. 제가 보았고 또 영원히 기억 속에 새겨진 장면은, 제임스가 친구이자 결투 상대자인 모리스가 쓰러지자마자 그에게도 달려가던 모습입니다.

놀란 제임스의 얼굴은 핏기가 사라져 갈색 수염이 검게 보일 정도였습니다. 바다를 배경으로 한 그의 뚜렷한 이목구비, 미칠 듯이 제게 의사를 부르라고 손을 흔들던 모습이 아직도 생생합니다. 모리스에게 달려갈 때 총은 떨어뜨린 상태였고 장갑을 낀 그의 손가락이 힘없이 흐느적거려 그의 광란의 몸부림을 더욱 안타깝게 했습니다. 제 기억에 영원히 남아 있는 장면입니다. 바다와 모래사장, 돌처럼 누워 있던 시체, 그리고 모리스의 입회인 위고 로메인이 수평선을 등지고 꼼짝 않고 서 있던 모습. 그 외에 다른 것은 아무것도 없습니다."

"위고 로메인이 꼼짝 않고 서 있었나요? 그가 시체에서 가장 가까이 있었을 텐데요."

"아마 제가 마을로 떠난 후에 시체 쪽으로 갔을 겁니다. 저는 모리스가 죽어가는 것을 보고 즉시 모래 둔덕을 빠져나가 마을로 의사를 부르러 갔습니다. 모리스가 의사를 보는 눈은 있었습니다. 의사가 도착했을 때는 이미 늦었지만 어쨌든 의사는 제가 생각했던 것보다는 훨씬 신속하게 움직였습니다. 붉은 머리카락에 성미가 급한 사람이었지만 급박한 상황에서 침착하고 기민하게 움직이는 데에는 탁월했습니다. 의사에게 찾아가서 말하자 그는 바로 말에 올라타더니 저를 뒤로 남긴 채 쏜살같이 결투 장소로 달려갔습니다. 그 순간 결투 전에 의사를 불렀어야 했다는 후회가 들었습니다. 그 의사라면 결투를 막을 수도 있었을 거라는 느낌이 강하게 들었지요. 의사는 놀라울 정도로 재빨리 사태를 정리했습니다. 제가 두 발로 걸어서 모래사장에 도착하기도 전에 모든 상황을 정리해놓았더군요. 시체는 임시로 모래 둔덕에 묻고 불운한 살인자에게는 그에게 남겨진 유일한 방법을 택하도록 설득했더군요. 제임스는 이미 해안선을 따라 부두로 가서 영국을 떠난 상태였습니다. 나머지는 다 아시고 계십니다. 불쌍한 제임스는 수 년간 외국에서 지냈고 나중에 모리스에 관한 일이 수습되고 잊혀졌을 무렵 우울한 그의 성으로 돌아와서 즉시 그의 작위를 물려주었습니다. 결투 이후로 오늘까지 저는 그를 한 번도 보지 못했습니다. 그러나 저는 그의 머리 가장 어두운 곳에 붉게 쓰여진 글자가 무엇인지 알고 있습니다."

"부인이 후작을 만나려 하셨다고 들었습니다."

"제 아내는 포기하지 않고 있습니다. 그런 죄가 한 사람을 영원히 세상과 단절시킬 수 있다는 것을 인정하지 않으려 하지요. 사실은 제 생각도 그렇습니다. 팔십 년 전만 해도 결투는 일상적인 일이었습니다. 살인이 아니었지요. 제 아내는, 결투의 원인이었던 불운한 여인 비올라와 절친한 사이입니다. 아내는, 제임스가 비올라를 만나서 옛 일은 다 지나간 일이라는 확신을 얻게 된다면 다시 제정신이 들 거라고 생각합니다. 아내는 내일 옛 친구들을 모아 모임을 가질 예정입니다. 아내는 에너지가 넘치는 사람이거든요."

브라운 신부는 오트람 장군의 지도 옆에 놓인 핀을 만지작거렸다. 장군의 말을 멍하니 듣고 있는 것 같았다. 그는 사건을 그림으로 떠올려보는 습성이 있었다. 오트람 장군처럼 현실적이고 평범한 사람의 상상력을 채색할 만한 장면은, 신부의 신비한 마음에는 더욱 의미심장하고 으시시한 색조를 띠었다. 신부는 황량한 적색 모래땅과 그 모래 위에 죽어 있는 사람을 그려보았다. 살인자가 구부정한 자세로 시체 쪽으로 뛰어가서 후회로 거의 정신이 나간 듯 장갑 낀 손을 미친 것처럼 흔들어대는 것을 보았다. 신부의 상상력은 항상, 사람이 있는 그림에 어울리지 않는 제3의 것으로 향한다. 그의 상상력이, 바다에 세워진 조각처럼 미동도 없이 신비하게 서 있는 살해된 이의 입회인 위고 로메인에게 향했다. 자세한 모습이 그려지는 것은 아니었다. 의문에 싸여 그대로 서 있는 뻣뻣한 위고 로메인의 모습에 신부의 상상력이 고정되었다.

왜 위고 로메인은 움직이지 않았을까? 절친한 사이가 아니라고 해도 즉시 행동하는 것이 입회인으로서 당연한 일이었을 것이다. 아직 밝혀지지 않은 이중 거래나 다른 동기가 있었다고 하더라도 쓰러진 모리스 쪽으로 움직이는 척이라도 해야 했다. 그리고 상대방의 입회인이 의사를 부르러 모래 둔덕으로 사라지기 전에 움직이는 것이 자연스러웠을 것이다.

"위고 로메인이란 사람은 행동이 느린가요?"

"엉뚱한 질문이시군요."

날카롭게 노려보며 오트람이 답했다.

"아니요, 일단 움직이면 아주 잽싸지요. 그런데 참 신기하군요. 오늘 오후 번개가 칠 때 로메인이 그 결투장에서처럼 꼼짝 않고 서 있던 것을 저도 생각하고 있었습니다. 은 버클이 달린 망토를 입고 한 손을 엉덩이춤에 댄 채로 결투장 모래사장에서와 똑같은 자세로 서 있었지요. 번개 때문에 다른 사람들은 눈도 뜰 수 없었는데 로메인은 눈 하나 깜짝하지 않았습니다. 번개가 지나가고 다시 어두워졌을 때도 그대로 서 있더군요."

"지금도 거기 서 있는 것은 아니겠지요? 그가 그곳을 떠났는지 물은 것입니다."

"천둥이 울리자 민첩하게 움직였습니다. 아마 천둥이 울리기를 기다렸던 것 같았습니다. 번개가 친 후 천둥이 울리기까지 얼마가 걸렸는지 정확하게 우리에게 말해주더군요…… 아니, 신부님, 왜 그러세요?"

"제가 실수로 핀에 찔렸습니다. 핀이 망가지지나 않았는지 모르겠네요."

신부가 말했다. 그러나 그의 눈이 빛나더니 갑자기 입을 다물었다.

"괜찮으세요?"

신부를 빤히 보며 장군이 물었다.

"네. 저는 장군의 친구인 위고 로메인보다는 인내심이 부족할 뿐입니다. 번개를 보면 눈을 깜박일 수밖에 없고요."

신부는 돌아서서 우산과 모자를 챙겼다. 그러나 문에 이르자 뭔가를 기억해낸 듯 다시 돌아섰다. 오트람 장군에게 가까이 다가가며 신부는 죽어가는 물고기처럼 무기력한 표정을 지어 장군을 올려다보았다. 그리고 장군의 허리춤에라도 매달릴 듯 가까이 와서는 속삭이듯 말했다.

"장군님, 제발 부탁이니 장군님 부인이나 그의 약혼자이셨던 분이 후작을 만나지 않도록 해주십시오. 자고 있는 강아지를 건드렸다가는 지옥 사냥개들의 고삐를 풀어주는 격이 될 겁니다."

장군은 다시 핀놀이 자세로 앉았으나 그의 갈색 눈에는 당황한 기색이 역력했다.

연이어 더욱 당황스러운 일들이 발생했다. 오트람 장군의 부인이, 성에 갇혀 사는 염세가 제임스를 밖으로 끌어낸다는 자비로운 의도로 친구들을 불러모았다. 부인이 첫째로 놀란 것은 결투장 비극 일원 중 한 명이 예고도 없이 불참한 것이었다. 후작의 저택 근처에 있는 조용한 호텔에 모였을 때 위고 로메인이 보이지 않았다. 뒤늦게 그의 변호사로부터 당대 최고의 배우인 그가 영국을 떠났다는 전보가 왔다.

두번째로 놀란 것은 그들을 맞으러 나온 사람이었다. 그들은 계속해서 후작의 성에 긴급 방문 요청 카드를 보냈고, 드디어 성의 입구에 도착했을 때 후작을 대신해서 그들을 마중 나온 것은 어두운 중세 분위기의 성과는 전혀 어울리지 않는 사람이었다. 품위 있는 집사나 청지기도 아니었고, 키 크고 멋진 제복을 입은 하인도 아니었다. 동굴 같은 성의 입구에서 나온 사람은 바로 작고 수수한 차림의 브라운 신부였다.

"보십시오. 말씀드렸듯이 후작을 내버려두시는 것이 좋습니다. 그는 자신이 어떤 상태이며 무얼 하고 있는지 잘 알고 있습니다. 그를 만나면 모든 사람이 불행해질 뿐입니다."

신부는 약간 역정이 난 듯 말했다.

오트람 부인과 동행한, 비올라 그레이슨으로 보이는 숙녀는 정숙한 차림에 아직도 품위 있는 모습이었다. 오트람 부인이 차갑고 경멸하듯 브라운 신부를 쳐다보았다.

"그런가요. 그러나 이번 일은 아주 개인적인 문제입니다. 신부님은 이 일에 전혀 관계가 없을 거라고 생각하는데요."

"신부를 믿고 개인 문제를 고백하라."

존 경이 으르렁거렸다.

"모르세요? 신부들은 쥐새끼처럼 벽판 뒤에 살면서 벽판을 갉아서 사람들의 침실에 침입하지요. 벌써 가엾은 후작을 손아귀에 넣은 겁니다."

고상한 친구들이 비밀 회합에 끼워주는 대신 신문에 후작에 관한 기사를 싣지 말도록 설득당한 존 경은 좀 뽀루퉁해져 있었다. 그는 자신이 벽판 뒤에 사는 쥐 같은 존재라는 생각은 추호도 하지 않았다.

"그런 문제는 없습니다. 신부들 때문인지에 관해 후작과 이야기를 나누었습니다. 제가 그와 관련된 유일한 신부이더군요. 그가 신부들과 관계가 있다는 것은 과장된 말입니다. 다시 말씀드리지만 후작은 지극히 제정신이며, 자신이 어떤 상태인지 잘 알고 있습니다. 부탁이니 제발 그를 내버려두시지요."

걱정이 되어 조바심을 내며 브라운 신부가 말했다.

"신부님 말씀은 후작을, 이 폐허에서 미쳐가며 죽은 사람처럼 살아가게 내버려두라는 말씀입니까? 이십오 년도 더 지난 결투에서 사람을 쏘았다는 불운 때문에 이렇게 살다니요. 이런 것이 기독교의 자비심입니까?"

오트람 부인이 떨리는 목소리로 외쳤다.

"그렇습니다. 그것이 제가 생각하는 기독교의 자비입니다."

무감각하게 신부가 말했다.

"이런 신부들과 어울리지 않는 것이야말로 기독교의 자비겠군요. 작은 실수를 저지른 사람에게 이런 식으로 죄를 사하게 하는 것이 기독교의 자비로군요. 산 채로 벽에 넣은 다음 금식과 참회로, 그리고 지옥 불의 그림자와 함께 굶어 죽게 하는 거죠. 잘못 발사된 한 발의 총알 때문에 이런 고통을 당해야 하다니……"

존 경이 매섭게 내뱉었다.

"브라운 신부님, 진심으로 후작이 마땅히 이런 고통을 감수해야 한다고 생각하시나요? 이것이 당신의 기독교 정신인가요?"

오트람 장군이 물었다.

"진정한 기독교 정신은 모든 것을 알고도 용서하는 것이지요. 기억하고 그리고 잊을 수 있어야 합니다."

좀더 부드럽게 오트람 부인이 간청했다.

"브라운 신부님. 저는 지금까지 신부님 말씀에 동의해왔습니다. 그러나 지금은 신부님을 따를 수 없습니다. 결투에서의 한 발 그리고 즉시 참회했다면 그리 큰 죄라고 할 수 없습니다."

말로가 진심으로 말했다.

"후작의 죄에 대해 제가 여러분보다 심각한 견해를 갖고 있다는 것은 인정합니다."

"주님이 당신의 돌 같은 마음을 부드럽게 해주시기를 바랍니다. 저는 제 옛 친구인 후작을 만나겠습니다."

낯선 숙녀가 처음으로 말했다.

마치 이 숙녀의 음성이 잿빛 성에 사는 유령을 깨워낸 듯 안에서 움직이는 소리가 들렸다. 긴 돌계단 끝에 있는 어두운 문에 한 남자가 서 있었다. 검은 옷을 입고 있었으나 빛 바랜 머리에서 야성적 기운이 느껴졌고 대리석 조각의 파편처럼 창백한 얼굴이었다.

비올라 그레이슨이 차분히 계단을 올라가기 시작했다. 오트람 장군이, 수북한 검은 콧수염 사이로 중얼거렸다.

"제 아내에게 했듯이 그레이슨 양을 모른 척하지는 않을 겁니다."

체념한 듯 브라운 신부는 잠시 후작을 올려다보았다.

"후작은 양심의 가책을 충분히 느끼고 있습니다. 그를 놓아줍시다. 적어도 후작은 장군님의 아내를 모른 척하지는 않았습니다."

신부가 말했다.

"무슨 말씀이십니까?"

"그는 당신의 아내를 본 적도 없습니다."

장군과 신부가 말하는 순간 비올라 그레이슨은 마지막 계단을 올라가 마른 후작과 대면했다. 후작의 입이 움직였으나 그가 말하기도 전에 일이 벌어졌다.

비명 소리가 주변을 날카롭게 울리더니 텅 빈 벽을 따라 구슬프게 메아리쳤다. 비올라 그레이슨의 입에서 갑작스럽고도 고통스럽게 터져나온 이 소리는 의미 없는 외침에 불과할 수도 있었다. 그러나 그것은 분명히 단어였고 일행 모두 너무나 분명히 그 단어를 들었다.

"모리스!"

"왜 그래, 비올라?"

오트람 부인이 비올라를 향해 계단을 뛰어오르기 시작했다. 비올라는 돌계단에서 굴러 떨어질 듯 몸을 제대로 가누지 못했다. 그녀는 고개를 설레설레 흔들고 나서 고개를 숙이고 덜덜 떨며 계단을 내려오기 시작했다.

"세상에, 아니 어떻게…… 제임스가 아니에요…… 모리스였어요!"

"오트람 부인, 비올라 양과 함께 가시는 것이 좋겠습니다."

신부가 엄숙하게 말했다.

일행이 돌아섰을 때 돌계단 위쪽에서 돌이 떨어지는 듯한 목소리가 들렸다. 열린 무덤에서 나오는 소리 같았다. 무인도에 야생동물과 홀로 남겨진 사람의 목소리처럼 거칠고 부자연스러웠다. 마른 후작의 목소리였다.

"멈추세요! 브라운 신부님, 당신의 친구들이 흩어지기 전에 제가 당신께 했던 모든 이야기를 얘기하실 권한을 드리겠습니다. 그 후에 어떤 일이 생길지라도 감수하겠습니다."

"알겠습니다."

신부는 조용히, 의아해하는 일행을 향했다.

"후작이 제게 말씀드릴 권한을 주셨군요. 그러나 후작이 말한 그대로 전하지는 않겠습니다. 제가 알아낸 진상을 말씀드리지요. 저는 처음부터 신부들이 후작에게 영향을 미쳤다는 것은 소설에나 나오는 억측이라는 것을 알고 있었습니다. 물론 저희 신부들은 때에 따라서 사람들을 규칙적으로 수도원에 나오도록 격려하기도 합니다. 그러나 중세의 성에 가둬두려고 하지는 않습니다. 마찬가지로 사제가 아닌 사람에게 사제복을 입도록 강요하지도 않습니다. 그래서 후작 스스로 수사들의 두건이나 가면을 쓴 것이라고 추측했습니다. 후작이 친구의 죽음을 애도한다는 이야기를 들었고 다음에는 살인자라는 말을 들었습니다. 그러나 그가 숨어 지내는 이유는 그의 문제만이 아니라 그와 함께 있었던 사람들의 문제라는 의심이 희미하게 들기 시작했지요.

그리고 오트람 장군이 결투 장면을 생생하게 묘사해주셨습니다. 저에게 가장 생생했던 장면은 배후에 있던 위고 로메인이었습니다. 모리스의 친구인 그가 돌처럼 꼼짝 않고 서 있는 대신 오트람 장군이 직접 의사를 부르러 가게 한 이유가 의심스러웠고, 다음에는 로메인 씨가 번개가 친 후 천둥을 기다릴 때도 꼼짝 않고 서 있었다는 이야기를 들었습니다. 이런 그의 버릇이 모든 것을 드러내주었지요. 결투장에서도 위고 로메인은 무언가를 기다리고 있었던 겁니다."

"모두 다 끝난 상황이었습니다. 무얼 기다렸다는 말씀입니까?"

오트람 장군이 물었다.

"그는 결투를 기다리고 있었습니다."

"제가 결투를 직접 보았다고 말씀드리지 않았습니까?"

오트람 장군이 소리를 높였다.

"장군은 결투를 보지 못했습니다."

"신부님 지금 제정신이신가요? 제가 눈이 멀었다고 생각하십니까?"

"당신의 눈은 가려져 있었기 때문에 볼 수가 없었습니다. 당신이 선한 사람이기 때문입니다. 당신의 순수함에 신이 가호를 내리셔서 그 이상한 결투를 보지 못하도록 하신 겁니다. 신께서 당신과, 그 적색 해안에서 실제로 벌어진 사건 사이에 모래와 침묵의 벽을 세워주신 겁니다."

"무슨 일이 있었던 것인지 말씀해주세요."

비올라 그레이슨이 숨을 헐떡이며 말했다.

"제가 알아낸 것을 말씀드리겠습니다. 다음으로 제가 발견한 것은 로메인이 모리스 메어에게 연기에 필요한 모든 속임수를 가르쳐주었다는 것이었습니다. 저에게도 연극계에 있는 친구가 있었습니다. 그 친구 말로는 교육기간 중 첫 주 내내 넘어지는 연습만 했다고 하더군요. 주춤거리지 않고 죽은 듯 납작하게 넘어지는 것을 배운다고 하더군요."

"주님 저희를 돌보소서!"

일어서려는 듯 의자 손잡이를 움켜쥐며 장군이 탄성을 질렀다.

"아멘. 장군께서는 제게 순식간에 벌어진 일이라고 하셨지요. 사실 모리스는 총알이 날아오기도 전에 미리 넘어져서 죽은 듯이 누워 있었습니다. 기다리면서 말입니다. 그의 연극 교사이자 친구인 악당 로메인도 뒤에서 가만히 기다리며 서 있었지요."

"저희도 지금 기다리고 있습니다. 그리고 더이상은 못 기다릴 것 같습니다."

존 경이 재촉했다.

"이미 후회로 제정신이 아니었던 제임스는 쓰러진 모리스에게 다가가 그를 부축하기 위해 몸을 굽혔습니다. 총은 불결한 물건을 버리듯 이미 던져버린 상태였지요. 그러나 모리스의 손안에는 발사하지 않은 총알이 그대로 장전되어 있는 총이 있었습니다. 제임스가 모리스 쪽으로 몸을 숙였을 때 모리스는 왼손을 집고 직접 일어나서 총을 발사했습니다. 모리스는 뛰어난 사격수는 아니었지만 그렇게 가까운 거리에서 빗나갈 일은 없었습니다."

일행은 일어서서 우두커니 선 채로 창백하게 질린 얼굴로 신부를 쳐다보았다.

"이 모든 얘기가 사실이란 말입니까?"

마침내 존 경이 심각한 목소리로 물었다.

"확실합니다. 이제 마른 후작인 모리스 메어를 어떻게 생각하실 것인지는 여러분의 기독교적인 자비심에 맡기겠습니다. 오늘 제게 기독교의 자비에 관해 말씀하셨지요? 여러분은 자비심을 상당히 넓게 생각하시고 있는 것 같았습니다. 너그럽게 모든 이들에게 자비를 베풀 준비가 되신 분들이니 모리스 메어

같은 죄인에게는 참 다행한 일입니다."

"집어치우세요. 저런 더러운 독사 같은 인간에게 자비를 베풀다니요! 지옥에 떨어져도 상관하지 않을 겁니다. 신의를 지킨 결투 행위를 용서한다고 했지, 비열한 암살자……."

오트람 장군이 폭발하듯 말했다.

"교수형에 처해야 합니다."

존 경이 들떠서 소리쳤다.

"미국에서 흑인을 죽일 때 하는 것처럼 산 채로 불에 태워야 합니다. 영원히 태울 수만 있다면 그렇게라도……."

"손끝 하나 그의 몸에 닿게 하고 싶지 않습니다."

말로가 말했다.

"인간의 자비심은 무궁무진한 것이 아닙니다."

오트람 부인이 온몸을 덜덜 떨면서 말했다.

"자비심에 한계는 있겠지요. 그것이 인간의 자비심과 기독교 자비심과의 차이지요. 여러분들이 오늘 저에게 냉담하고 돌 같다고 말씀하셨을 때 제가 꿈쩍도 하지 않은 것은 용서하시겠군요. 모든 죄인을 용서해야 한다고 설교하실 때도 저는 완전히 동의하지는 않았습니다. 제가 보기에 여러분들은 죄가 아니라고 생각하는 죄만을 용서하시는 것 같았습니다. 범죄가 아닌 관습이라고 할 만한 범죄를 저지른 죄인만을 용서해주는 것이지요. 의례적인 이혼을 눈감아주듯 의례적인 결투에 관대한 것이지요. 결국은 용서할 것이 없기에 용서해주는 것입니다."

브라운 신부가 메마른 소리로 말했다.

"그렇지만 말도 안 돼요. 저희가 모리스 같은 저열한 인간을 용서하리라고 기대하시는 것은 아니시지요?"

말로가 흥분해서 말했다.

"아닙니다. 그렇지만 우리 신부들은 용서할 수 있어야 합니다."

신부는 불현듯 일어서더니 일행을 둘러보았다.

"우리는 그런 죄인들을 축복해주어야 합니다. 그들을 지옥에서 구해줄 말을 해야 합니다. 인간적 자비심이 그들을 내버릴 때 우리 신부들은 그들을 절망에서 해방시켜야 합니다. 여러분들은 계속 용서하고 싶은 악덕과 죄만 용서하십시오. 정말로 위로가 필요한 사람들을 위로하는 일은 우리 어둠 속의 흡혈귀들에게 맡기시고요. 이 세상도 변호해주지 않고 자신도 스스로를 변호할 수 없는 사람들에게는 신부들 외에는 아무도 용서해주는 사람이 없습니다. 비열하고 반역자 같은 진짜 죄인은 저희에게 남겨지지요. 닭이 울고 아직 동이 트기 전 예수님을 부인하던 베드로처럼 말입니다."

"동이 튼다…… 신부님은 후작에게 희망이 있다는 말씀이십니까?"

말로가 생각에 잠겼다.

"그렇습니다. 한 가지만 물어보고 싶습니다. 여러분은 모두 지위가 높고 명예를 중시 여기는 분들입니다. 절대로 모리스처럼 비열한 범죄에 빠지지 않을 것입니다. 그러나 만에 하나 비열한 유혹에 빠졌다면, 수십 년이 지난 후 나이 들고 재력도 있고 안전하게 되었는데 구태여 자신이 한 일을 고백하겠습니까? 그런 비열한 범죄는 있을 수 없다고 하셨는데 그런 죄를 고백하는 것이 쉬운 일일까요?"

일행은 소지품을 챙겨 두세 사람씩 자리를 떠났다. 브라운 신부도 마른 후작의 우울한 성으로 조용히 되돌아갔다.

판사의 거울

거울은 참 희한한 물건입니다. 수백 가지 모습이
선명하게 나타났다가 모두 영원히 사라집니다.
그러나 회색 통로 끝 녹색 야자수 밑에 걸려 있던
그 거울에는 유난히 별난 점이 있습니다. 마치
마술 거울처럼 다른 거울과는 다른
운명이었습니다.

제임스 백쇼와 윌프레드 언더힐은 오래된 친구로, 집 근처 교외 지역의 쥐죽은 듯 조용한 미궁 같은 밤거리를 구석구석 돌아다니며 끝임없이 이야기하는 것을 좋아했다. 몸집이 크고, 거무스름하고, 한 가닥 콧수염이 난, 명랑한 성격의 백쇼는 직업 경찰이었다. 반면 얼굴 선이 날카롭고 예민하게 생긴 신사 언더힐은 탐정 일에 관심이 많은 아마추어 탐정이었다. 말을 하는 쪽이 경찰인 백쇼이고 듣는 쪽이 아마추어 언더힐이라는 것을 알면 추리소설 독자들은 상당히 놀랄 것이다.

백쇼가 말했다.

"전문가가 항상 틀리게 되어 있는 경우는 직업 중에 우리 경찰뿐일 걸세. 머리를 깎지 못해서 손님한테 도움을 받는 이발사 이야기가 어떤 소설에 있나. 손님에게서 승합마차 모는 법에 관한 원리를 설명 듣고 나서야 말을 몰 수 있게 된 마부 이야기 들어본 적 있나? 물론 경찰들이 틀에 박히는 경향이 있고 규칙대로만 해서 손해를 보는 경향이 있다는 것을 부인하지는 않네. 그렇지만 작가들이 잘못 생각하는 것은 경찰이 규칙을 따를 때의 장점을 전혀 인정하지 않는다는 거네."

언더힐이 말했다.

"물론이지, 셜록 홈스도 자신이 논리적인 규칙을 따랐다고 말할 걸세."

"홈스가 맞을 수도 있지만 나는 집단 규칙을 말하려는 거야. 군대처럼 말이야. 우리는 정보를 모은다네."

백쇼가 대답했다.

"추리소설에서 집단 규칙을 허용하지 않는다고 생각하나?"

언더힐이 물었다.

"홈스와 레스트레이드 형사가 사건을 푼다고 상상해보세. 말하자면, 셜록 홈스는 길을 건너는 사람이 왼쪽이 아닌 오른쪽으로 가면서 마차들을 살피는 것만 보아도 그가 외국인이라고 즉시 추론할 걸세. 홈스라면 그렇게 추측하겠지. 그러나 레스트레이드는 분명히 그런 식의 추측은 하지 않을 거야. 사람들이 미처 생각하지 못하는 점은, 경찰인 레스트레이드가 그런 추측 이전에 이미 그러한 사실을 알고 있을 거라는 사실이지. 레스트레이드는 남자가 외국인이라는 걸 알았을 거야. 경찰서에서 모든 외국인들을 항상 주시하고 있으니까 말이야. 물론 어떤 사람들은 자국민들도 마찬가지 신세라고 하기는 하지만…… 경찰의 한 사람으로서 경찰이 많은 것을 알고 있다는 것이 흐뭇하네. 누구나 자신의 일을 잘하고 싶은 법이니까. 그러나 시민의 한 사람으로서 때로는 경찰이 너무 모르는 것이 아닌가 의구심이 드네."

"그럼 자네도 낯선 거리에서 낯선 사람을 만나도 그에 대해 뭔가 알고 있다는 말인가? 저쪽에 있는 집에서 누가 나와도 자네는 그에 대해 알고 있다는 건가?"

언더힐이 믿지 못하겠다는 듯 목소리를 높였다.

"그가 집주인이라면 그렇다고 할 수 있네. 저 집으로 말하면 루마니아 혈통의 문인이 빌려쓰고 있네. 그는 대부분 파리에서 지내는데 그의 시극과 관련된 일 때문에 이곳에서 지내고 있지. 이름은 오스릭 옴이라는 신인 시인으로 내가 알기론 독서 삼매에 빠져 있다네."

백쇼가 대답했다.

"그러나 내 말은 이곳 사람들 모두를 아느냐는 것일세. 높은 담들과 큰 정원에 둘러싸인 집들을 보면서 나는 모든 것이 낯설고, 새롭고, 이름 없는 것으로 보인다고 생각하고 있었네. 자네가 이 사람들 모두를 알 수는 없네."

"일부만 알지."

백쇼가 대답했다.

"우리가 따라 걷고 있는 이 정원 벽은 험프리 그윈 경의 정원 끝쪽이네. 판사 그윈으로 더 알려졌지? 전쟁때 스파이 노릇한 사람들을 잡아내서 한바탕 물의를 일으켰던 그 나이 지긋한 판사님 말일세. 그 옆은 부유한 시가 상인의 집. 그는 남아메리카 출신으로 상당히 거무스름하고 스페인 사람처럼 생겼지만 이름은 지극히 영국식인 '블러'라는 이름을 갖고 있네. 그 건너편 집은…… 방금 저 소리 들었나?"

"뭔가 소리가 났는데 무슨 소리인지는 잘 모르겠는데."

언더힐이 대답했다.

"분명해. 상당히 묵중한 권총에서 두 발이 발사됐고 이어 도움을 청하는 소리가 들렸네. 평화와 법의 낙원, 그윈 판사네 뒤뜰에서 소리가 났어."

경찰 백쇼가 말했다. 그는 예리하게 길을 둘러보고는 덧붙여 말했다.

"뒤뜰로 통하는 유일한 입구는 반대편으로 팔백 미터 가량 떨어져 있는데…… 이 벽이 좀 낮거나 내가 더 가벼웠으면 좋으련만. 한번 시도는 해봐야겠지."

"저쪽 벽이 좀 낮아 보이는군. 그리고 도움이 될 나무도 있고 말이야."

언더힐이 말했다.

그들은 서둘러 움직였고 벽이 거의 땅으로 반쯤 가라앉은 듯이 갑자기 굽어 보이는 곳을 찾았다. 꽃이 피어 화사한 정원의 나무 한 그루가 어두운 울타리에서 뻗어나와 가스등 빛에 금빛으로 빛나고 있었다. 백쇼는 휘어진 가지를 잡고 한 다리를 벽에 걸쳤다. 잠시 후 그들은 정원 모퉁이에, 무릎까지 닿는 풀 사이에 서 있었다.

그윈 판사 정원의 밤 풍경은 독특한 장관이었다. 정원은 넓었고, 교외의 한적한 변두리에 일렬로 늘어선 집들 중 마지막인 이 집의 크고 어두운 그림자에 덮여 있었다. 커튼이 내려져 있고 불이 켜진 곳도 전혀 없어 집은 정말 어두웠다. 적어도 정원이 내다보이는 쪽은 그랬다. 그러나 집의 그림자에 가려져 완전히 어두워야 할 정원 여기저기에는 꺼져가는 불꽃 같은 빛이 어려 있었다. 알라딘의 마술램프 이야기에 나오는 보석 과일처럼 나무에 달려 있는 몇 개의 색등에서 나오는 빛, 특히 물밑에 등을 달아놓은 듯 흐린 색상으로 반짝이는 작고 둥근 연못에서 나오는 빛 덕택에 백쇼와 언더힐은 걸음을 떼어놓으며 위치를 확인할 수 있었다.

"정원에 조명을 해놓은 것 같군. 파티중이었나?"

언더힐이 물었다.

"아냐. 그의 취미일세. 내가 알기론 판사님은 혼자 있을 때 조명을 켜는 것을 좋아하시지. 판사님은 일도 하고 서류도 보관하는 저쪽 오두막 같은 곳에 작은 전기 발전소를 마련해놓고 그걸로 이것저것하며 시간 보내기를 즐기시네. 판사님을 잘 아는 블러 씨가 말하길, 색등은 방해하지 말라는 신호일 때가 많다고 하더군."

백쇼가 말했다.

"일종의 적색 위험 신호로군."

"세상에! 정말 위험 신호면!"

백쇼가 갑자기 뛰기 시작했다.

곧바로 언더힐도 백쇼가 본 것을 보았다. 달무리처럼 연못의 경사면 주위를 둥글게 싸고 있던 고리 모양의 뿌연 빛이 검은 두 줄 혹은 광선 같은 것에 의해 깨져버렸다. 이윽고 이 검은 줄이 머리를 연못으로 떨구고 있는 사람의 길고 검은 다리임이 드러났다.

"이리 와보게. 이건 마치……."

백쇼가 날카롭게 소리쳤다. 그는 말을 잃고, 인공조명을 받아 희미한 빛을 내는 넓은 잔디를 달려 커다란 정원을 가로지르며, 연못과 쓰러져 있는 사람을 향해 달려갔다. 언더힐은 재빠른 걸음으로 그 직선로를 따라가다가 놀라서 잠시 멈추어 섰다. 빛을 내는 연못의 검은 사람 쪽으로 총알처럼 달려가던 백쇼가 갑자기 방향을 완전히 틀어 더 빠른 속도로 집의 그림자 쪽으로 향했던 것이다. 언더힐은 그가 왜 방향을 바꾸었는지 가늠할 수가 없었다.

백쇼가 집의 그림자 속으로 사라지자마자 어둠 속에서 격투를 벌이는 소리와 욕하는 소리가 들렸다. 몸집이 작고 붉은 머리를 한 버둥거리는 남자를 끌고 백쇼가 돌아왔다. 이 남자가 건물 아래쪽에서 도망가려고 잡목 속에서 새처럼 부스럭거리는 것을 백쇼의 예리한 귀가 감지했던 것이다.

"언더힐. 자네가 달려가 연못에서 무슨 일이 벌어졌는지 확인해줬으면 좋겠네. 그리고 당신, 누구요? 이름이 뭐지?"

멈추어 서며 백쇼가 물었다.

"마이클 플러드."

잡혀온 남자가 재빨리 말했다. 그는 지나치게 마르고 작았으며 코는 얼굴에 비해 너무 큰 매부리코였다. 얼굴은 양피지처럼 아무런 색이 없어 붉은색 머리와 대조적이었다.

"나는 이 일과 아무런 관계도 없습니다. 그가 죽어 있는 것을 발견하고 겁이 났습니다. 전 그냥 신문 인터뷰 때문에 그를 만나러 왔을 뿐입니다."

"유명인사를 인터뷰하러 올 때 주로 정원 담을 넘어오십니까?"

백쇼가 물었다. 그리고 그는 완강하게 화단 쪽으로 난 길에 보이는 발자국을 가리켰다.

플러드라고 밝힌 남자 역시 완강한 표정을 지었다.

"인터뷰 기자는 담을 넘기도 합니다. 현관문에 아무도 나와 주지 않았습니다. 하인도 나가고 없었고요."

"하인이 나간 것은 어떻게 알지요?"

경찰 백쇼가 의심스러운 듯 물었다.

"담을 넘은 사람은 저뿐만이 아니었습니다. 당신도 담을 넘은 것 같군요. 그건 그거고, 하인도 담을 넘었습니다. 반대편에 있는 정원 문 바로 옆쪽에서 담을 넘어가는 그를 우연히 보았으니까요."

부자연스러울 정도로 침착하게 플러드가 말했다.

"그렇다면 하인은 왜 정원 문을 이용하지 않은 것이죠?"

심문하듯 백쇼가 되물었다.

"그걸 제가 어떻게 알겠습니까? 문이 닫혀 있었기 때문이겠죠. 저한테 말고 하인에게 직접 물어보시죠. 지금 집 쪽으로 오고 있네요."

플러드가 되받았다.

정말로 희미한 빛 속에서 어두운 그림자 형체가 보이기 시작했다. 허름한 복장에 붉은색 조끼가 눈에 띄는 땅딸막한, 사각 머리의 남자였다. 그는 조심스러우면서도 서둘러 집의 옆문으로 향하고 있었다.

백쇼가 그를 불러 세웠다. 그는 검은 생머리와 어울리는 아시아인 같은 밋밋하고 누런 얼굴을 드러내며 마지못해 그들에게 다가왔다.

백쇼가 갑자기 플러드 쪽으로 몸을 돌리고 말했다.

"이 집에 당신의 신원을 증명할 사람이 있습니까?"

"이 나라를 통틀어도 많지 않습니다. 저는 아일랜드에서 이제 막 이곳에 왔습니다. 이 근방에서 제가 아는 유일한 사람은 성 도미니크 성당의 브라운 신부님뿐입니다."

플러드가 투덜거렸다.

"두 사람 다 이곳을 떠나서는 안 됩니다."

백쇼가 이렇게 말하고 잠시 후 하인에게 말했다.

"당신은 성 도미니크 성당 사택에 가서 브라운 신부님께 이곳으로 즉시 와주실 수 있는지 여쭤보시오. 허튼 수작 피울 생각은 마시오."

열성적인 경찰 백쇼가 탈주범 용의자를 붙잡고 있는 동안 그의 친구 언더힐은 비극의 현장으로 서둘러 가고 있었다. 괴이한 장면이었다. 비극이 아니었다면 환상적인 장면이었을 것이다. 죽은 사람의 머리가 연못 속에 있었고 인공조명이 설치된 연못의 빛이 그의 머리를 에워싸 기괴한 후광을 만들어냈다. 얼굴은 여위고 다소 사악해 보였다. 대머리에 얼마 남지 않은 짙은 회색 머리카락이 강철 고리처럼 보였다. 관자놀이에 총상이 있긴 했지만, 언더힐은 이 사람이 인물화에서 여러 번 보았던 험프리 그윈 경임을 쉽게 알아볼 수 있었다. 그윈 경은 외출복 차림이었고 거미처럼 가늘고 긴 다리는 그가 뛰어내린 가파른 제방 쪽을 위로 하고 각각 다른 각도로 뻗어 있었다. 해 질 무렵의 투명한 진홍빛 구름처럼 그의 피가 천천히 흘러나와 구불구불한 원 모양의 희미한 빛을 내는 물속으로 스며들었다.

언더힐은 시간 가는 줄 모르고 이 거무스레한 시체를 내려다보다가 위쪽 제방에 네 사람이 서 있는 것을 보았다. 백쇼와 아일랜드인은 이미 알고 있었고 붉은 조끼를 입은 하인의 신분은 쉽게 알아차릴 수 있었다. 그러나 나머지 한 명은 묘한 엄숙함이 감돌았고 이상하게도 그의 엄숙함은 괴이한 분위기와 어울렸다. 둥근 얼굴에 검은 후광처럼 모자를 쓴 땅딸막한 인물이었다. 신부님이겠구나 하는 생각이 들었지만 '죽음의 춤'*의 마지막에 나오는 이상하고 낡은 검은 목판화를 연상케 하는 면이 있었다.

조금 후 언더힐은 백쇼가 신부에게 말하는 것을 들었다.

"이 남자의 신원을 확인해주셔서 기쁩니다. 그러나 아직 완전히 혐의에서 벗어난 게 아니라는 것을 이해해주셔야 하겠습니다. 물론 결백할 수도 있겠지만 이 사람은 담을 넘어 정원에 들어왔습니다."

"글쎄요, 저는 이 사람이 결백하다고 생각합니다. 물론 제가 틀릴 수도 있겠지요."

키가 작은 신부가 덤덤한 목소리로 말했다.

"무슨 근거로 결백하다고 생각하시지요?"

"변칙적으로 담을 넘어 정원에 들어왔으니까요. 저는 정원에 제대로 들어왔습니다. 그런데 제대로 들어온 사람은 저밖에 없는 것 같군요. 요즘 괜찮은 사람들은 모두 담을 넘어 다니나봅니다."

"제대로 들어왔다는 건 무슨 말씀이시죠?"

백쇼가 물었다.

---

* 한스 홀바인의 죽음을 소재로 한 목판화 시리즈.

브라운 신부는 경찰을 보며 조용하고 엄숙하게 말했다.

"저는 정문으로 들어왔습니다. 이 집에 올 때는 그쪽으로 들어올 때가 많지요."

"죄송합니다만, 지금 살인 자백을 하시는 것이라면 몰라도 신부님이 어떻게 들어왔는지가 뭐가 그리 중요하지요?"

"중요하다고 생각합니다. 사실은 정문으로 들어오면서 여기 있는 분들이 보지 못한 것을 보았습니다. 제 생각에는 이 사건과 관련된 것으로 보이는군요."

신부가 온화하게 말했다.

"무엇을 보셨는데요?"

"잔뜩 부서져 있었습니다. 큰 거울이 깨져 있고, 작은 야자수는 넘어져 있고, 화분은 깨져 바닥에 뒹굴고 있더군요. 아무튼 거기에서 무슨 일이 벌어졌던 것 같습니다."

브라운 신부가 온화한 목소리로 말했다.

"맞습니다."

잠시 조용히 있다가 백쇼가 말했다.

"그런 것을 보셨다면 분명 사건과 관련이 있는 것 같군요."

"만약 그것이 사건과 관련이 있다면, 한 사람은 이 사건과 전혀 관계가 없습니다. 담을 넘어 정원으로 들어왔다가 다시 담을 넘어 나가려 했던 마이클 플러드 말입니다. 그래서 저는 그가 결백하다고 생각했습니다."

신부가 점잖게 말했다.

"집으로 들어가봅시다."

백쇼가 서둘렀다.

하인의 안내를 받아 모두들 옆문을 지나갈 때 백쇼는 한두 걸음 뒤로 처지며 그의 친구에게 말을 건넸다.

"저 하인이 좀 이상해. 이름이 그린이라고 했는데 전혀 그와 어울리지 않는 이름이야. 그원의 하인인 것은 분명한 것 같은데 죽었건 살았건 자기 주인이 정원에 있을 리는 없다고 딱 잘라 말하는 것이 이상하지 않은가. 판사님은 법률가들 정찬 모임에 나가셨고 몇 시간 후에나 집에 돌아올 예정이었기 때문에 잠깐 나갔다가 돌아오는 길이었다고 하더군."

"왜 몰래 담을 넘어 들어왔는지는 설명하던가?"

언더힐이 물었다.

"아니, 내가 납득할 만한 구실은 아니었네. 이 하인은 이해할 수가 없어. 뭔가 두려워하는 것 같아."

옆문으로 들어가니 입구 복도가 나왔다. 복도는 집 쪽으로 쭉 이어지고 옛 문양이 새겨진 스산한 채광창이 위에 달린 정문까지 이어졌다. 음침하고 색 바랜 일출 광경처럼 희미한 회색 빛이 어둠 속에서 빛의 윤곽을 그리기 시작했다. 복도의 빛은 구석에 놓인, 갓이 달린 낡은 램프에서 나오고 있었다. 이 램프 빛으로 백쇼는 신부가 말한 파편 조각을 식별할 수 있었다. 잎이 긴 길쭉한 야자수가 완전히 넘어져 있었고 검붉은 야자수 화분은 산산조각 나 있었고 부서진 거울 파편과 함께 카펫 위에 뒤죽박죽 되어 있었다. 그 뒤로 거의 텅 빈 거울 틀이 현관 끝쪽 벽에 걸려 있었다. 그들이 들어온 옆문의 바로 맞은편, 입구의 오른쪽으로 집으로 통하는 또 하나의 비슷한 통로가 있었다. 이 통로의 끝에 하인이 신부를 부를 때 사용한 전화가 보였다. 반쯤 열린 문으로 보이는 것이었지만, 커다란 가죽 장정의 책들이 빽빽이 배열되어 있는 것으로 봐서 판사의 서재 입구였다.

백쇼는 발 밑에 넘어져 있는 화분과 거울 파편을 내려다보며 서 있었다.

"신부님 말이 맞습니다. 여기서 격투가 벌어졌군요. 분명 그윈 씨와 살인자가 벌인 격투였을 겁니다."

"제가 보기에는 여기서 무슨 일이 있었던 것 같습니다."

브라운 신부가 겸손하게 말했다.

"그렇습니다, 뭔가 일어난 것이 분명합니다."

백쇼가 동의했다.

"살인자는 정문으로 들어와서 그윈을 만났습니다. 아마 그윈 씨가 들어오게 했을 것입니다. 그리고 죽음의 난투가 있었습니다. 우연히 총이 발사되어 거울이 깨졌을 겁니다. 헛발질에 깨졌는지도 모르지요. 그윈은 가까스로 빠져나와 정원으로 도망쳤고 살인자의 추적을 피해 달아나다가 연못 옆에서 총알에 맞았습니다. 저는 이것이 사건의 전말이라고 생각합니다. 그렇지만 다른 방도 물론 살펴봐야지요."

그러나 다른 방에는, 백쇼가 서재 책상 서랍에서 총알이 장전된 권총을 발견해서 의미심장하게 내보인 것 외에는 별다른 것이 없었다.

"그윈 판사는 이런 일을 예상했던 것 같군요. 그러나 입구로 가면서 총을 가져가지 않은 것은 좀 이상한데."

백쇼가 말했다.

곧 그들은 복도로 돌아와서 정문으로 향했다. 브라운 신부의 시선은 정신 없는 사람처럼 주변을 두리번거렸다. 통로에는 문양이 그려진 벽지가 색이 바랜 채 단조롭게 벽을 장식하고 있었다. 그리고 먼지가 내려앉은 초기 빅토리아 시대의 몇몇 장식품, 램프 등의 청동을 잠식한 초록색 녹, 부서진 거울 틀에서 희미하게 빛나는 칙칙한 금빛이, 퇴색한 화려함을 보여주는 듯했다.

"거울이 깨지면 나쁜 일이 생긴다고 하더니, 이곳은 정말 저

주반은 집 같군요. 이 집 가구에 뭔가가……."

신부가 말했다.

"그것 참 묘하군요. 저는 정문이 닫혀 있으리라 생각했었는
데 빗장만 걸려 있고 자물쇠는 잠겨 있지 않네요."

백쇼가 예리하게 말했다.

아무도 대답이 없었다. 그들은 정문을 지나 집 앞쪽에 있는
정원으로 갔다. 폭은 좁고 화단 형식으로 가꾼 정원이었다. 정
원 끝에 신기하게 다듬은 울타리가 있었다. 울타리에는 초록색
동굴 같은 구멍이 있었고 그 구멍 그림자 아래쪽으로 부서진
계단이 흘끗 보였다.

브라운 신부가 그 구멍 쪽으로 다가가 그 아래로 머리를 숙
였다.

얼마 후 위쪽에서 소리가 들려 그들은 깜짝 놀랐다. 나무 위
에 있는 누군가에게 이야기하듯 차분하게 대화를 하는 신부의
목소리가 그들 머리 위쪽에서 들려왔던 것이다. 백쇼가 따라가
보니 이상한 덮개가 씌어진 계단이 정원의 더 어둡고 텅 빈 공
간에 걸려 있는 무너진 다리처럼 생긴 곳까지 이어져 있었다.
이 계단은 집의 이편 구석을 소용돌이 모양으로 감아 올라가
아래쪽과 그 너머에 있는 색등이 배열된 공간을 보여주었다.
아마도 잔디를 가로지르는 아치 문에 일종의 테라스를 지으려

던 건축가의 환상이 포기된 잔해일 듯싶었다. 백쇼는 이것이 일종의 기묘한 막다른 길이며 이곳에서 밤과 아침 사이의 얼마 남지 않은 시간 내에 누군가를 찾아야 한다는 생각이 들었다. 그러나 그는 계단을 자세히 살피고 있지는 않았다. 방금 한 남자를 발견했던 것이다.

등을 돌리고 서 있는 이 남자는 작은 체구에 연한 회색 옷을 입고 있었다. 한 가지 특징적인 것은 활짝 핀 민들레처럼 빛나는 근사한 금발이었다. 정말 눈에 확 들어오는 후광 같은 머리였다. 이 머리와 연상되는 얼굴을 상상했기 때문에 그가 천천히 시무룩하게 돌아설 때 드러난 얼굴을 보고는 모두 경악을 금치 못했다. 그런 후광이 싸고 있을 얼굴은 온순하고 천사 같은, 갸름한 얼굴이어야 했으나 실제 그의 얼굴은 권투선수의 뭉개진 코가 떠오르는 납작한 코에 턱은 모가 났고 험상궂고 늙은 모습이었다.

"제가 알기로 이분은 유명한 시인 옴 씨입니다."

브라운 신부는 거실에서 두 사람을 소개하듯 차분히 말했다.

"이분이 누구이든, 저와 함께 가서 몇 가지 질문에 답해주셔야겠습니다."

백쇼가 말했다.

시인 오스릭 옴은 질문에 대답을 잘할 줄 아는 사람이 아니었다. 오래된 정원의 구석진 그곳에는 이제 막 동트기 직전의 회색 여명이 육중한 울타리와 부서진 다리에 스며들고 있었다. 게다가 잇단 경찰의 취조는 점점 더 불길해져갔다. 시인은 자신이 그원을 방문하러 왔으나 초인종을 눌러도 아무도 나오지 않아 그원을 보지 못했다는 것 외에는 어떤 것도 말하지 않으려 했다. 문은 사실상 열려 있었다고 누군가가 얘기했지만 그는 코방귀만 뀌었다. 방문하기에는 너무 늦은 시간이 아니냐고 넌지시 비쳤을 때는 소리를 버럭 지르기까지 했다. 몇 마디 되지 않는 그의 대답은 모호했다. 그것은 그가 영어를 잘 모르기 때문이었거나 혹은 그 반대로, 누구보다도 더 잘 알고 있었기 때문일 것이다. 그의 얘기들은 허무적이고 부정적인 데가 있었다. 그가 쓴 시들의 경향도 사실 그랬다. 이해할 수 있다면 말이다.

그가 판사를 보려 한 것은, 아니 어쩌면 판사와 다투었던 것은, 무정부주의 노선과 관련된 문제일 가능성이 높았다. 그원 판사는 독일 스파이뿐만 아니라 볼셰비키 스파이를 재판하여 처단하는 일에도 열광적이었던 것으로 알려져 있었다. 시인을 만나면서부터 백쇼는 이 사건이 심각한 것일 수 있다는 예감을 더욱 굳혀갔다.

그들이 정문 입구를 지나 길로 나왔을 때 옆집에 사는 시가 상인 블러와 마주쳤다. 얍삽하게 생긴 거무스름한 얼굴과 단추 구멍에 아주 특이한 난초를 꽂은 모습이 한눈에 들어왔다. 그는 원예학에 상당히 이름이 나 있었다.

블러는 마치 만날 줄 알았다는 듯이 일상적인 태도로 그의 이웃인 시인에게 인사를 건넸다.

"안녕하세요, 또 만났군요. 그윈과 많은 이야기를 나누셨나 봅니다."

옆에 있던 사람들은 다들 놀랐다.

"험프리 그윈 경은 죽었습니다. 저는 그 사건을 조사하고 있습니다. 블러 씨도 협조 좀 해주셔야겠습니다."

백쇼가 말했다.

블러는 그 옆에 있는 램프 기둥처럼 꿈쩍 않고 서 있었다. 놀라서 몸이 굳은 것 같았다. 그가 피던 시가의 빨간 끝 부분은 리듬을 타고 밝았다 어두워졌다를 반복했으나 그의 거무스름한 얼굴에는 그림자가 드리워졌다. 그가 입을 열었을 때는 목소리가 바뀌어 있었다.

"제 말은, 제가 두 시간 전에 이곳을 지나갈 때 옴 씨가 험프리 그윈 경을 만나기 위해 이 입구로 들어가고 있었습니다."

"옴 씨는 판사님을 만나지 못했다고 합니다. 집 안에도 들어가지 않았다는데요."

백쇼가 말했다.

"문 앞에 계속 서 있기에는 긴 시간인데요."

블러가 말했다.

"그렇지요. 길에 서 있기에도 꽤 긴 시간이지요."

브라운 신부가 말했다.

"저는 옴 씨를 만난 후에 집에 가서 편지를 썼지요. 그리고 편지를 부치러 다시 나온 겁니다."

블러가 말했다.

"나중에 다 진술하셔야 할 겁니다. 그럼 잘 가십시오."

백쇼가 말했다.

험프리 그윈 경의 살인 혐의를 받는 오스릭 옴의 재판은 몇 주 동안 신문 기사 난을 채웠고, 어두운 거리와 정원에 회녹색 동이 트던 그날 새벽 램프 기둥 아래에서 오스릭과 나눴던 몇 마디 짧은 대화에서와 똑같은 난관에 부딪혔다. 블러가 옴이 입구로 들어가는 것을 보았던 때부터 브라운 신부가 정원에서 거닐고 있던 그를 발견한 때까지, 그 비어 있는 두 시간 사이에 모든 것이 벌어진 불가사의로 다시 귀결되었다. 그는 여섯 번의 살인이라도 저지를 수 있는 충분한 시간을 갖고 있었고, 그 시간을 견디지 못해서라도 무언가를 저질렀을 것이다. 옴은 그 시간에 무엇을 했는지에 대해 일관되게 설명하지 못했다. 검사

측에서는 정문에 자물쇠가 잠겨 있지 않았고 정원으로 통하는 옆문도 열려 있었으므로 여섯 번의 살해라도 저지를 기회가 있었다고 주장했다. 백쇼가 흔적이 분명한 통로에서의 격투 과정을 명쾌하게 재구성하여 설명했고 법정은 이에 상당히 관심을 기울였다. 실제로 경찰에서는 거울을 조각낸 총알을 발견했다. 마지막으로, 옴이 발견된 울타리 구멍은 은신처처럼 보였다. 반면 유능한 변호사 매튜 블레이드 경은 이 마지막 주장을 반대 방향으로 선회시켰다. 집 밖으로 나갈 수 있는 확실한 방법이 있는데도 왜 빠져나갈 길이 없는 곳에 몸을 감추겠냐고 반문했다. 매튜 경은 아직도 풀리지 않는 살인 동기에 대한 부분도 효과적으로 이용했다. 사실 이 지점부터 매튜 경과 이에 못지 않게 유능한 검사 아서 트레버스 경 사이의 팽팽한 긴장이 옴에게 유리한 쪽으로 기울었다. 아서 경은 근거가 희박한 볼셰비키의 음모에 관한 암시를 쏟아부을 뿐이었다. 그러나 그날 밤 옴의 미심쩍은 행적을 조사할 때는 훨씬 더 예리하게 대처했다.

피고가 증인석에 들어섰다. 증언을 거부하면 불리한 인상을 줄 것이라는 명민한 변호사의 계산 때문이었다. 그러나 옴은 검사뿐 아니라 그의 변호사에게도 협조적이지 않았다. 검사는 그의 고집스러운 침묵을 최대로 이용했으나 그의 침묵을 깨지는 못했다. 검사 아서 경은 길고 창백한 얼굴에 키가 크고 마른 체형이었다. 좋은 체격에, 새처럼 번뜩이는 눈을 한 변호사 매튜 경과는 지극히 대조적이었다. 매튜 경이 참새의 사내다운 분위기였다면 아서 경은 학이나 황새에 비유할 만했다. 몸을 앞으로 기대며 시인에게 질문을 퍼부을 때 그의 긴 코는 흡사 긴 부리처럼 보였다.

"돌아가신 판사님을 보기 위해 집 안으로 들어간 적은 절대로 없다고 배심원들에게 말하고 싶은 겁니까?"

그가 의심이 가득한 어조로 물었다.

"그렇습니다."

옴이 짧게 답했다.

"당신은 판사님을 만나려고 했습니다. 간절하게 만나고 싶어 했지요. 대문 앞에서 두 시간이나 기다리지 않았나요?"

"그렇습니다."

"그런데 문이 열려 있는 것도 몰랐습니까?"

"몰랐습니다."

"그럼 도대체 남의 정원에서 두 시간 동안 무얼 하셨지요? 뭔가를 하고 계셨을 거 아닙니까."

아서 경이 집요하게 물었다.

"그렇습니다."

"뭘 했는지는 비밀인가요?"

다부진 농담조로 아서 경이 물었다.

"당신에게는 비밀입니다."

아서 경은 이 비밀이라는 말을 단초로 심문을 발전시켰다. 그는 뻔뻔하다는 생각이 들 정도로 과감하게 변론의 강점이었던 미궁에 빠진 살인 동기를 자신의 주장에 유리하게 바꾸었다. 풀리지 않은 살인 동기를, 문어발에 감겨 사라지듯이 쥐도 새도 모르게 애국자들을 처치해버리는 미지의 음모 집단의 치밀한 계획의 일부로 제시했다.

"그렇습니다."

그가 떨리는 목소리로 외쳤다.

"변호인의 말씀이 지극히 옳습니다. 우리는 존경받던 판사님이 왜 살해되었는지 알 수 없습니다. 그 다음 살해될 공직자도 마찬가지일 것입니다. 변호인 자신도 파괴의 악당들이 법의 수호자들에게 느끼는 증오의 희생자가 된다면 그도 살해될 것이고 이유는 알지도 못할 것입니다. 이 법정에 계시는 분들의 반이 침대에서 이유도 모른 채 도살당할 것입니다. 다른 모든 사실이, 모든 모순과 침묵이 우리가 지금 카인과 함께 이 자리에서 있다고 말해주는데도 '살인 동기'라는 진부한 표에 연연하여 변호하는 것을 허용한다면 이 나라의 인구가 대량 감소해도 우리는 그 이유도 모르고 대량학살범을 체포하지도 못할 것입니다."

"아서 경이 저렇게 격분하는 것은 처음 보네."

법정에서 나온 후에 백쇼가 동료들에게 말했다.

"일부에서는 아서 경이 좀 지나치다고, 살인사건을 맡은 검사가 그렇게 독기를 품어서는 안 된다고 말하고 있어. 그렇지만 내가 보기에는 그 노란 머리의 악동에게서 분명 뭔가 냄새가 나. 노란 머리도 그런 인상을 주는 데 한몫 하는 것 같고. 두 가족 전체를 거의 소리도 없이 도살한 끔찍한 살인자 윌리엄스에 대해 드 퀸시가 했던 말이 아련하게 떠오르는군. 윌리엄스의 머리카락이 부자연스러울 정도로 선명한 노란색이었고, 말에게 초록색이나 노란색으로 염색을 시키는 인도에서 배운 기술로 염색한 것 같다고 말했던 것으로 기억하네. 그 이해할 수 없는 목석 같은 침묵은 또 어떤가. 생각할수록 피고석에 괴물이 하나 앉아 있는 기분이 들어. 이런 기분이 단지 아서 경의 웅변술 때문이라면 아서 경은 책임을 통감해야 할 걸세."

"사실 그는 그윈 판사의 친구였네. 험프리 그윈 경과 아서 경이 최근에 있었던 법률가 정찬 모임이 끝난 후 다정히 함께 말하는 것을 내가 아는 사람이 보았다고 하네. 그래서 그가 이번 사건에 그렇게 흥분하는 것이라고 여겨져. 개인적 감정으로 살인사건을 다루는 것이 옳은 일인지는 의심스럽지만 말일세."

언더힐이 부드럽게 말했다.

"개인적 감정이 아무리 커도 감정만으로 그렇게 행동해선 안 된다고 봐. 그는 자신의 직업에 굉장히 집착하네. 야망을 이루었을 때조차도 야망에 불타는 그런 부류지. 자신의 지위를 지키기 위해서는 어떤 일도 불사할 사람일세. 자네가 그의 천둥 같은 논고(論告)의 진위를 잘못 파악한 것 같네. 그가 계속 이런 식으로 진행한다면 그건 유죄판결을 따낼 수 있다고 생각하기 때문이야. 그가 말한 음모 세력에 반대하는 정치 조직의 우두머리가 되기 위해서인 거지. 옴에게 유죄판결을 내려야 할 이유, 그렇게 할 수 있다고 생각하는 타당한 이유가 있을 걸세. 사건 관련 사실이 그의 입장을 지지하고 있다는 의미지. 그가 자신감을 갖는 것을 보면 시인에게 유리하지 않은 것 같네."

백쇼가 말했다. 그는 동료 사이에 있는 한 사람을 의식하게 되었다. 미소지으며 그가 말했다.

"브라운 신부님. 법정 절차를 어떻게 보셨습니까?"

"글쎄요. 가발을 쓰면 사람들이 너무 달라 보이는 것이 가장 인상적이었습니다. 검사님이 너무 압도적이라고 말씀하신 것 같은데, 그가 잠시 가발을 벗은 것을 보았습니다. 정말 달라 보이더군요. 무엇보다 거의 머리가 벗겨졌더군요."

202

신부는 별 생각이 없는 듯 말했다.

"대머리라도 훌륭한 검사가 될 수 있지요. 검사가 대머리라는 것을 근거로 변론을 펴지는 않으시겠죠?"

백쇼가 말했다.

"그렇지는 않습니다. 솔직히 말하면 특정 부류의 사람들이 다른 특정 부류의 사람에 대해 너무 모른다는 생각을 했습니다. 제가 영국이라는 나라에 대해 들어보지도 못한 먼 나라에 갔다고 합시다. 그리고 영국에서 한 남자가 말털로 만든 것을 머리에 쓰고, 뒤에는 작은 꼬리를 붙이고, 빅토리아 초기의 노부인처럼 회색 곱슬머리를 늘어뜨리고 나서야 삶과 죽음의 질문을 시작한다고 그 나라 사람들에게 말했다고 합시다. 그 사람들은 이 남자가 좀 괴짜라고 여길 겁니다. 그러나 그는 전혀 괴짜가 아니지요, 다만 상투적일 뿐입니다. 그들이 영국 법률가들에 대해 전혀 모르기에 괴짜라고 생각한 것이지요. 그 검사님은 시인에 대해 전혀 모릅니다. 시인의 별난 행동이 다른 시인들에게는 별난 것이 아니라는 것을 이해하지 못합니다. 검사는 옴이 두 시간 동안 하는 일 없이 아름다운 정원을 거닌 것을 수상하다고 생각합니다. 주님! 시인들이 시를 구상할 때는 열 시간이라도 정원을 거닐 것입니다. 옴의 변호사도 어리석기는 마찬가지입니다. 그 빤한 것을 옴에게 물어볼 생각도 못 하다니요."

브라운 신부가 쾌활하게 말했다.

"어떤 질문 말입니까?"

백쇼가 물었다.

"물론 어떤 시를 짓고 있었느냐는 것이죠. 그가 열중하던 행은 어느 부분이고, 찾고 있던 형용사는 무엇인지, 절정 부분은 어떻게 장식하려 했는지. 법정에 문학을 아는 사람이 하나라도 있다면 옴이 그곳에서 무엇을 했는지 쉽게 알 것입니다. 제조업자에게는 공장 상황을 물으면서 시가 만들어지는 상황을 생각하는 사람은 아무도 없는 것 같습니다. 시는 아무 일도 하지 않으면서 쓰는 것이지요."

브라운 신부가 답답해하며 말했다.

"충분히 그럴 수 있습니다. 그렇지만 옴이 왜 숨어 있었을까요? 왜 구불구불 휘어진, 중간에 끊어진 좁은 계단에 올라가 서 있었을까요?"

백쇼가 물었다.

"당연히 길이 끊긴 계단이었기 때문이지요. 공중에서 끊어진 그 계단을 본 사람이라면 예술가가 그곳에 가고 싶어하리라 생각할 겁니다. 아이들이 가고 싶어하듯 말입니다."

브라운 신부가 폭발할 듯 소리를 높였다. 그는 잠시 눈을 감박이더니 미안해하듯 말했다.

"유감스럽지만 아무도 이런 점을 이해하지 못하는 것이 안타깝습니다. 다른 것도 있습니다. 예술가에게는 모든 것에 딱 들어맞는 일면 또는 각도가 있다는 것을 모르십니까? 나무, 소, 구름, 모든 것이 특정한 관계에서만 의미를 갖습니다. 세 문자가 일정 순서대로 배열될 때에만 문자가 의미 있는 단어를 이루듯 말입니다. 미완성의 다리 위에서 보는, 조명이 설치된 정원은 바로 정원 풍경의 정수였을 것입니다. 사차원의 광경처럼 독특했을 것입니다. 일종의 동화적 원근법이지요. 천국을 내려다보는 듯, 별들이 나무에서 피어나는 것을 보는 듯, 희미한 빛을 내는 연못을 보며 옛 이야기에 나오는 들판에 뜬 둥근 달을 보는 듯한 기분이었을 겁니다. 길이 끊어졌다고 말하면 그는 그 길이 세상 끝에 있는 나라로 인도한다고 말할 겁니다. 그런 것을 시인이 증인석에서 말할까요? 말한다 해도 당신이라면 그에게 뭐라고 하시겠어요? 배심원들 얘기를 하던데 시인들로 배심원을 구성하면 어떨까요?"

"시인이신 것처럼 말씀하시는군요."

백쇼가 말했다.

"천만에요. 신부는 시인보다 더 자애로워야 합니다. 시인은 나이아가라 폭포 밑에 서서 쏟아지는 폭포수를 맞을 때 느끼는 그런 아픔과 사람들에 대한 경멸을 느끼고 삽니다."

잠시 말이 없던 백쇼가 말했다.

"신부님께서 시인의 기질을 저보다 더 많이 알고 계실지도 모르지만, 결국 답은 간단합니다. 옴이 살인을 저지른 것이 아니라 시를 쓰고 있었다는 것은 그저 말할 수 있는 것에 불과합니다. 그렇게 주장하더라도 살인을 저질렀을 가능성을 부정할 수는 없습니다. 아니면 다른 누가 살인할 수 있었을까요?"

"하인 그린은 생각해보셨습니까? 그가 좀 이상한 얘기를 하더군요."

브라운 신부가 반추하듯 물었다.

"아, 그럼 신부님은 그린이 했다고 생각하시는군요?"

백쇼가 재빨리 말했다.

"그는 아니라고 확신해요. 그가 한 이야기를 생각해보셨는지 단순히 물어본 겁니다. 그는 마실 것이나 뭐 간단한 것을 사러 밖에 나갔습니다. 그런데 정원 문으로 나가서 벽을 넘어 돌아왔습니다. 다시 말하면, 그가 나갈 때 정원 문을 열어놓았는데 돌아왔을 때는 닫혀 있었습니다. 왜일까요? 누군가 정원 문을 지나갔기 때문이지요."

"그럼 살인자가…… 그가 누군지 아십니까?"

백쇼가 의심이 가듯 중얼거렸다.

"어떻게 생겼는지는 압니다. 그게 제가 아는 전부입니다. 그가 정문으로 들어와 복도 등불을 받고 서 있는 모습이 보이는 것 같습니다. 몸짓, 옷, 심지어는 얼굴까지도!"

브라운 신부가 조용히 말했다.

"도대체 무슨 말씀을 하시는 겁니까?"

"그는 험프리 그윈 경처럼 생긴 사람입니다."

"무슨 말을 하고 싶은 겁니까? 그윈 경은 연못에 머리를 처박고 죽어 있었습니다."

백쇼가 다그쳤다.

"아, 그렇지요."

잠시 후 신부가 말을 이었다.

"당신의 이론으로 돌아가봅시다. 완전히 동의하지는 않지만 훌륭한 이론입니다. 살인자가 정문으로 들어와서 복도 앞쪽에서 판사를 만났고 격투를 벌이다가 거울을 깼다. 그리고 판사는 정원으로 도망갔고 거기서 총을 맞았다. 이건 왠지 억지스럽습니다. 복도에 있었다고 하면 복도 끝에는 정원으로 나가는 출구와 집 안으로 들어가는 출구 이렇게 두 개의 출구가 있습니다. 그윈은 분명 집 안으로 들어가려 했을 것입니다. 총도 전화도 집에 있고 그는 하인도 집에 있다고 알고 있었습니다. 가장 가깝게 사는 이웃도 그쪽 방향입니다. 왜 멈추어 서서 정원

문을 열고 혼자서 아무도 없는 쪽으로 갔을까요?"

"그렇지만 그가 집 밖으로 나간 것은 우리 모두 알고 있는 일입니다."

어리둥절하며 백쇼가 대답했다.

"정원에서 발견됐으니 집 밖으로 나간 것이 되는 거지요. 그는 집 밖으로 나가지 않았습니다. 집 안으로 들어온 적이 없으니까요, 그날 밤에 말입니다. 그가 오두막에 있지 않았다면 정원에 조명이 켜져 있지 않았을 것입니다. 살인자가 연못 옆에 있는 그를 쏘았을 때 그는 집과 전화를 향해 달려가고 있었습니다."

"그러면 화분과 야자수, 깨진 거울은 어떻게 된 겁니까? 그것을 발견한 사람은 바로 신부님이십니다. 복도에서 격투가 있었다고 말한 사람도 바로 신부님입니다."

"제가 그랬나요?"

신부는 다소 고통스럽게 눈을 깜박였다.

"저는 분명 그렇게 말하지 않았어요. 그렇게 생각한 적도 없고요. 저는 복도에서 뭔가가 일어났었다고만 말했습니다. 뭔가가 있었지만 격투는 아니었습니다."

그가 중얼거렸다.

"그렇다면 거울은 왜 깨진 거지요?"

백쇼가 간단하게 물었다.

"총알이 깼지요. 범인이 발사한 총알에 거울이 깨지고 큰 파편이 떨어지면서 야자수 화분을 넘어뜨린 겁니다."

브라운 신부가 진지하게 말했다.

"그윈말고 누구한테 총을 쏘았다는 말입니까?"

"그건 상당히 형이상학적인 문제입니다. 물론 그윈에게 발사한 것일 수도 있지만 그윈은 그곳에 없었습니다. 복도에는 범인만 있었습니다."

신부는 거의 꿈꾸는 듯한 표정으로 말했다. 그는 잠시 말이 없다가 조용히 계속했다.

"통로 끝에 걸린 깨지기 전의 거울과 아치 모양으로 거울을 덮은 큰 야자수를 상상해보십시오. 희미한 복도에 단조로운 벽을 반사하는 거울은 통로의 끝처럼 보였을 것입니다. 거울에 반사되어 보이는 사람은 집 안에서 나오는 사람처럼 보였을 것입니다. 반사된 사람의 모습이 집주인과 조금만 닮아도 그 집 주인처럼 보였을 것입니다."

"잠깐만요, 저도 알 것 같은데요."

백쇼가 소리쳤다.

"이제 이해하시는군요. 왜 이 사건의 모든 혐의자들이 무죄인지 아실 겁니다. 혐의자 중 그윈 판사로 보일 사람은 한 사람도 없습니다. 옴의 덥수룩한 노란 머리가 대머리가 아닌 것은 단번에 알 수 있습니다. 플러드라면 본인의 붉은 머리를 보았을 것이고 그린은 본인의 붉은 조끼를 보았을 것입니다. 게다가 모두 작고 살집이 있습니다. 아무도 거울에 비친 자신의 모습을 외출복을 입은 크고 마른 노년의 신사라고 생각하지는 않았을 것입니다. 우리는 그원과 비슷하게 마르고 큰 사람을 찾아야 합니다. 그래서 제가 살인자의 생김새를 안다고 말했던 겁니다."

"그러면 어떤 주장을 하실 겁니까?"

신부를 찬찬히 보며 백쇼가 물었다.

신부는 평상시의 부드러운 말씨와는 어울리지 않는 날카롭고 건조한 웃음소리를 냈다.

"당신이 어이없고 불가능하다고 말한 그 점을 주장할 겁니다."

"무슨 말씀이시죠?"

"검사가 대머리라는 것을 근거로 변호인을 지지할 겁니다."

"세상에!"

백쇼는 조용히 말하고는 시선을 고정한 채 일어섰다.

브라운 신부는 차분하게 다시 독백을 시작했다.

"경찰은 이번 사건에 연루된 여러 사람들의 동선을 조사했습니다. 시인과 하인, 그리고 플러드의 동선에 막대한 관심을 보였습니다. 여기서 잊혀진 사람이 바로 살해된 그윈입니다. 하인은 주인이 집에 돌아왔다는 것을 알고 굉장히 놀랐습니다. 그윈은 법률가 정찬 모임에 갔으나 돌연 그곳을 떠나 집으로 돌아왔습니다. 도움을 요청하지 않은 것으로 보아 아픈 것은 아니었습니다. 그는 분명 법률가 중 한 명과 말다툼을 했습니다. 따라서 누구보다 우선 법률인 중에서 살인자를 찾아야 했습니다. 그윈은 돌아와서 오두막에 처박혀 있었습니다. 오두막에는 그가 개인적으로 소장하고 있는 반역행위에 관한 모든 서류가 보관되어 있었습니다. 이 서류 중에 자신에 관한 것도 있다는 것을 알게 된 법률가가 집까지 그를 따라왔습니다. 그도 외출복 차림이었지만 주머니에는 총을 넣고 있었지요. 이것이 사건의 전말입니다. 거울이 아니었다면 이런 추리는 할 수 없겠죠."

그는 잠시 허공을 응시하는 것 같았다. 그리고는 덧붙였다.

"거울은 참 희한한 물건입니다. 수백 가지 모습이 선명하게 나타났다가 모두 영원히 사라집니다. 그러나 회색 통로 끝 녹색 야자수 밑에 걸려 있던 그 거울에는 유난히 별난 점이 있습니다. 마치 마술 거울처럼 다른 거울과는 다른 운명이었습니다. 그 거울에 비친 형상은 마치 유령처럼 황혼 무렵의 집 안 공중에 매달려 거울보다 더 오래 남아 있었던 것 같습니다. 적어도 우리는 빈 공간에서 아서 경이 본 것을 그려낼 수 있습니다. 그건 그렇고 경감님이 아서 경에 대해 말한 것 중에 아주 적절한 것이 하나 있었습니다."

"그렇게 말해주시니 기쁘군요. 그게 무엇입니까?"

"아서 경이 옴을 처형시키려는 타당한 이유가 있었습니다."

일주일 후 신부는 백쇼를 한 번 더 만났고 경찰에서 새로운 수사를 개시했으나 중대 사건으로 수사를 중단했다는 것을 알게 되었다.

"아서 트레버스 경은요?"

브라운 신부가 먼저 물었다.

"아서 경은 죽었습니다."

백쇼가 간단히 말했다.

"아! 그가⋯⋯."

신부가 목이 멘 소리로 말했다.

"예, 그가 같은 사람을 다시 쏘았습니다. 이번에는 거울에 비친 사람이 아니었습니다."

두 개의 수염

집 밖의 깊고 푸른 어둠 속에서 창백한, 아니 어쩌면 창에 닿아서 하얗게 보이는 얼굴이 불쑥 튀어나왔다. 둥근 테에 둘러싸인 듯한 크고 반짝이는 눈은 배의 하역구에서 쿵쿵거리는, 짙푸른 바다에서 이제 잡혀온 커다란 물고기의 모습처럼 보였다. 이 물고기의 지느러미는 구릿빛 적색이었다. 사실 이것은 새빨간 구레나룻과 붉은 수염의 윗부분이었다. 순간 이 물고기는 사라져버렸다.

이 이야기는 브라운 신부가 저명한 범죄학자인 크레이크 교수에게 들려준 것이다. 신부와 교수는 클럽에서 알게 되어 함께 저녁식사를 하며, 그들의 관심거리인 살인과 강도에 대해 환담을 나누고 있었다. 하지만 신부의 얘기에는 자신의 역할을 상당히 축소한 경향이 있어 여기서는 좀더 객관적으로 이야기를 다시 풀어놓았다. 교수는 매우 과학적으로 그리고 신부는 다소 회의적으로 장난스럽게 무용담을 나누다가 나온 이야기이다.

"존경하는 신부님. 범죄학을 과학이 아니라고 생각하시나요?"

교수가 따지듯 말했다.

"잘 모르겠군요. 성인전이 과학이라고 생각하십니까?"

신부가 대답했다.

"성인전이 무엇입니까?"

교수가 날카롭게 물었다.

"성인을 연구하는 것입니다. 암흑기에는 선한 사람을 과학으로 연구하려 했습니다. 인본주의적이고 계몽된 우리 시대에는 나쁜 사람들에 관한 과학에만 관심이 있습니다. 제 생각에는 보통 우리는 생각해볼 수 있는 모든 사람들이 다 성인임을 경험하며 삽니다. 교수님에게는 생각할 수 있는 유형의 사람들이 모두 살인자이지 않나요?"

"저희는 살인자들을 모두 분류할 수 있다고 믿습니다. 분류 목록이 좀 길고 따분하게 들리겠지만 살인자를 총망라한 것입니다. 우선 모든 살인은 이성적인 것과 비이성적인 것으로 나눌 수 있습니다. 그 경우가 훨씬 적은 비이성적인 경우를 먼저 보겠습니다. 살인 광기 또는 이론적으로 살인애라고 부르는 것이 있습니다. 또 살인으로 벌어지는 경우는 매우 희박하지만 비이성적 혐오가 있습니다. 살인 동기를 보면 낭만적이고 회상적이라는 의미에서 덜 이성적인 경우가 있습니다. 순수 보복 행위는 가망 없는 경우의 보복 행위를 말합니다. 밀어낼 가능성이 없는 연적을 죽이는 연인이나 정복이 완성된 후에 정복자인 폭군을 암살하는 반역자가 이 순수 보복 행위자입니다. 이런 경우에는 종종 이성적 설명이 가능하지요. 가망이 있는 살인자들입니다. 우리가 신중한 범죄라고 부르는 두번째 부류의 이성적 살인의 넓은 의미에 이것을 포함시킬 수 있습니다.

신중한 범죄도 두 가지로 기술할 수 있습니다. 절도나 유산의 방식으로 다른 사람의 소유물을 얻기 위해 살인을 하는 경우와, 다른 사람이 특정 행위를 못 하도록 하는 경우입니다. 후자로는 자신을 협박하는 자나 정치적 적수를 죽이는 경우를 생각할 수 있습니다. 좀더 소극적인 방해물, 즉 존재하는 것 자체가 일에 방해되는 남편이나 부인을 죽이는 경우도 있습니다. 우리는 이 분류법이 거의 완벽하게 고안됐으며 적절히 적용시키기만 하면 모든 사례를 포괄한다고 믿습니다. 재미없는 얘기를 했나봅니다. 제가 지루하게 해드린 건 아닌지……."

"전혀 지루하지 않아요. 제가 건성으로 듣는 것처럼 보였다면 사과드립니다. 사실은 제가 한때 알았던 한 남자를 생각하고 있었습니다. 그는 살인자였죠. 그런데 그를 교수님의 살인자 박물관 어디에 갖다놓아야 할지 모르겠습니다. 그는 정신이 나가지도 살인을 좋아하지도 않았습니다. 죽인 남자를 증오하지도 않았고요. 거의 모르다시피한 남자를 죽였고 분명 그에게 복수할 일도 없었습니다. 그가 원할 만한 물건을 살해된 남자가 갖고 있는 것도 아니었고 그 남자의 행동을 막고 싶은 것도 아니었습니다. 살해된 남자는 살인자를 해치거나 방해할 처지가 아니었습니다. 어떤 영향도 줄 수 없는 처지였지요. 여자 문제도 아니었습니다. 정치 문제도 아니고요. 그는 정말로 알지도 못하는 사람을 역사상 유례 없는 기이한 이유로 살해했던 것입니다."

신부는 특유의 대화식 말투로 그 살인사건 이야기를 했다. 이야기는, 상당히 품위 있는 배경에서 명망 있고 부유한 교외에 사는 뱅크스 가의 아침 식탁에서 시작한다.

뱅크스 가족들은 한때 부근에서 일어난 사건 이야기로 신문도 등한시했다. 이웃을 비방하는 사람들이라고 비난하기에는 이 사건에 대해 그들은 믿기 어려울 정도로 순수했다. 시골에서는 사람들이, 거짓이든 참이든 이웃들 얘기를 하는 것을 좋아한다. 그러나 현대 교외지역에서는 신문에서 보도하는 로마 교황의 사악함이나 19세기에 북아일랜드에서 유행하던 호주를 배척하는 분위기 따위에는 관심을 가지면서도, 옆집에서 무슨 일이 벌어지는지는 전혀 모르는 이상한 문화가 형성되어 있었다. 그러나 뱅크스 가족의 경우에는 신문과 이웃이라는 두 가지 형태의 관심사가 함께 벌어져 긴박감을 더했다. 그들이 사는 지역이 그들이 애독하는 신문에 언급된 것이다. 신문에 활자화된 이름을 보고 뱅크스 가족은 자신의 존재를 새롭게 증명받은 기분이었다. 마치 전에는 인식되지도 보이지도 않는 존재이다가 이제야 신문에 나오는 인물들처럼 살아 있는 실재가 된 듯했다.

마이클 문샤인을 비롯하여 여러 다른 이름으로 알려진 한때 유명했던 범죄자가 그의 수많은 강도행위에 내려진 장기 투옥 생활을 마치고 풀려났다는 기사였다. 이 범죄자의 행방은 공개되지 않았지만 뱅크스 가족이 살고 있는 (편의상 이후에는 '치샴'이라 부르겠다) 지역에 정착한 것으로 보인다는 기사였다. 같은 날짜 신문의 다른 면에 이 범죄자의 유명하고도 대담한 행적과 도주의 연대기가 나와 있었다. 도시의 독자를 대상으로 하는 이런 종류의 신문에서는 으레 독자들이 아무것도 기억하지 못하리라 가정한다. 농부들은 로빈 훗이나 롭 로이 같은 범법자를 몇 세기 동안도 기억하지만 사무원들은 2년 전 전차에서 열심히 얘기했던 범죄자의 이름도 거의 기억하지 못한다. 그러나 마이클 문샤인은 롭 로이나 로빈 훗의 영웅적인 악당 근성을 보여주었다. 단순한 기사거리보다는 전설적 인물이 될 만한 사람이었다. 그는 너무나 유능한 강도로, 살인을 할 필요가 없었다. 볼링 핀 넘어뜨리듯 경찰을 해치우는 그의 힘과 차분함에 사람들은 경악하여 말을 잃었고 그럼에도 절대 경찰을 죽이지 않는다는 사실은 사람들에게 공포감과 신비감을 남겨 주었다. 차라리 경찰을 죽였다면 더 인간적으로 느껴졌을 것이다.

이 가족의 가장인 사이먼 뱅크스는 다른 가족들보다 아는 것이 많았으나 더 구식이었다. 짧은 회색 수염에 이마에는 주름이 가득한 단단한 체구의 사내였다. 그는 지난 일을 기억하거나 추억을 회상하는 데에 뛰어난 재능이 있었다. 런던 사람들이 스프링힐드 잭 때문에 그랬던 것처럼, 마이클 문샤인이 침입할까봐 잠 못 들던 시절을 그는 생생하게 기억했다. 그에게는 수척하고 가무잡잡한 아내가 있었다. 비록 교육은 덜 받았지만, 그녀에게는 쌀쌀맞은 듯한 우아함이 있었다. 그녀의 친정이 남편 가문보다 훨씬 더 돈이 많았기 때문이었다. 집 위층에는 그녀의 아주 진귀한 에메랄드 목걸이가 보관되어 있었고 이 때문에 강도 얘기가 나오면 그녀가 화제의 중심인물이 되었다. 역시 여위고 가무잡잡한 딸 오팔은 영매 기질이 있다고 생각되었다. 적어도 그녀는 그렇게 생각했다. 오팔은 가정 일에는 도통 관심이 없었다. 오팔의 남동생 존은 무뚝뚝한 젊은이로 오팔의 영적 활동에 유독 무관심했다. 그의 관심사는 오로지 차뿐이었다. 그는 쓰던 차를 팔고 다른 차를 사는 일에 늘 몰

두해 있었다. 경제학자가 들으면 의아해하겠지만, 그는 파손되거나 평이 좋지 않은 차를 팔아서 훨씬 더 좋은 차를 살 수 있는 방법을 알고 있었다. 짙은 색 곱슬머리의 남동생 필립은 옷에 관심이 많았다. 옷에 신경을 쓰는 것은 주식 브로커로서 업무의 일부이기도 했지만, 그도 넌지시 말했듯이 업무의 전부는 아니었다. 마지막으로 뱅크스 가족의 아침식사에 함께 앉은 사람은 뱅크스의 친구 다니엘 데빈이었다. 그도 역시 피부가 거무스름했는데 멋지게 차려입고 있었다. 수염을 기른 모양이 다소 낯설어서 약간 위협적으로 보였다.

이 신문 기사를 알려준 것은 바로 데빈이었다. 오팔이 창문 밖에서 한밤중에 떠다니는 창백한 얼굴을 보았다며 그 모습을 묘사하기 시작하자 존이 평상시보다 더 흥분해서 오팔의 입을 막으려 했다. 이렇게 싸움이 시작되려는 순간 데빈이 재치 있게 다른 화젯거리를 넌지시 내놓은 것이었다.

신문에서 새로운 걱정이 되는 이웃을 언급하자 오팔과 존은 이제 뒷전으로 물러났다.

"세상에, 최근에 새로 온 사람 중 하나일 텐데 도대체 누구지?"

뱅크스 부인이 소리쳤다.

"비치우드 하우스에 사는 레오폴드 풀먼 경 외에는 새로 이

사 온 사람은 없는 것 같은데."

남편이 말했다.

"레오폴드 경이라니요. 말도 안 돼요."

부인이 이렇게 말하고 잠시 말이 없더니 덧붙였다.

"그 구레나룻이 난 레오 경의 비서라면, 그 사람이 여기 왔을 때부터 내가 말했잖아요. 필립이 가서……."

"그럴 것 없어요"

흥미 없어하며 필립이 말했다. 아침식사에서 그가 유일하게 한 말이었다.

"내가 아는 사람은 스미스 씨 농장에 머물고 있는 카버란 사람뿐입니다. 조용히 사는 사람인데 상당히 흥미로운 사람입니다. 존이 그 사람을 아는 것 같던데요."

데빈이 말했다.

"차에 대해 좀 아는 사람이죠."

차밖에 모르는 존이 인정했다.

"제 새 차에 타면 더 많은 것을 알게 될 겁니다."

데빈이 살짝 웃었다. 모두들 존의 새 차 얘기에 겁이 났던 것이다. 데빈이 생각에 잠긴 듯 말을 이었다.

"그 사람은 차와 여행에 대해 그리고 세상일에 대해 꽤 잘 알고 있어요. 그런데 지금은 늘 스미스 씨 벌집 주변을 어슬렁거리며 집에서만 지냅니다. 양봉 일에 관심이 많아 스미스 씨네에 머문다고 할 수도 있겠지요. 그렇지만 그런 사람에게는 너무 조용한 취미인 것 같습니다. 존의 차가 그를 좀 흔들어놓을 겁니다."

그날 저녁 데빈이 뱅크스 집을 나설 때 그 거무스름한 얼굴은 골똘히 생각에 잠긴 표정이었다. 초기 단계이지만 그의 생각을 살펴볼 필요가 있을 것이다. 그렇지만 그의 상념이 즉각 스미스 집에 있는 카버를 방문하는 결심에 이르렀다는 것을 말하는 것으로 일단 충분할 것이다.

스미스 집으로 향하다가 데빈은 바나드를 만났다. 뱅크스 부인이 말한 레오 경의 비서로, 멀대 같고 굵은 구레나룻이 인상적인 사람이었다. 그들은 서로 잘 아는 사이는 아니어서 간단한 인사말을 나누었다. 그러나 데빈은 여기서 생각해볼 만한 거리를 찾은 듯했다.

"저기요."

그가 불현듯 말했다.

"실례지만 레오 경의 부인이 아주 값진 보석을 집에 보관하고 있다는 것이 사실입니까? 제가 전문 강도는 아닙니다만 전문 강도가 이 부근에 있다고 들었습니다."

"제가 조심하시라 말씀드리겠습니다."

바나드가 대답했다. 잠시 후 그가 덧붙였다.

"사실은 벌써 말씀드렸습니다. 주의하시길 바랄 뿐이지요."

그들이 말하고 있을 때 바로 뒤에서 날카로운 자동차 경적 소리가 들리더니 존 뱅크스가 그들 옆에 멈추어 섰다. 핸들을 잡은 그의 얼굴이 환했다. 데빈이 스미스 집에 간다고 하자 태워다 줄 수 있겠다는 기쁨이 엿보이는 어조로 자신도 그곳으로 가는 중이라고 했다. 타고 가는 동안 존은 차 자랑을 실컷 늘어놓았다. 특히 기후 적응력에 대해서 떠벌렸다.

"박스처럼 꽉 닫히고 입을 여는 것처럼 쉽게 열리죠."

그 순간 데빈의 입은 쉽게 열릴 것 같지 않았다. 존의 독백이 계속되는 가운데 스미스의 농장에 도착했다.

바깥쪽 입구를 지나고 나서 집으로 들어가기도 전에 데빈은 그가 찾던 남자를 발견했다. 카버는 주머니에 손을 넣고 넓고 후줄근한 모자를 쓴 채 정원을 거닐고 있었다. 긴 얼굴에 턱이 넓었다. 그의 얼굴 윗부분은 모자의 넓은 챙 그림자가 드리워져 있어 마스크처럼 보였다. 뒷마당에는 벌집이 줄을 지었고 스미스로 보이는 나이 든 남자가, 검정색 사제복을 입은 작고 평범하게 보이는 남자와 함께 벌집을 따라 움직이고 있었다.

데빈이 공손히 인사를 건네기도 전에 못말리는 존이 끼어들었다.

"시승해보시라고 제 새 차를 가져왔어요. 썬더볼트보다 괜찮은지 한번 보세요."

카버는 자신이 인자하게 보이려는 미소를 지은 듯했으나 쌀쌀맞게 보였다.

"오늘 밤에는 너무 바빠서 안 되겠는데요."

"작은 벌들이 바쁜가 봅니다."

역시 수수께끼처럼 데빈이 말했다.

"밤새 일하셔야 된다면 벌들이 굉장히 바쁜 것 같습니다. 제가 궁금한 것은……."

"그건……."

차분하면서도 반항적으로 카버가 말했다.

"해가 날 때 건초를 말리라고 했지요. 그런데 카버 씨는 달이 떴을 때 꿀을 만드시는가 봅니다."

챙이 넓은 모자의 그림자에서 번쩍 빛이 났다. 카버의 눈의 흰자가 움직이면서 빛을 내는 것이었다.

"벌들은 꿀만 만드는 것이 아닙니다. 쏘기도 하지요. 조심하십시오."

"차 타고 한바퀴 도시지요?"

존이 끈질기게 졸랐다.

순간 험악한 분위기가 감돌았다. 카버는 정중히 거절하려 했다.

"갈 수가 없습니다. 편지를 쓸 곳이 많아서요. 함께 탈 사람이 필요하다면 제 친구들을 태워주시면 고맙겠습니다. 이분이 제 친구인 스미스 씨와 브라운 신부님입니다."

"물론이죠. 모두 오시라고 하세요."

존이 외쳤다.

"정말 감사합니다. 하지만 전 지금 성체 강복식에 가야 합니다."

브라운 신부가 말했다.

"그럼 스미스 씨가 가실 겁니다. 스미스 씨는 차를 타고 싶어 하셨어요."

조바심이 나듯 카버가 말했다.

잔잔한 미소를 머금은 스미스는 관심 있는 표정이 아니었다. 스미스는 활동적인 노인으로 가발이라는 것이 영락없이 드러나는 가발을 썼다. 모자만큼이나 머리카락과 달라 보였다. 노란색이 나는 가발은 그의 핏기 없는 안색과는 어울리지 않았다. 그는 머리를 내두르고는 상냥하지만 단호하게 대답했다.

"저 차라는 것을 타고 십 년 전에 저 도로를 달려 이곳에 왔지요. 홈게이트에 있는 여동생 집에서 출발해서 저 도로를 달려 왔어요. 그후 다시는 차를 타고 저 도로를 다니지 않았습니다. 얼마나 불편했는지 몰라요."

"십 년 전에요? 이천 년 전에는 소가 모든 마차를 탔습니다. 십 년 동안 차가 하나도 발전하지 않았다고 생각하세요? 도로도 마찬가지고요? 제 차를 타시면 바퀴가 구르는 것도 모르실 겁니다. 날아가는 기분이실 겁니다."

존이 놀렸다.

"바로 스미스 씨가 원하는 것이군요. 날아보는 것이 스미스 씨의 꿈이지요. 스미스 씨, 홈게이트에 가서 여동생을 만나고 오시지요. 하룻밤 있다가 오셔도 되고요."

카버가 계속 권유했다.

"주로 걸어서 갔다오니까 묵었던 거지요. 그리고 오늘 특별히 저 신사분을 귀찮게 해서 갔다올 필요는 없는 것 같아요."

스미스가 말했다.

"동생분이 차를 타고 오시는 것을 보면 얼마나 신기해하시겠어요! 정말 가셔야겠네요. 동생분 생각도 하셔야죠."

카버가 말했다.

"그래요. 힘든 일도 아닌데 동생 생각도 하세요. 차를 무서워하시는 건 아니죠?"

착한 척하며 존도 거들었다.

스미스는 깊이 생각하듯 눈을 깜박이더니 말했다.

"동생도 좋아하고 차가 무서운 것도 아니니까, 그렇다면 차로 함께 가겠습니다."

존과 스미스는 손을 흔들며 배웅해주는 사람들을 헤치고 출발했다. 그들에게는 환호하는 군중으로 보였을 것이다. 그러나 데빈과 신부는 예의상 손을 흔들었을 뿐 두 사람 다 이것이 작별 분위기를 연출하는 카버의 거역할 수 없는 제스처였음을 느꼈다. 카버의 강한 존재감이 느껴졌다.

차가 시야에서 사라지자마자 카버가 데빈과 신부 쪽으로 돌아서며 다소 부산스럽게 사과하듯 말했다.

"자!"

그는 알 수 없는, 친절함과는 반대라고 할, 성실한 태도로 말했다. 그런 극도의 친절은 해산하자는 의미이다.

"저는 이제 가봐야겠습니다. 바쁜 벌들을 방해해서는 안 되지요. 거기다 저는 벌에 대해 아는 것이 거의 없습니다. 그냥 벌과 말벌도 잘 구별하지 못하는걸요."

데빈이 말했다.

"저는 말벌도 키웁니다."

수수께끼 같은 카버가 말을 받았다.

몇 미터 걸어나왔을 때 데빈이 불쑥 신부에게 말했다.

"좀 이상하지 않습니까?"

"이상하네요."

브라운 신부가 대답했다.

"어떻게 생각하세요?"

데빈은 검은 사제복을 입은 자그마한 신부를 쳐다보았다. 바라보는 그의 멋진 회색 눈이 충동성을 되찾는 것 같았다.

"제 생각에 카버는 오늘 밤 그 집에 혼자 있기 위해 안간힘을 쓰는 것 같았습니다. 신부님도 그런 의심을 하셨는지……."

"저도 나름대로 의심하는 부분이 있지만 당신과 똑같지는 않은 것 같습니다."

그날 저녁, 정원에 마지막 저녁빛이 어둠으로 바뀌는 무렵 오팔 뱅크스는 평소보다 더 정신이 멍한 상태로 어두침침한 빈방을 돌아다니고 있었다. 그녀를 자세히 본 사람이라면 원래 핏기 없는 얼굴이 유난히 더 창백해져 있다는 것을 알아차렸을 것이다. 값비싼 장식품으로 장식했지만 이 집은 전체적으로 우울한 분위기가 돌았다. 낡았다기보다는 그냥 좀 오래된 것에서 풍기는 슬픔 같은 그런 우울함이었다. 집에는 유서 깊은 물품이 아니라 유행이 지난 물건이 가득했다. 최근에야 옛것으로 느껴지게 된 그런 장식품들이었다. 여기저기에서 빅토리아 초기의 색유리가 어스름한 빛을 내고 있었고 천장이 높아서 기다란 방들이 좁아 보였다. 오팔이 걷고 있는 방의 끝에는 빅토리아 초기 건물에서 흔히 발견되는 둥근 창문이 있었다. 방의 중앙으로 가다가 오팔은 멈추어 섰다. 보이지 않는 손이 그녀의 얼굴을 치듯 갑자기 그녀의 몸이 흔들렸다.

이어 정문에서 희미한 노크 소리가 들렸다. 오팔은 다른 식구들이 모두 위층에 있는 것을 알고 있었으나 자기도 모르게 대문 쪽으로 갔다. 문 앞에는 검은 의상을 입은 작달막한 사람이 와 있었다. 오팔은 그가 브라운 신부임을 알고 있었다. 잘 알지는 못했으나 신부가 좋았다. 신부는 오팔의 영적 견해를 부추기지 않았다. 오히려 반대였다. 그러나 신부는 마치 그런 영적 체험이 중요한 문제라도 된다는 듯이 말렸고, 동시에 별 문제가 되지 않기라도 하듯 그다지 적극적으로 말리지도 않았다. 그녀의 믿음에 공감하지 않은 것이 아니라, 공감은 하지만 동의하지는 않았던 것이다. 이 모든 혼란스러운 상태에서 오팔은 인사말을 건네는 것도 잊고 무슨 일로 왔는지 신부의 말을 기다리지도 않고 다짜고짜 말했다.

"오셔서 너무 기뻐요. 유령을 봤거든요."

"그렇다고 그렇게 안절부절못할 필요는 없습니다. 유령을 보는 일이 종종 있지요. 대부분은 유령이 아니에요. 그리고 유령이더라도 해를 끼치는 일은 없습니다. 특별한 유령이었나요?"

신부가 말했다.

"아니요, 어떤 유령이라기보다는 쇠망하는 분위기, 빛을 발하는 폐허 같은 얼굴이었어요. 창문에 나타난 얼굴…… 창백하고 눈은 희번덕거리는, 그림에 나오는 유다같이 생긴 얼굴이었어요."

"그렇게 생긴 사람들도 있지요. 때로는 창으로 안을 들여다보기도 하지요. 어디서 그런 일이 있었는지 들어가서 볼 수 있을까요?"

오팔이 신부와 함께 방에 돌아왔을 때 다른 가족들이 모두 모여 있었다. 덜 영적인 가족들은 램프 등을 밝혀놓고 있었다. 브라운 신부는 뱅크스 부인에게 좀더 예의를 갖추고 집을 갑자기 방문한 것에 양해를 구했다.

"제가 마음대로 온 것 같습니다, 부인. 그렇지만 제 생각에 부인이 관심 있어하실 일이 어떻게 일어났는지 설명해드릴 수 있을 것 같습니다. 방금 전 저는 레오 경의 집에 있었습니다. 전화가 와서는 여기에 와서 어떤 남자를 만나보라고 하더군요. 그 사람은 부인에게 중요할 수 있는 일을 상의하러 여기에 올 것이라고 했습니다. 제가 필요하다는 이유만으로 끼어들지 말았어야 했는데…… 레오 경 집에서 발생한 일을 제가 목격했습니다. 그래서 경고드릴 사람도 제가 된 것이죠."

"무슨 일이지요?"

부인이 물었다.

"레오 경의 비치우드 하우스에 강도가 들었습니다. 레오 경 부인의 보석이 없어졌지요. 그것도 그렇지만 비서인 바나드 씨가 정원에서 도망가던 강도가 쏜 총에 맞았습니다."

"그 강도는…… 분명 그는……."

부인이 탄성을 질렀다.

부인은 심상치 않게 자신을 뚫어지게 쳐다보는 신부의 시선과 마주쳤다. 더이상 말을 할 수가 없었다. 그녀 자신도 그 이유를 알지 못했다.

"경찰과 다른 관계 기관에 연락을 취했습니다. 간단한 조사만으로도 그 유명한 범죄인의 발자취와 지문을 확인할 수 있다고 했습니다."

이때 자동차 여행에서 돌아온 존 뱅크스 때문에 잠시 대화가 중단되었다. 별 소득이 없었던 얼굴인 걸로 보아 결국 탑승자 스미스가 존을 실망시킨 것 같았다.

짜증난 듯 존이 부산을 떨었다.

"막판에 펑크가 났어요. 타이어에 구멍이 났나 보고 있을 때 볼트가 나가버렸어요. 다시는 그런 촌놈은 태우지 않을 거예요."

그러나 브라운 신부가 전해온 사건에 흥분되어 가족들은 존이 불평하는 소리가 하나도 귀에 들어오지 않았다.

"곧 어떤 사람이 이곳에 올 겁니다."

신중하게 말을 아끼는 태도로 신부가 말을 계속했다.

"그가 제 임무를 덜어줄 겁니다. 그가 오면 저는 이 심각한 사건의 증인으로서의 임무를 다한 것이 됩니다. 제가 할 말이 남아 있다면 레오 경 집의 하인이 창문에서 사람 얼굴을 보았다는 것입니다."

"우리 창에서 저도 얼굴을 보았어요."

오팔이 말했다.

"넌 항상 유령의 얼굴을 보잖아."

존이 퉁명스럽게 말했다.

"얼굴이라고 해도 분명한 사실을 본 겁니다."

브라운 신부가 침착하게 말했다.

"제 생각에 오팔이 본 것은……."

정문 쪽에서 노크 소리가 들렸고 몇 분 후에 방문이 열리고 한 남자가 나타났다. 그 광경을 보고 데빈은 의자에서 반쯤 일어났다.

키가 크고, 길고 수척한 얼굴에 턱이 각졌는데, 자세는 꼿꼿한 사람이었다. 데빈이 마지막으로 보았던 거의 벗겨진 넓은 이마에 형형한 푸른 눈이 넓은 밀짚모자에 가려져 있었다.

"아무도 움직이지 마세요."

분명하고 예의를 차린 어조로 카버가 말했다. 그러나 혼란스러워진 데빈에게는 예의를 차린 그의 말투가 총을 들고 위협하는 산적의 말투처럼 부조화스럽게 들렸다.

"데빈 씨 앉으시지요. 뱅크스 부인이 허락하신다면 저도 앉겠습니다. 제가 여기 온 이유를 설명드려야 할 것 같습니다. 저를 그 유명한 강도로 의심하고 있진 않으신지요?"

"그렇습니다."

데빈이 험악하게 말했다.

"당신도 말씀하셨듯이 말벌과 벌을 구별하는 것이 어려울 때도 있습니다."

잠시 후 카버가 말을 이었다.

"저는 번거롭지만 유용한 벌레라고 말하고 싶습니다. 저는 경찰입니다. 자신을 마이클 문샤인이라고 부르는 범죄자가 활동을 재개했다는 소문이 있어 조사하기 위해 이곳으로 왔습니다. 보석 강도가 그의 특기입니다. 레오 경의 집에서 방금 전 보석 강도가 있었고 과학적 검사 결과로 보아 그의 소행이 분명합니다. 자취도 그의 것과 일치하고 그가 지난번 체포되었을 때, 다른 강도에서도 그랬을 거라고 추정되는데, 그는 간단하게 붉은 수염과 뿔테 안경으로 변장을 했었죠."

오팔이 거칠게 앞으로 몸을 기울였다.

"그거예요. 제가 본 것이 큰 안경에 유다처럼 붉고 텁수룩한 수염을 한 바로 그 얼굴이었어요."

오팔이 흥분하여 소리쳤다.

"레오 경의 하인이 본 유령도 그런 얼굴이었습니다."

카버가 무미건조하게 말했다.

그는 탁자에 서류와 소포를 올려놓더니 조심히 펼치기 시작했다.

"저는 이 문샤인이란 자가 꾸밀 범죄 계획을 조사하기 위해 이곳에 파견됐습니다. 그래서 양봉 일에 관심 있는 척하며 스미스 댁에 머물렀습니다."

한동안 흐르던 침묵을 깨고 데빈이 입을 열었다.

"지금 그 선한 노인 양반이……."

카버가 미소지으며 말했다.

"데빈 씨, 벌집이 저의 은신처라고만 생각하셨지요. 그에게도 은신처가 되지 않겠습니까?"

데빈은 침울하게 끄덕였고 카버는 다시 서류를 펴기 시작했다.

"스미스 씨를 의심했기 때문에 그를 집 밖으로 유도하려 했습니다. 그의 물건을 검사해보려고요. 그래서 존이 그에게 차

량을 제공하려고 할 때 그 기회를 이용했습니다. 그의 집을 수색하면서 벌에만 관심이 있는 순박한 시골 노인이 소유하기에는 신기한 물건을 찾았습니다."

펼친 서류에서 그는 길고 가느다란 진홍색의 물건을 꺼내 들었다. 극장에서 사용하는 가짜 수염 같은 것이었다. 그 옆에는 오래되고 두툼한 뿔테 안경이 있었다.

"이 집과 직결되는 물건도 찾았습니다. 그래서 오늘 밤 이렇게 무례하게 방문하게 됐습니다. 메모를 발견했는데 거기에는 이웃들이 소유한 갖가지 보석의 이름과 추정 가격이 적혀 있었습니다. 레오 경 부인의 티아라* 바로 다음에 뱅크스 부인의 에메랄드 목걸이가 씌어 있었습니다."

지금까지 이 낯선 방문객의 침입에 다소 거드름 피우는 태도를 보였던 뱅크스 부인이 갑자기 카버의 말에 주목했다. 그러나 부인이 입을 떼기도 전에 무모한 존이 나팔 소리를 내는 코끼리처럼 벌떡 일어났다.

"그 티아라는 벌써 없어진 거고. 그러면 목걸이가, 목걸이가 있는지 봐야겠어요!"

존이 쩡쩡 울리게 말했다.

---

* 보석 달린 머리장식.

"그렇습니다."

존이 방으로 뛰어갈 때 카버가 말했다.

"물론 여기 온 이후로 계속 주시해왔지만 암호로 적힌 메모를 판독하는 데 시간이 좀 걸렸습니다. 판독이 거의 끝나갈 무렵 브라운 신부님의 전화가 왔습니다. 제가 신부님께 우선 이곳에 와서 소식을 전해달라고, 그러면 곧 제가 이쪽으로 오겠다고 부탁했습니다……."

비명 소리에 카버의 설명이 중단되었다. 오팔이 일어서서 빳빳해진 자세로 둥근 창문을 가리키고 있었다.

"또 나타났어요!"

오팔이 소리쳤다.

순간 그곳에 있던 사람 모두 뭔가를 보았다. 종종 오팔에게 쏟아졌던 거짓말과 히스테리라는 비난을 일소하는 순간이었다. 집 밖의 깊고 푸른 어둠 속에서 창백한, 아니 어쩌면 창에 닿아서 하얗게 보이는 얼굴이 불쑥 튀어나왔다. 둥근 테에 둘러싸인 듯한 크고 반짝이는 눈은 배의 하역구에서 쿵쿵거리는, 짙푸른 바다에서 이제 막 잡혀온 커다란 물고기의 모습처럼 보였다. 이 물고기의 지느러미는 구릿빛 적색이었다. 사실 이것은 새빨간 구레나룻과 붉은 수염의 윗부분이었다. 순간 이 물고기는 사라져버렸다.

데빈이 창문을 향해 한 걸음 나아갔을 때 집 안을 흔들 듯한 외침이 쩡쩡 울려왔다. 무슨 말인지 분간할 수 없고 귀청이 떨어질 듯했으나 데빈의 걸음을 멈추게 하기에 충분했다. 그는 무슨 일이 벌어졌는지 감지할 수 있었다.

"목걸이가 사라졌다!"

존의 큰 덩치가 문 앞에서 숨을 내쉬며 외쳤다. 그리고는 곧장 사냥개처럼 황급히 다시 사라졌다.

"방금 창문에 나타났던 것이 강도입니다."

이미 문 쪽으로 달려가며 카버 경감이 말했다. 그는 이미 정원에 가 있는 존을 곧장 따라갔다.

"조심하세요. 총과 무기를 가지고 있어요."

오팔이 호소했다.

"나도 가지고 있어."

어두운 정원에서 용감무쌍한 존의 목소리가 들려왔다.

데빈은 젊은 존이 급하게 지나갈 때 싸움을 시작할 자세로 장총을 휘두르는 것을 보았다. 존이 총으로 자신을 방어할 일이 없기를 바랐다. 그럼에도 두 발의 총성이 들렸다. 처음 총성에 응답하듯 다음 총성이 들려왔고, 이 소리는 고요한 교외의 정원에 메아리쳤다. 그들은 침묵에 잠겼다.

"존이 죽은 건가요?"

오팔이 떨리는 낮은 목소리로 물었다.

브라운 신부는 벌써 어둠 속 상당히 깊은 곳까지 와 있었고 뭔가를 내려다보며 사람들 쪽으로 등을 보이고 있었다. 오팔의 물음에 신부가 대답했다.

"존이 아니라 다른 사람이 죽었어요."

카버가 신부님께 왔고 크고 작은 두 사람의 모습이 잠시 변덕스럽고 사나운 달빛이 보여주는 풍경을 가로막았다. 두 사람이 한쪽으로 이동했을 때 나머지 사람들은 마지막 발버둥에 꼬인 듯한 자세로 누워 있는 작고 빳빳해진 사람의 모습을 보았다. 가짜 붉은 수염은 하늘을 비웃듯이 위쪽으로 벗겨져 있었고 달빛이 이 문샤인이라 불리는 남자의 커다란 가짜 안경을 비추었다.

"정말 그 모든 모험을 겪은 사람이 결국은 교외의 정원에서 주식 브로커의 손에 총 맞아 죽었군요."

카버 경감이 중얼거렸다.

당연히 당사자 존은 더 흥분하긴 했으나 엄숙하게 자신의 공적을 바라보았다.

"어쩔 수가 없었어요."

그는 아직도 발사의 흥분에 숨을 헐떡였다.

"미안하지만 그가 제게 총을 쏘았어요."

"그 부분에 대해서는 조사를 하게 될 겁니다. 그렇지만 걱정하실 필요는 전혀 없을 것 같네요. 한 발이 발사된 총이 그의 손에서 떨어져 있으니 그가 당신 총알을 먼저 맞은 것은 분명히 아닙니다."

카버가 진지하게 말했다.

그리고 나서 그들은 다시 방에 모였고 경감은 출발하기 위해 서류를 챙겼다. 브라운 신부는 그의 맞은편에 서서 서재에 있을 때처럼 탁자를 내려다보았다. 그리고는 불현듯 말했다.

"카버 씨, 정말 능숙하게 사건을 깨끗이 처리하셨군요. 저는 당신의 일 처리를 의심했었습니다. 그렇지만 모든 것을 이렇게 빨리 연결시켜버릴 줄은 몰랐습니다. 벌, 수염, 안경, 암호, 목걸이, 그 모든 것을요."

"항상 만족스럽게 사건을 마무리짓습니다."

탁자를 계속 보며 신부가 말했다.

"그렇군요, 정말 훌륭하십니다."

그리고는 신경질적으로 변해가려는 태도를 온화함으로 눌렀다.

"저는 당신이 한 말 한마디도 믿지 않습니다."

데빈이 갑자기 관심을 보이며 몸을 앞으로 기울였다.

"그 강도가 문샤인인 것을 믿지 않는다는 말씀입니까?"

"그가 문샤인인 것은 맞습니다만 보석을 훔치지는 않았습니다. 그는 여기에 오지도, 레오 경의 집에 가지도, 보석을 훔치지도, 달아나다가 총에 맞지도 않았습니다. 도대체 보석은 어디 있는 걸까요?"

"그런 경우에 보통 있는 곳이죠. 숨겼거나 동업자에게 건네주었을 겁니다. 단독 범행은 아닙니다. 물론 저희 경찰에서 정원을 수색하고 있고 이 지역에 주의 조치를 내렸습니다."

카버가 말했다.

"어쩌면 문샤인이 창에서 안을 내다볼 때 동업자가 목걸이를 훔쳤을지도 모르죠."

뱅크스 부인이 제안했다.

"제 생각에는 그가 안을 내다보고 싶은 것이 아니었던 것 같습니다."

브라운 신부가 조용히 말했다.

"그러면 왜 그런 것이죠? 이런 근거도 없는 얘기가 무슨 소용입니까? 바로 우리 눈앞에서 그가 한 행동을 모두 보았는데 말입니다. 저는 믿지 못할 일들이 눈앞에 펼쳐지는 것을 여러 번 보았습니다. 무대 안팎에서 그런 일을 많이 보셨을 겁니다."

카버가 다그쳤다.

"브라운 신부님, 왜 본인의 눈을 믿지 않으시는지 말씀해주시겠습니까?"

존경을 담은 어조로 데빈이 말했다.

"그렇게 하도록 해보겠습니다. 신부라는 직업이 어떤지 아실 겁니다. 저희는 사람들을 별로 성가시게 하지 않는 편입니다. 그러나 아무것도 하지 않는 것은 아닙니다. 아무것도 모르는 것도 아니고요. 우리는 직분에 충실하지만 이웃들을 잘 알고 있습니다. 모든 이웃과 친구가 되려고 하지요. 사실 저는 이 죽은 남자를 아주 잘 압니다. 그가 제게 고백성사를 했고 우리는 친구 사이입니다. 그가 오늘 정원을 떠날 때의 상태를 알고 있습니다. 그의 마음은 마치 금빛 벌이 가득 찬 유리벌집 같았지요. 그가 감화를 받는 모습이 진실해 보였다고만 한다면 지나친 과소평가가 될 것입니다. 그는 남들이 덕성에서 만들어낼 수 있는 것보다 더 많은 것을 참회를 통해 일구어낸 훌륭한 참회자였습니다. 그가 제게 고백성사를 했다고 말씀드렸지만 실제로는 오히려 제가 위안이 필요할 때 그를 찾아가곤 했지요. 그렇게 선한 사람 근처에 있는 것이 저에게는 정말 좋은 일이었습니다. 정원에 그가 죽어 누워 있는 것을 보았을 때 어떤 옛말 하나가 큰 소리로 그에게 들렸다가 제 귀에도 들어오는 듯했습니다. '천국으로 곧장 갈 수 있는 사람이 있다면 바로 이 사람이다.'"

"닥치세요. 어찌 되었건 그는 범죄자였어요."

존이 참지 못한 듯 말했다.

"범죄자였지요. 그리고 그 범죄자만이 그런 확신에 찬 목소리를 들었습니다. '오늘 밤 그대는 나와 함께 천국에 가리라.'"

모두들 이후에 흐르는 침묵을 어찌할지 모르는 듯했다.

마침내 데빈이 침묵을 깨뜨렸다.

"그러면 도대체 이 모든 일을 어떻게 설명하시겠습니까?"

신부는 머리를 저었다.

"당장은 다 설명드릴 수 없습니다. 한두 가지 이상한 점이 있습니다만 아직은 이해가 되지 않아요. 지금으로서는 그 사람의 결백을 증명할 만한 근거가 없네요. 제가 맞다고 확신할 뿐."

브라운 신부는 간단하게 말했다.

그는 한숨을 짓고 그의 큰 검정모자로 손을 뻗었다. 모자를 쓰면서 탁자에 고정되었던 그의 시선이 새로운 표정으로 바뀌었다. 둥근 그의 고수머리가 다른 각도로 방향을 돌렸다. 마치 마술사의 모자에서 신기한 동물이 튀어나오는 듯했다. 그러나 다른 사람들은 탁자에서 카버의 서류와 황색의 오래된 수염 그리고 안경 외에는 아무것도 볼 수 없었다.

"세상에! 그는 지금 바깥에 수염과 안경을 쓴 채 죽어 있어요."

브라운 신부가 중얼거렸다. 그리고는 갑자기 데빈 쪽으로 돌아섰다.

"이겁니다. 왜 그가 수염을 두 개나 가지고 있지요?"

그렇게 말하고는 신부는 헐레벌떡 방 밖으로 나갔다. 데빈이 신부를 따라 급하게 정원으로 쫓아갔다.

"지금은 말씀드릴 수가 없습니다. 아직은 완전히 알 수 없군요. 내일 저에게 들러주십시오. 그때 모든 것을 말씀드릴 수 있을 겁니다. 이미 저는 다 알 것 같지만…… 저 소리 들으셨습니까?"

"자동차가 떠나는군요."

데빈이 말했다.

"존 뱅크스 차군요. 상당히 빠른 차로 알고 있습니다."

"존은 그렇게 생각합니다."

미소지으며 데빈이 말했다.

"오늘 밤 빨리 그리고 멀리 갈 것입니다."

"그게 무슨 뜻이지요?"

데빈이 다그쳤다.

"다시는 돌아오지 않을 거라는 말이지요. 존 뱅크스는 제가 한 말에서 제가 뭔가를 알고 있다는 것을 눈치챘습니다. 존 뱅크스가 떠났군요. 에메랄드와 다른 보석도 함께요."

다음날 데빈은 신부가 구슬프게 그러나 차분하게 벌집 앞에서 이리저리 움직이는 것을 보았다.

"벌에게 말하고 있었습니다. 벌에게 말을 해줘야 한다는 것 아시죠? '노래를 흥얼거리는 황금빛 지붕을 짓는 사람들.' 참 멋진 시행이지요!…… 벌을 봐주면 그가 좋아할 겁니다. 하지만 벌을 돌보느라 사람을 게을리 하는 것을 원하지는 않을 겁니다."

"신부님 말씀이 맞았습니다. 존 뱅크스가 보석을 가지고 사라졌습니다. 그런데 어떻게 아셨는지 모르겠네요. 그리고 더 밝혀질 것이 있는지도."

브라운 신부는 자비롭게 벌집을 보며 말했다.

"처음부터 한 가지 걸리는 문제가 있었습니다. 불쌍한 하인 바나드가 총에 맞았다는 것이 수수께끼였습니다. 마이클은 전성기 때도 절대로 살인을 하지 않았고 그것을 명예로 삼았지요. 허영심으로 보일 정도로 말입니다. 죄인이었을 때도 경멸하던 살인을, 회개하여 새 사람이 된 지금 저질렀다는 것이 말이 되지 않는 것 같았습니다. 이후에 벌어진 일도 끝까지 저를 당황하게 했습니다. 사실이 아니라는 것 외에 아무것도 이해할 수 없었습니다. 탁자 위에 놓인 수염과 안경을 보고, 그가 다른 수염과 안경을 끼고 있었다는 것을 기억하고 나서야 뒤늦게 생

244

각이 미치기 시작했습니다. 그가 똑같은 것을 두 개 갖고 있었을 수도, 우연히 옛날 안경도 수염도 아닌 새 것만 이용했을 수도 있었겠지요. 빈손으로 나왔다가 새 것을 샀을 수도 있었겠고. 그러나 그런 것 같지는 않았습니다. 그는 존과 함께 차를 탈 이유가 전혀 없었습니다. 그리고 정말 보석을 훔치려 했다면 주머니에 수염과 안경을 가지고 갔을 것입니다. 수염이 나무에서 자라는 것도 아니고 수염을 구하기는 힘들 테니까요.

생각할수록 그가 완전히 새 장비로 차려입은 것이 뭔가 이상하다는 느낌이 들었습니다. 그리고 직감으로 느껴졌던 진실이 논리적으로 풀리기 시작했습니다. 그는 변장을 하려고 존 뱅크스와 차를 타고 나간 것이 아니었습니다. 그는 변장을 하지 않았습니다. 다른 누군가가 그 안경과 수염을 만들어서 그에게 씌운 것이지요."

"씌웠다고요! 어떤 악당들이 그런 짓을 한단 말입니까?"

"다시 돌아가서 사건을 다른 창문으로, 젊은 아가씨가 유령을 본 그 창문을 통해 보도록 합시다."

"유령이요!"

다소 놀란 듯 데빈이 반복했다.

"오팔이 유령이라고 불렀죠. 그리고 그녀의 말이 틀린 것이 아닙니다. 오팔은 소위 말하는 신기가 있는 사람임이 틀림없습니다. 그녀가 잘못 생각하는 것은 신기가 있는 것을 영적인 것으로 여긴다는 겁니다. 동물도 신기가 있습니다. 어쨌든 오팔은 예민하고, 창가에 비친 얼굴에 죽은 자의 무시무시한 후광 같은 것이 어려 있었다고 느낀 것은 정확했습니다."

"그 말씀은……."

"창에서 안을 내다본 것은 죽은 사람이었습니다. 여러 집, 여러 창문을 기웃거린 것이 죽은 사람이었습니다. 오싹하지 않습니까? 한편으로는 유령의 반대지요. 육체에서 벗어난 영혼의 장난은 아니니까요."

다시 벌집을 보며 신부가 계속했다.

"가장 간단하게 설명하는 방법은 이 사건을 저지른 자의 입장에서 보는 것입니다. 존 뱅크스 말입니다."

"그 사람이리라고는 생각도 못 했습니다."

"제가 우선적으로 의심한 사람이지요. 저한테 의심할 권리가 있다면 말입니다. 사회적 지위와 직업에는 좋고 나쁘고가 없습니다. 어떤 사람이라도 불쌍한 존처럼 살인자가 될 수 있습니다. 그리고 어떤 사람도, 같은 사람이라도, 불쌍한 마이클처럼 성인이 될 수 있습니다. 그렇지만 다른 사람들보다 때로 더 사악해지는 경향이 있는 유형이 있다면 바로 잔인한 사업가 부류입니다. 존 뱅크스는 종교는 물론 사회적 이상도 없었습니다.

귀족의 전통도 노동자의 계급의식도 없습니다. 거래를 잘해냈다고 자랑하는 것은 실제로는 사람들을 속였다고 자랑하는 것과 다를 바 없었죠. 신비주의를 시도해보는 누나를 짓누르는 것도 혐오스러웠습니다. 오팔의 신비주의는 우스꽝스러운 것이기는 했으나 존이 정말로 싫어한 것은 정신적인 것 그 자체였습니다. 아무튼 의심할 바 없이 그는 악당이고 독특한 악당 짓에만 관심이 있었습니다. 살인 동기로는 정말로 유례 없는 것이지요. 시체를 무대장치로, 끔찍한 인형쯤으로 사용하려는 의도였습니다. 처음부터 그는 차에서 마이클을 죽이고 집으로 끌고 온 다음 정원에서 죽인 척하려고 계획했습니다. 이 모든 환상적인 마무리 계획은 그가 널리 알려지고 금세 밝혀질 수 있는 강도의 시체를 차 안에 그것도 밤에 갖고 있다는 중요한 사실에서 나온 것입니다. 지문과 발자취도 남길 수 있고 그의 얼굴을 창가에 내보였다 다시 거둘 수도 있었지요. 존 뱅크스가 에메랄드 목걸이를 찾아보겠다고 방을 나간 이후에 문샤인의 얼굴이 나타났다 사라진 것을 기억하실 겁니다.

마지막으로 시체를 정원에 내던지고 총 두 자루로 한 발씩 쏘기만 하면 됐던 것이지요. 두 개의 수염이 아니었다면 완전 범죄였을 것입니다."

"신부님의 친구 마이클은 왜 그 수염을 보관하고 있었지요?

저는 그것이 좀 의문입니다."

데빈이 생각에 잠겨 말했다.

"그를 아는 사람으로서 그것은 당연한 일입니다. 그의 태도는 그가 썼던 가발 수염과 유사합니다. 그의 위장에는 위장이 없었습니다. 오래된 가발이 더이상 필요 없었지만 그는 가발을 두려워하지 않았습니다. 가짜 수염을 굳이 없애는 것이 위선적이라고 느꼈을 사람입니다. 없애는 것이야말로 숨기는 것이고 그는 숨기는 사람이 아니었습니다. 신에게도 자신에게도 숨기지 않았습니다. 훤한 대낮에 당당히 살아가는 사람이었고 감옥으로 다시 끌려가도 행복하게 살았을 겁니다. 그는 잘못을 얼버무리고 덮은 것이 아니라 깨끗이 씻었습니다. 그에게는 죽은 후에 죽음의 춤에 의해 끌려나온 것처럼 섬뜩하도록 묘한 점이 있었습니다. 그가 벌집 사이를 미소지으며 왔다갔다하던 그때에도 찬란하다는 의미에서 그는 죽은 사람이었습니다. 이 세상에서의 심판을 끝낸 사람이었죠."

잠시 침묵이 흐른 후 데빈이 어깨를 으쓱이며 말했다.

"모든 것이 이 세상에서는 너무나 유사하게 보이는 벌과 말벌의 문제로 귀결되는군요."

날아다니는 물고기의 노래

모든 범죄는 일찍 깨지 않는 사람에게 의존합니다.
그리고 어떤 의미에서건 대부분의 사람들은 너무
늦게 깨어나지요. 저만 해도 너무 늦게 일어난
것입니다.

　페레그린 스마트는, 한 장소 주위만 빙빙 도는 파리처럼, 자신이 갖고 있는 소장품 하나와 농담 한 가지에만 집착했다. 그가 하는 농담이란 그저, '제 금붕어를 보신 적이 있으세요?'라고 사람들에게 물어보는 것이었다. 듣기에 따라서 사치스러운 농담일 수도 있었다. 그가 과시하려고 그런 농담을 건넨 게 아니라 정말 단순히 농담으로만 그런 말을 하는지는 사실 의심스럽다. 마을의 오래된 녹지 둘레에 새로 집을 지어 이주한 이웃들과 얘기할 때면 그는 대화의 방향을 즉시 자신의 취미 쪽으로 바꿨다.

　스마트는, 완고해 보이는 턱에 독일인처럼 머리를 뒤로 빗어넘긴 유망한 생물학자 버독 박사에게 말을 걸면서 손쉽게 금붕고기 쪽으로 화제를 돌렸다.

"박물학에 관심이 많으시지요? 제 금물고기를 보신 적이 있나요?"

버독 박사 같은 정통 진화론자에게는 물론 모든 자연이 하나로 통했다. 그러나 기린의 초생의 계통을 전문적으로 연구해온 박사였기에 처음 그 이야기를 들었을 때 박물학과 금으로 만든 물고기의 관련성을 생각해내기란 쉽지 않았다.

이웃 마을 성당에서 온 브라운 신부와 얘기할 때에는, '로마—성 베드로—어부—물고기—금물고기'로 차근차근 화제를 옮겨가며 재빨리 돌아가는 일련의 생각들을 끄집어냈다.

잘 차려입었지만 조용한 분위기에, 체격은 가냘프고 혈색이 좋지 않은 은행 지점장 임랙 스미스에게 말할 때에는 대화의 주제를 억지로 '금본위제도*'로 끌고 갔다. 금물고기 얘기를 그 다음에 바로 꺼내기 위한 기초작업일 뿐이었다.

이름은 프랑스 이름이었지만, 얼굴은 러시아, 그것도 타타르족에 가까운, 총명한 동양 여행자이자 학자인 이봉 드 라라 백작에게는 이 다재다능한 좌담가 스마트가 영리하게도 갠지스강과 인도양에 대한 관심을 보였다. 당연히 갠지스 강과 인도양

---

* gold standard. 화폐 단위의 가치와 금의 일정량의 가치가 등가관계를 유지하는 본위제도.

에 금물고기가 존재할 수 있느냐는 대화로 귀결되었다.

런던에서 최근에 이곳으로 내려온, 굉장한 부자이지만 동시에 수줍음이 많고 조용한 해리 하톱의 경우에는, 무안해진 이 젊은이가 낚시에 관심이 없다고 결국 억지로 고백을 하게끔 만들었다. 그리고는 이렇게 말했다.

"낚시 얘기가 나와서 말인데요, 제 금물고기를 보신 적이 있나요?"

이 금물고기의 특이한 점은 정말 금으로 만들어졌다는 것이었다. 동양의 어떤 부유한 왕자의 변덕 때문에 만들어진 것으로 알려진 이 금물고기는 유별나고 값비싼 일종의 장난감이었다. 스마트는 쓸모가 없더라도 독특한 물건으로 집을 채우기 위해 자주 들르던 골동품 가게에서 이 금물고기를 찾았다.

방의 반대편 끝에서 보면 유별나게 큰 어항에 담긴 유별나게 큰 살아 있는 물고기처럼 보였다. 가까이 가서 살펴보면 이 어항은 아름다운 베네치아산 유리를 조각조각 붙어서 만든 거대한 거품으로 보였다. 어렴풋한 무지개 빛깔로 정교하게 구름처럼 싸인 얇은 유리볼 속에 뭔가가 매달려 있는 것이 어슴푸레하게 보였다. 눈에는 커다란 루비를 박은, 금으로 만든 기괴한 물고기였다. 재료만 해도 이 물건의 값어치는 상당해 보였다. 값이 얼마나 나갈지는 이 물건에 눈독을 들인 수집가들 사이에 광기가 어느 정도나 퍼질지에 달려 있었다.

스마트의 새로운 비서 프란시스 보일이라는 이름의 청년은 아일랜드 사람으로 별로 조심성이 없는 사람임에도, 떠돌이처럼 잠시 머무는 잘 모르는 이웃 사람들에게 스마트가 자신의 보석 수집품에 대해 그렇게 거리낌없이 말하는 것을 보고는 다소 놀랐다. 수집가들이란 경계하고 때론 비밀스러운 것이 일반적이었다.

새로 맡은 비서일에 익숙해지면서 보일은 자신만 그렇게 느낀 것이 아니고 다른 사람들도 처음에는 조금 의아해했다가 이후에는 그래서는 안 된다고 생각했다는 것을 알게 되었다.

"그 동안 목에 칼이 안 들어온 것이 신기하지."

스마트의 하인 해리스는 단지 본능적인 감각으로, 제대로 대접받지 못하는 물건들을 안타까워하며 그의 예술적인 취향을 드러내며 말했다.

"여기저기 물건을 그냥 놔두는 것은 어떻고요."

"덜컥거리는 문에 저 낡아빠진 빗장조차 걸지를 않으시니 원……."

새로 온 비서 보일을 도와주기 위해 사무실에서 파견된 스마트의 서기 제임슨이 덧붙였다.

"스마트 씨가 브라운 신부님과 박사님께 그러시는 건 괜찮겠지만 외국인들에겐 조심하셔야 해요. 훔쳐가라고 부추기는 꼴밖에 더 되나요. 그 외국인 백작만 두고 하는 말이 아니라, 은행가라는 그 젊은이도 영국인이라고 하기에는 피부색이 너무 노랗던데요."

스마트의 가정부는 상당히 모호한 화법으로 자신의 논조를 흐리면서 한몫 끼어들었다.

"글쎄요. 그 청년 하톱은 자기 자신을 위해서는 한마디도 하지 못할 정도로 충분히 영국적이던데요."

보일이 상냥하게 말했다.

"그는 그 이상이에요. 외국인이 아니라고 하더라도 겉보기처럼 멍청하지는 않아요. 행동을 보면 외국인이라는 것을 알지요."

가정부가 넌지시 말했다.

그날 오후, 주인의 거실에서 오고간 대화를 들었다면 그녀의 의심은 더 깊어졌을 것이다. 대화 내용은 그 금으로 만든 물고기에 관한 것이었지만, 가정부가 불쾌하게 여기는 그 외국인이 주로 얘기를 하고 있었다. 말을 많이 하는 것도 아니었지만 그의 침묵까지도 무언가 명확한 의미를 담고 있는 것 같았다. 그는 쿠션 더미에 앉아 있어 더욱 육중하게 보였고 황혼이 깊어지면서 몽골인 같은 넓은 얼굴은 달처럼 희미한 빛을 냈다. 어쩌면 주위의 배경 때문에 그의 얼굴과 모습이 더욱더 동양적 분위기를 자아내는지도 몰랐다. 방에는 대체로 비싼 골동품이 어지럽게 널려 있었다. 그 중에서 동방의 여러 무기들, 파이프와 도자기들, 악기와 채색필사본의 부드러운 곡선과 강렬한 색상이 눈에 띄었다. 어찌 됐건 대화가 진행되면서 보일은 점점 더 이 황혼 빛을 등뒤로 받으며 쿠션 위에 앉아 있는 사람의 선이 거대한 불상의 윤곽과 똑같다고 느끼고 있었다.

이웃들이 만나서 대화를 나누는 것은 일상적인 일이었다. 그들은 자주 서로의 집에 들르는 습관이 붙었고 이때쯤에는 녹지 둘레에 있는 네다섯 집 사람들이 일종의 클럽을 형성했다. 이 집들 중에서 페레그린 스마트의 집이 가장 오래되고 가장 넓고 가장 아름다웠다. 이 집은 마을 광장을 거의 다 차지했으며, 병약하여 밖에 거의 나오지 않는다는 바나라는 은퇴한 대령이 사는 자그마한 빌라만이 그 부근에 있었다. 집 오른쪽으로는 간단한 생활필수품을 파는 두세 개의 상점이 있었고 구석에는 런던에서 온 하톱이 머물고 있는 여인숙 '블루 드래곤'이 있었다. 반대편에는 세 채의 집이 있었다. 하나는 드 라라 백작이 빌린 집이었고, 또 하나는 버독 박사의 집이고 나머지 한 채는 아직 비어 있었다. 또 한쪽에는 은행장이 사는 사택이 붙어 있는 은행이 있었다. 그리고 은행 건물 주변의 땅을 에워싸는 울타리가 있었다. 이렇게 외부와는 분리된 독립적 무리였으며 사방에 펼쳐진 몇 킬로미터에 걸친 텅 빈 황무지 때문에 그들은 더욱 더 안으로 모여들어 서로 만나게 되었다.

그날 오후 어떤 낯선 사람이 이 그룹에 침입했다. 마르고 뾰족한 얼굴에 눈썹과 콧수염이 굉장히 텁수룩한 이 사람은 초라한 차림이었지만, 정말로 자신의 말대로 스마트와 수집품 거래를 하러 왔다면 백만장자이거나 공작이었을 것이다. 그는 블루 드래곤 여인숙에서는 하머라고 알려져 있었다.

그는 스마트로부터, 금도금한 물고기의 찬란함과 이 물건을 보관하는 방법에 대한 사람들의 비난을 자세히 들었다.

"사람들은 늘 제게 수집품을 더 주의 깊게 보관하라고 충고하죠."

어깨 뒤편에 서류를 들고 서 있는 하인을 눈썹을 치켜 흘긋 보며 스마트가 말했다. 그는 대담한 앵무새처럼 둥근 얼굴에 몸집도 둥글고 작고, 나이 든 사람이었다.

"제임슨과 해리스 그리고 다른 사람들도 항상 제게 중세 요새처럼 문에 빗장을 하라고 합니다. 제 생각에는 낡고 녹슨 빗장으로는 침입자를 막기에 너무나 중세적인 것 같은데 말입니다. 저는 차라리 행운과 경찰을 믿기로 했습니다."

"튼튼한 빗장이 침입을 항상 막아주는 것은 아니지요. 고대

256

에 동굴에서 벌거벗고 사는 힌두교 은자가 있었습니다. 그는 무굴 제국을 에워싼 군대 세 부대를 통과해서 폭군의 터번에 있던 루비를 빼내서 그림자처럼 상처 하나 없이 돌아왔습니다. 그는 대왕에게 시공간의 법칙이 얼마나 하찮은 것인지를 가르쳐주고 싶었다고 합니다."

백작이 말했다.

"시공간의 법칙을 제대로 공부하면 그가 어떤 속임수를 썼는지 알아낼 수 있습니다. 서구 과학은 동방 마술의 신비를 상당수 밝혀냈습니다. 요술은 말할 것도 없고 많은 것들이 최면술로 가능합니다."

버독 박사가 냉담한 말투로 말했다.

"그 루비는 군주의 막사에 있는 게 아니었습니다. 은자는 루비를 수백 개의 막사 중에서 찾아냈지요."

백작이 꿈꾸듯이 말했다.

"텔레파시로 모든 것을 설명할 수 있지 않을까요?"

박사가 날카롭게 물었다.

곧바로 무거운 침묵이 흘러 그의 질문은 더욱 날카롭게 들렸다. 내내 튀던 백작이 인사도 제대로 하지 않고 자러 가버리기라도 한 것처럼 썰렁한 침묵이었다.

갑자기 미소 짓고 일어서며 백작이 말했다.

"실례합니다. 언어로 얘기하고 있었다는 것을 깜박했습니다. 동양에서는 생각으로 말을 하지요. 그래서 서로 오해할 일이 없습니다. 어떻게 서양인들은 언어를 숭상하고 언어에만 만족할 수 있는지 참 이상합니다. 전에는 허튼 짓이라 부르던 것을 지금 텔레파시로 부른다고 뭐가 달라지지요? 어떤 사람이 망고 나무를 타고 하늘로 올라갔을 때 이것을 순전히 거짓말이라 하는 대신 공중부양일 뿐이라고 말한다고 뭐가 바뀌겠습니까. 중세의 마녀가 지팡이를 흔들어 나를 파란 개코원숭이로 만들어도 당신들은 격세유전일 뿐이라고 말할 겁니다."

잠시 버독 박사의 표정은 결국 그리 큰 차이는 아니라고 말하는 듯했다. 그러나 박사의 짜증이 다른 출구를 찾기 전에 하머라는 남자가 퉁명스럽게 끼어들었다.

"인도의 마술사가 이상한 일을 할 수 있다는 것은 사실일 것입니다. 그러나 제가 관찰한 바로는 인도에서만 그런 일을 한다는 것이지요. 아마도 다들 한패였거나 군중심리 때문일 것입니다. 영국 마을에서는 그런 속임수가 통하지 않을 것이고 우리 친구의 금물고기는 매우 안전하다고 봅니다."

"내가 얘기를 하나 해드리지요. 이 사건은 인도가 아니라 카이로의 가장 문명화된 곳이라 할 수 있는 영국 막사 밖에서 일어난 일입니다. 보초병이 철창 사이로 바깥의 길을 쳐다보며 철문 안쪽에 서 있었습니다. 맨발에 누더기를 걸친 거지가 철문 바깥에서 나타나서는 깜짝 놀랄 만큼 분명하고 세련된 영어로 보초에게 안전상 건물 안에 보관하고 있던 서류를 가지러 왔다고 말했습니다. 보초는 물론 안에 들어갈 수 없다고 말했습니다. 그러자 이 거지 같은 남자가 웃으면서 대답했습니다.

'무엇이 안이고 무엇이 바깥입니까?'

보초는 비웃으며 계속 철창 사이로 바깥쪽을 보다가 점차, 그도 철문도 움직이지 않았는데, 자신이 사실은 길에 서서 막사 쪽을 들여다보고 있으며 거지는 막사 쪽에서 미소지으며 그처럼 꼼짝 않고 가만히 서 있다는 것을 깨달았습니다. 그리고 거지가 막사 쪽 건물로 향했을 때 보초는 거지가 움직이는 걸 보고서 벌떡 정신이 들어 죄수들을 수용하는 구내에 있는 모든 군인들에게 경계하라고 소리쳤습니다.

'거기에서 빠져나가지는 못할 거다.'

그는 앙심을 품은 듯 말했습니다. 그때 거지가 맑고 낭랑한 목소리로 말했습니다.

'무엇이 바깥이고 무엇이 안입니까?'

같은 빗장 사이로 보초는 다시 한번 빗장이 그와 길 사이에 있으며 거지가 길 쪽에서 미소지으며 손에 서류를 들고 자유롭게 서 있는 것을 보았습니다."

드 라라 백작이 일절 움직임 없이 말했다.

은행장 임랙 스미스는 짙은 색의 윤이 나는 머리를 아래로 기울인 채 카펫을 보고 있다가 처음으로 입을 열었다.

"서류에 무슨 일이 있었습니까?"

"정확한 직업 본능이십니다. 재정적으로 상당히 중요한 서류였습니다. 이 서류가 도난된 결과 국제적인 파장이 일었습니다."

백작이 상냥하게 말했다.

"그런 일은 자주 일어나지 않았으면 좋겠습니다."

젊은 하톱이 우울하게 말했다.

"정치적인 면은 아직 건드리지 않았습니다."

백작이 진지하게 말했다.

"철학적인 면만 말하자면 이 사건은 현자는 시공간을 벗어나 이것의 방향을 바꿀 수 있다는 것을 설명해줍니다. 다시 말하자면 시공간을 벗어나서 전 세계가 우리 눈앞에서 돌아가는 것이지요. 그러나 여러분들에게는 정신적 힘이 정말로 물질적 힘보다 강하다는 것을 믿기가 힘들지 않습니까?"

"저는 정신적 힘에 대한 권위자가 아니라고 고백하겠습니다. 브라운 신부님은 어떠십니까?"

스마트 노인이 유쾌하게 말했다.

"저를 놀라게 한 것이 있다면 우리가 지금까지 들은 모든 초자연적 사건이 강도인 것 같다는 것입니다. 제가 보기에는 영적 방법으로 훔치는 것이나 물질적 방법으로 훔치는 것이나 똑같아 보입니다."

덩치가 작은 신부가 대답했다.

"브라운 신부님은 필리스틴 사람*이군요."

스마트가 웃으며 말했다.

"저는 필리스틴 사람들에게 일종의 연민 같은 것을 느낍니다. 그들은 이유도 알지 못하면서 올바른 행동을 하는 사람들이죠."

신부가 말했다.

"말씀하시는 내용이 저에게는 너무 어려운데요."

하톱이 진심으로 말했다.

"스마트 씨는 백작님이 제안하신 대로 말 없이 대화하시기를 원하시겠군요. 백작님은 아무 말 없이 신랄하게 시작하시고 하톱 씨는 한바탕의 침묵으로 응수하는 겁니다."

브라운 신부가 웃으며 말했다.

"음악으로 할 수 있는 것도 있겠지요. 이 모든 말보다 음악이

---

* 옛날 팔레스타인 서남부에 살며 이스라엘 사람들을 괴롭힌 민족. 속물, 교양 없는 사람이라는 의미가 있다.

더 좋을 수도 있습니다."

백작이 꿈꾸듯 중얼거렸다.

보일은 호기심을 갖고 이 대화를 지켜보았다. 지금 이곳에서 대화하는 사람 중 몇몇은 그가 보기에 의미심장하거나 또는 기이하게 보이는 점이 있었다.

대화가 음악으로 흘러가자 말쑥한 은행장이 관심을 기울였다. 그는 재능 있는 아마추어 음악가였다. 그때 젊은 비서 보일은 불현듯 할 일이 생각났고 스마트에게 서기가 서류를 들고 기다리고 있다고 말해주었다.

스마트가 급하게 말했다.

"지금은 그 서류에 신경쓰지 말게나, 제임슨. 장부만 좀 정리해줘. 나중에 스미스 씨랑 같이 좀 봐야 하니까 말일세."

스마트가 다시 열띤 얼굴로 좌중을 훑어보았다.

"그 첼로 얘기를 하던 중이었죠, 스미스 씨……."

그러나 잠깐이었지만 차가운 비지니스는 심오한 대화의 열기를 흩뜨리기에 충분했다. 손님들은 하나씩 작별을 고했다. 은행장이자 음악가인 스미스만 끝까지 남았다. 다른 손님들이 다 떠나자 스미스와 이 집 주인 스마트는 금물고기가 보관된 내실로 들어가서 문을 닫았다.

이 집은 좁고 기다란 구조로 일층에는 발코니가 쭉 나 있었다. 그리고 그가 사용하는 방, 침실, 의상실, 또 보통은 아래층 방에 보관하지만 때때로 그의 진귀한 보물을 보관하는 내실이 있었다. 이 발코니는 빗장이 불충분하게 설치되어 있는 아래층 문과 더불어 가정부, 서기, 이 수집가 주인의 부주의를 한탄하는 모든 이들의 걱정거리였다. 그러나 사실 이 교활한 노신사 스마트는 보이는 것보다는 더 조심스러웠다. 가정부는 한가하게 녹슬어가는 잠금 장치를 보고 한탄했지만 그가 이 구닥다리 자물쇠를 믿고 있는 것은 아니었다. 그는 좀더 중요한 전략적 면에 신경을 썼다. 밤에는 그의 침실 뒤쪽에 그가 아끼는 금물고기를 두고, 바로 그 앞쪽에서 베개 밑에 총을 놓고 잤다.

밀담에서 주인이 돌아오기를 기다리던 보일과 제임슨이 마침내 문이 열리고 고용주 스마트가 나타나는 것을 보았을 때, 그는 성인의 유골을 모시듯 경건한 자세로 큰 유리 어항을 들고 있었다.

밖에는 일몰의 마지막 빛이 녹지의 모퉁이에 아직 머물러 있었다. 그러나 실내에는 이미 램프 등이 켜져 있었고 일몰과 램프 빛이 섞이면서 색유리 어항은 기괴한 보석처럼 빛을 발했다. 이글거리는 물고기의 환상적인 윤곽선은 점성술사가 수정 구슬에서 볼 법한 이상한 형상들 같은, 부적의 신비함 같은 것을 보여주는 듯했다. 노인의 어깨 너머에는 임랙 스미스의 올

리브색 얼굴이 스핑크스처럼 응시하고 있었다.

"나는 오늘 밤 런던에 갈 거요, 보일 씨."

평소보다 더 진지하게 스마트 노인이 말했다.

"스미스 씨와 함께 여섯시 사십오분 기차를 탈 거요. 제임슨, 오늘 밤은 위층 내 방에서 자게나. 어항을 평소처럼 뒷방에 놓으면 안전할 걸세. 무슨 일이 일어날까봐 그런 것은 아니지만 말야."

"일은 어디에서라도 일어날 수 있지요. 스마트 씨는 주무실 때 총을 갖고 주무시는 것으로 알고 있는데, 총은 그대로 두고 가시면 좋을 것 같습니다."

스미스가 싱글거리며 말했다.

페레그린 스마트는 대답하지 않았고 그들은 곧장 집을 나가 마을 녹지를 따라 나 있는 길로 향했다.

비서와 서기는 지시받은 대로 그날 밤 주인의 방에서 잤다. 더 정확하게 말하면 서기 제임슨은 의상실 침대에서 잤다. 의상실과 침실 사이의 문은 열려 있었고 두 방은 연이어 만든 것으로 사실상 한 방과 다름없었다. 그러나 침실에만 발코니 쪽으로 난 기다란 유리문이 있었고 뒤쪽에 금물고기 어항이 보관된 내실과 통하는 입구가 있었다. 보일은 침대를 끌어다가 그 입구를 가로막도록 배치하고, 베개 밑에 총을 넣고, 옷을 벗은 다음 잠자리에 들었다. 그는 가능한, 혹은 가능성이 거의 없는 일에 대해서도 할 수 있는 모든 예방조치를 취했다고 생각했다.

일반적인 강도 때문에 특별히 위험한 일이 발생할 이유가 없다고 생각했다. 잠이 막 들려고 할 때마다 드 라라 백작의 여행담에 나왔던 영적 능력을 가진 강도가 자꾸 떠오르긴 했지만, 그것도 보통 꿈에 나오는 소재들이었을 뿐이었다. 그것들은 꿈으로 바뀌어 꿈꾸지 않는 깊은 잠의 중간중간에 나타났다. 나이 든 서기는 평소보다는 다소 불안해하며 좀더 오래 안절부절 못하다가 특유의 후회와 경고를 반복했다가 다시 침대로 가서 잠이 들었다.

전혀 인적이 없는 곳인 듯 고독과 침묵에 싸인 집들과 그린 스퀘어* 위에 달이 뜨고 밝아졌다가 다시 어둑해졌다.

동틀 무렵의 하얀 햇살이 회색 하늘 구석에 비칠 때였다.

젊은 보일이 두 사람 중에서는 더 건강했고 잠이 많았다. 일단 깨면 활기찼지만 깨우려면 그를 거의 들어올려야 했다. 게다가 그는 정신이 서서히 깨일 때 문어의 칙칙한 촉수처럼 들러붙는 그런 류의 꿈을 꾸고 있었다. 마지막으로 발코니에서

---

* 도시에서 작은 공원의 주위에 고급 주택 등이 사각형으로 들어선 지역.

본 네 개의 회색 도로와 그린 스퀘어를 비롯하여 여러 가지가 뒤섞인 꿈이었다. 그러나 꿈의 패턴은 반주에 맞춰 계속 바뀌고, 이동하고, 어지럽게 전환되었다. 반주는 지하의 강에서 나는 듯한, 무언가를 가는 듯한 낮은 소리로, 그저 의상실에서 나이 든 제임슨이 코 고는 소리일 것이었다. 꿈 속을 헤매는 보일에게는 모든 중얼거림과 동작이 시공간의 조종대를 장악하고 세계를 바꿀 수 있는 지혜에 관한 드 라 라 백작의 말과 아련하게 연결되었다. 계속 소리를 내는 거대한 기계가 지하 세계에서 실제로 땅 전체를 이리저리 움직여대고, 그래서 결국 땅 끝이 어느 집 정원에 불쑥 나타나고, 그의 집 정원이 바다 너머로 사라져버리곤 하는 것이었다.

그나마 완결된 하나의 이미지는 금속성 반주가 희미하게 깔린 노래의 가사였다. 외국인 억양에, 낯설지만 어렴풋이 친숙한 데가 있는 목소리였다. 그는, 잠결에 자신이 시를 쓰는 것은 아닐까 생각했다.

저 땅 너머 바다 건너서
나의 날으는 물고기가 나에게 올 것이다.
이 노래는 물고기를 깨우는 세상의 노래가 아니요.
그러나 노래 속에는…….

그는 겨우 일어났다. 둘러보니 그의 동료가 이미 침대에 없었다. 제임슨은 긴 창문에서 발코니 쪽을 엿보며 아래에 있는 누군가에게 날카롭게 소리치고 있었다.

"거기 누구요?"

제임슨이 카랑카랑하게 외쳤다.

"거기서 뭐하는 거요?"

그는 흥분하여 보일을 향해 돌아보며 말했다.

"바로 밖에 어슬렁거리는 사람이 있네. 내 이럴 줄 알았어. 내려가서 그를 쫓고 정문에 빗장을 걸고 오겠네."

그는 서둘러 아래층으로 뛰어갔다. 잠시 후 정문에 빗장을 거는 딸그랑거리는 소리가 들려왔다.

보일은 맨발로 발코니로 가서 이 집으로 이어지는 긴 회색 도로를 내다보았다. 아직도 꿈을 꾸고 있는 듯 아련해 보였다.

빈 황무지를 가로질러 작은 마을로 쭉 이어지는 그 회색 도로에 정글이나 중동의 시장에서 곧바로 나온 듯한 사람이 나타났다. 백작의 환상적인 이야기에나 나올 법한, 아니면 〈아라비안 나이트〉에나 나올 듯한 인물이었다. 동쪽에 빛이 집중하여 모이는 것이 끝났을 때, 이제 막 선명해지기 시작한 그러나 모든 것을 변색시키는, 다소 유령이 나올 법한 회색 여명이 베일을 씌운 듯한 얇은 안개가 이국적 의상으로 둘러싼 모습을 보여주었다. 크고 넉넉한, 생소한 바다처럼 푸른색 스카프를 터번처럼 머리에 두르고 다시 턱에 둘러 가면을 쓴 것 같기도 했다. 베일처럼 너무 바싹 둘러 있어 머리는 은이나 강철로 만든 이상하게 생긴 악기 위로 늘어져 있는 것 같았고, 그래서 그 모양은 변형되고 휘어진 바이올린 같았다. 은으로 만든 빗 같은 것으로 이 악기를 연주했고 음색은 아주 가늘고 날카로웠다. 보일이 입을 열기도 전에 꿈 속에서 맴돌던 이국적인 억양의 목소리가 이 두건을 쓴 사람의 그림자 밑에서 들려왔다.

  황금 새가 나무로 돌아갈 때
  나의 금물고기가 내게 돌아오네.
  돌아오네.

  "당신은 여기 올 권리가 없소."
  자신이 무슨 말을 하는지도 모른 채 보일은 화가 나서 소리쳤다.
  "나는 금물고기를 가질 권리가 있소."
  이방인은 다 떨어진 푸른색 망토를 두른, 샌들도 신지 않은 베두인 족이라기보다는 솔로몬 왕처럼 말했다.

"그리고 금물고기가 내게로 올 것이요. 오라!"

그의 목소리가 그 말에서 갑자기 날카로워지더니만 그 이상한 바이올린을 켰다. 마음을 관통하는 듯한 소리의 격통에 이어, 떨리는 속삭임으로 답하듯 약해진 소리가 났다. 금물고기 어항이 있는 어두운 뒷방에서 나는 소리였다.

보일은 방 쪽을 돌아보았다. 그때 내실에서 울리던 소리가 전기 벨처럼 긴 따르릉 소리로 바뀌더니 희미하게 부서지는 소리가 들렸다. 이것은 발코니에서 낯선 남자와 실랑이를 한 후 몇 초 만에 발생한 일이었다. 서기는 나이가 많아 그런지 헐떡거리면서도 계단 끝 부분에 벌써 올라와 있었다.

"어쨌든 문을 다 잠그었네."

제임슨이 말했다.

"마구간 문도요?"

내실의 어두움 밖에서 보일이 물었다.

제임슨은 보일을 따라 내실로 들어와서 부서진 무지개의 구부러진 조각처럼 어지럽게 바닥을 뒤덮고 있는 색유리 조각을 내려다보고 있는 보일을 발견했다.

"마구간 문이라니 무슨 소리인가?"

제임슨이 물었다.

"말을 훔쳐간 것 같아요."

보일이 답했다.

"날으는 준마요. 그 밖에 있던 아랍 친구가 묘기 부리는 강아지에게 하듯 휘파람으로 물고기를 불러내 날게 했어요."

"말도 안 돼. 어떻게 그럴 수 있지?"

믿을 수 없다는 듯 서기가 소리쳤다.

"물고기랑 그 사람이 없어졌잖아요."

보일이 짧게 말했다.

"여기 깨진 어항도 있어요. 제대로 열려면 오래 걸렸겠지만 깨버리는 데는 일 초도 안 걸렸겠죠. 그런데 물고기는 없어요. 그 친구에게 물어보지 않는 이상 누가 알겠어요."

"이러고 있을 게 아니야. 즉시 그를 추적해야 해."

산만해진 제임슨이 말했다.

"즉시 경찰에 신고하는 것이 좋겠어요. 우리가 이 옷으로 뛰쳐나가 마을을 지나 달려갈 수 있는 거리보다 훨씬 빠르고 멀리 가는 자동차와 전화로 경찰은 분명 범인을 따라잡을 수 있을 거예요. 경찰차와 전깃줄이 따라잡지 못하는 것도 있을 수 있겠지만요."

제임슨이 상기된 목소리로 경찰과 통화하는 동안 보일은 다시 발코니로 나가 동이 트는 회색 풍경을 급하게 둘러보았다. 터번 쓴 남자의 흔적도 다른 사람의 흔적도 전혀 없었다. 전문

가나 감지할 수 있는 미동이 '블루 드래곤' 여인숙에서 있을 뿐이었다. 처음으로 보일은 무의식적으로 지금까지 주목해온 것을 의식적으로 주목했다. 침수된 정신 속에서 발버둥치며 고유의 의미를 요구하는 사실 같은 것이었다. 그것은 회색 전망이 전체적으로 회색은 아니었다는 간단한 사실이었다. 회색 가운데 금빛 부분이 하나 있었다. 그린 스퀘어 건너편에 있는 집들 중에 램프가 켜진 집이 하나 있었다. 불합리할 수도 있는 뭔가가, 그 램프가 밤새 켜져 있었고 동이 트자 그 빛이 흐려져갔다고 보일에게 말했다. 그는 집들을 세어보았고 뭔지 모르지만 뭔가 맞아떨어지는 듯한 결과를 끌어냈다. 어찌 되었건 그것은 분명 이봉 드 라라 백작의 집이었다.

피너 경감이 경찰 대여섯 명과 함께 왔다. 그는 값비싼 물고기에 일어난 황당한 사건이 신문에 상당한 기사거리가 될 것이라는 것을 의식해서인지 신속하고 단호하게 몇 가지 일을 처리했다. 모든 것을 조사하고, 측량하고, 모든 사람의 조서를 받아 적고, 지문을 채취하고, 신분을 조사하고, 그리고 그는 결국 믿을 수 없는 사실에 직면했다.

'사막에서 온 아랍인이 공공 도로를 걸어서 내실에 인조 금 물고기 어항이 보관되어 있는 페레그린 스마트 집 앞에서 멈추어 섰다. 그가 짧은 시를 노래하자 어항이 폭탄처럼 터지고 물

고기가 희박한 공기 속으로 사라졌다.'

외국인 백작이 부드럽게 가릉거리는 목소리로 경험의 범위가 확대되고 있다고 말했고 그의 말이 경감에게는 전혀 위로가 되지 않았다.

사실 이 동네 사람들의 태도는 상당히 눈에 띄었다. 페레그린 스마트 본인도 금물고기가 없어졌다는 소식을 듣고 다음날 아침 런던에서 돌아왔다. 당연히 그는 충격을 받았다고 했다. 그러나 이 덩치가 작은 노신사는 원래 뭔가 신나고 장난기가 어린 전형적인 면이 있었다. 그의 작고 점잔빼는 외모는 그를 참새처럼 보이게 했고, 수색하는 동안에도 도난당한 것에 낙담하기보다는 쾌활함을 보여주었다. 금물고기를 사기 위해 이 마을에 온 하머라는 남자가 살 물건이 사라졌다는 것을 알게 되자 신경질적이 된 것은 이해할 수 있었다. 그러나 그의 다소 공격적으로 보이는 콧수염과 눈썹은 실망이라기에는 너무 또렷한 다른 무언가로 충만해 있는 것처럼 보였다. 이웃을 쏘아보는 그의 눈은 의심해볼 만한 경계심으로 반짝였다. 나중에 기차로 런던에서 돌아온 혈색이 나쁜 은행장은 계속해서 그 반짝이고 시시각각 변하는 하머의 눈에 자석에 끌리듯 빨려드는 듯했다. 원래 친목모임에 남은 두 사람 중에서 브라운 신부는 말을 걸지 않으면 보통 조용했고 어리버리한 하톱은 말을 걸어도 입을 열지 않는 일이 잦았다.

　백작은 자신의 의견에 도움이 될 만한 것은 놓치지 않는 사람이었다. 그는 알랑거리며 상대를 짜증나게 만들 줄 아는 사람이 써먹는 방식으로 그의 합리주의적인 라이벌인 버독 박사를 보며 웃음을 지었다.

　"인정하시지요, 박사님. 적어도 박사님이 개연성 없다고 생각하는 일이 어제보다 오늘은 더 현실적으로 보입니다. 제가 일전에 묘사했던 사람들처럼, 누추한 사람이 한마디 말로 바깥에 서서 네 벽으로 둘러싸인 방 안에 있는 단단한 용기를 분해시키는 능력이 있었다면, 제가 말한 영적 힘과 물질적 장벽의 한 가지 예로 볼 수 있겠지요."

　"제가 말했던 것의 예가 될 수도 있지요. 아주 약간의 과학 지식만으로도 어떤 속임수를 썼는지 충분히 알 수 있을 겁니다."

　의사가 날카롭게 말했다.

　"진심이십니까, 박사님. 정말 이 사건을 과학으로 풀 수 있다는 말씀이십니까?"

　다소 흥분하여 스마트가 물었다.

　"백작님이 미스터리라고 부른 것에 과학적 견해를 부과할 수 있습니다. 전혀 미스터리가 아니기 때문입니다. 사건의 일부는 매우 명백합니다. 소리는 진동파일 뿐이고 어떤 진동은 유리를 깰 수 있습니다. 물론 소리가 특정한 종류이고 유리 역시 특정 종류일 경우에는요. 동양인이 수다를 떨고 싶을 때 이용하는 이상적인 방법이 생각하는 것이라고 백작님은 우리에게 말하셨지만, 범인은 그냥 길 위에 서서 생각한 것이 아닙니다. 원하는 내용의 노래를 매우 크게 부르고 악기를 써서 날카로운 소리를 냈습니다. 여러 실험에서 성분이 특별한 유리를 금 가게 하는 방법과 유사합니다."

"그런 실험으로 단단한 금덩어리가 존재하는 걸 멈추고 사라졌겠군요."

백작이 가볍게 말했다.

"피너 경감님이 오십니다. 우리끼리 말하는 거지만 제 생각에 경감님은 백작님의 초자연적 설명이나 박사님의 자연과학적 설명 모두 옛날 얘기쯤으로 여길 겁니다. 피너 씨는 매우 회의적 지식인인 듯합니다. 특히 저에 관해서는요. 의심받고 있다는 생각이 듭니다."

보일이 말했다.

"우리 모두 의심받고 있을 겁니다."

백작이 말했다.

자신이 의심을 받는다고 느낀 보일은 브라운 신부에게 개인적으로 조언을 구하게 되었다.

그날 몇 시간 후에 보일은 신부와 함께 마을의 그린 스퀘어를 돌며 산책했다. 신부는 보일의 말을 들으며 생각에 잠긴 듯 땅을 내려다보며 얼굴을 찌푸리고 있다가 갑자기 멈추어 섰다.

"저것을 보았습니까?"

신부가 물었다.

"누군가 이곳 도로를 청소했군요. 바니 대령의 집 쪽 도로 말입니다. 어제 한 것인지도 모르겠군요."

브라운 신부가 찬찬히 그 집을 보았다. 높고 좁은 집으로, 화사하지만 이미 색이 바랜 블라인드가 걸려 있었다. 내부를 엿볼 수 있는 틈새는 아침 햇살을 받아 금빛을 내는 외관과 대조되어 어둡게 보였다.

"이 집이 바니 대령의 집 맞지요? 그도 역시 동양에서 왔다고 들었습니다. 어떤 사람이지요?"

"전혀 본 적도 없습니다."

보일이 대답했다.

"버독 박사님 외엔 아무도 못 봤을 겁니다. 박사님도 그 사람이 원할 때만 만나는 듯하던데요."

"잠깐 대령을 만나보겠습니다."

신부가 말했다.

큰 정문이 열리고 자그마한 신부를 삼켜버렸다. 보일은 이 문이 다시 열리지 않을까 걱정하는 듯 멍하게 바보 같은 태도로 문을 노려보고 서 있었다.

몇 분 후에 문이 열리고 브라운 신부가 여전히 미소지은 채 나타났다. 신부는 계속해서 천천히 도로 주변을 거닐었다. 때때로 그는 손 안의 문제는 완전히 잊었는지, 역사적 사회적 문제에 대해 지나가듯이 언급하거나 지역개발 전망에 대해 언급했다. 제방 옆 새 도로를 만들 때 사용한 점토 얘기를 하더니 알수 없는 표정을 지으며 오래된 마을 녹지를 둘러보았다.

"공유지…… 사람들이 돼지나 거위에게 먹이를 주는 곳이 공유지인데 풀을 먹는 가축은 없고 쐐기풀과 엉겅퀴만 있군요. 넓은 초원처럼 보여야 할 곳이 작고 초라한 황무지로 보이다니 얼마나 유감스런 일인가요. 저쪽 건너편에 있는 집이 버독 박사의 집이지요, 맞지요?"

"예."

갑작스레 덧붙인 신부의 뒷말에 섬뜩해하며 보일이 대답했다.

"그러면 다시 스마트 댁으로 들어갑시다."

브라운 신부가 요구했다.

보일은 집의 정문을 열고 계단을 올라가면서 그날 동틀 무렵 그곳에서 벌어진 드라마의 세부사항을 신부에게 반복해서 말했다.

"졸고 계셨던 것은 아니시지요? 제임슨 씨가 문단속하러 내려가는 동안 누군가 발코니로 올라올 시간을 허용한 것은 아니겠지요?"

브라운 신부가 물었다.

"아닙니다. 확실해요. 저는 잠에서 깨었고 제임슨 씨가 발코니에서 낯선 사람과 실랑이 벌이는 소리를 들었습니다. 곧 제임슨 씨가 내려가서 빗장을 거는 소리도 들었고요. 그리고 성큼성큼 두 걸음을 걸어서 발코니로 갔습니다."

"아니면 다른 방향에서 제임슨 씨와 당신 사이의 어디쯤에 몰래 들어올 수 있지 않았을까요? 정문 외에 다른 입구가 있습니까?"

"분명 다른 입구는 없습니다."

보일이 근엄하게 답했다.

"확실하게 짚고 넘어가는 것이 좋으니까요. 그렇지 않습니까?"

사과하듯 신부가 말하고는 다시 아래층으로 사뿐히 서둘러 내려갔다. 보일은 침실에 남아 신부를 의아해하며 쳐다보았다. 얼마 안 되어 동글동글하고 순박한 모습의 신부가 계단 머리에 나타났다. 활짝 웃는 백치 유령 같아 보였다.

"없군요. 입구 문제는 확실하게 해결된 것 같습니다."

백치 유령이 쾌활하게 말했다.

"자 이제 모든 것을 박스에 담았으니 재고 검사를 할 수 있겠군요. 꽤 흥미로운 일입니다."

"신부님은 백작이나 대령, 아니면 동방 여행자 중 누군가가 이 일과 관련이 있다고 보시나요? 아니면…… 초자연적 일이라고 생각하시나요?"

"이 점만은 확실히 얘기하지요. 만약 백작이나 대령, 또는 이웃 사람들 중 누군가가 아랍인으로 변장하고 어둠에 싸인 이 집에 몰래 들어왔다면, 그것이 초자연적인 일입니다."

"무슨 말씀입니까? 왜 그렇지요?"

"그 아랍인은 지문을 남기지 않기 때문입니다. 대령의 집과 이 집 한쪽의 반대쪽에 있는 은행장의 집이 이 집에서 가장 가까운 이웃입니다. 이곳과 은행 사이의 땅은 푸석푸석하고 붉은 색입니다. 맨발이라면 석고 깁스 같은 발자취가 남았을 것입니다. 그리고 여기저기 붉은 자국이 남았을 것이고요. 까다로운 대령에게 무작정 쳐들어간 것도 앞쪽 도로를 오늘이 아니라 어제 청소했다는 것을 확인하려고 했던 것입니다. 그렇다면 젖은 도로가 축축해서 길에 발자국이 가득했을 겁니다. 자, 만약 이 집에 침입한 사람이 맞은편에 사는 백작이나 박사라고 하면 공유지를 통과해 왔을 겁니다. 그러자면 맨발로 오기가 너무 불편했을 것입니다. 가시덤불과 엉겅퀴와 날카로운 쐐기풀이 가득하니까요. 풀에 찔려서 여기저기 자취가 남았을 겁니다. 당신이 말한 것처럼 초자연적 존재가 아니라면 말이지요."

보일은, 근엄하고 헤아릴 수 없는 신부의 얼굴을 찬찬히 바라보았다.

"그렇다면 그 사람을 염두에 두고 계신 건가요?"

마침내 보일이 물었다.

"기억해야 할 일반적 진리가 있습니다."

잠시 말이 없던 신부가 말했다.

"등잔 밑이 어둡다고들 합니다. 예를 들면 인간은 스스로를 볼 수 없습니다. 한 남자가 망원경을 들여다볼 때 눈에 파리가 들어왔습니다. 그는 달에 굉장한 용이 있다고 생각했습니다. 이런 말도 들었습니다. 본인의 목소리를 정확하게 재생해서 들으면 다른 사람 목소리처럼 들린다고 합니다. 마찬가지로 우리 삶의 바로 전경에 무언가가 있으면 우리는 그것을 보지 못합니다. 본다고 해도 괴상하다고 생각할 겁니다. 전경에 있는 것이 중간 거리로 들어오면 우리는 그것이 먼 곳에서 왔다고 여길 겁니다. 잠시 집 밖으로 나와보시죠. 다른 지점에서는 이 집이 어떻게 보이는지 보여드리고 싶습니다."

신부는 이미 일어서 있었고 함께 층계를 내려가면서, 생각하듯 더듬어가는 식으로, 하지만 큰 소리로 이야기를 계속했다.

"인간은 자기 머리로 떨어지는 벽돌이 바빌론 정원에서 떨어지는 설형문자가 새겨진 바빌론 벽돌로 보이는, 그래서 벽돌을 제대로 보지도 못하고, 그래서 자기 집 벽돌이 떨어지는 줄도 모르는 그런 상태에 도달할 수 있습니다. 보일 씨 경우는……."

"이게 어떻게 된 거죠?"

입구 쪽을 빤히 보면서 보일이 신부의 말을 끊었다.

"도대체 어떻게 된 것이죠? 문에 다시 빗장이 쳐 있네요."

그는 정문을 응시했다. 이 문으로 그들이 바로 방금 전에 들어왔는데, 너무 늦긴 했으나 마구간을 잠그는 데 사용했던 녹슨 거무스름한 빗장이 문을 칭칭 감고 있었다. 스스로 움직이듯 그들을 감금한 이 오래된 자물쇠에는 뭔가 음울하고 말로 표현할 수 없는 아이러니가 있었다.

"아 저거요! 제가 방금 전에 설치한 겁니다. 무슨 소리 못 들었어요?"

신부가 태연하게 말했다.

"아니요, 아무 소리도 듣지 못했습니다."

"그럴 거라 생각했습니다. 빗장 설치하는 소리가 위층에 있는 사람에게 들릴 이유가 없지요. 고리 같은 부분이 구멍에 잘 들어가니까요. 가까이 있어도 둔탁한 툭 하는 소리밖에 나지 않습니다. 위층까지 들리는 소리라면 바로 이겁니다."

신부는 구멍에서 빗장을 빼내서는 떨어뜨렸다. 문 쪽에서 뎅그렁 소리가 났다.

"빗장을 풀 때 이런 소리가 나지요. 조심히 해도 마찬가집니다."

"그 말씀은……."

"당신이 위층에서 들었던 것은 제임슨 씨가 문을 여는 소리였습니다. 닫는 소리가 아니라요. 자 그럼 문을 열고 나가봅시다."

발코니 아래쪽 길가에 서서 화학 강의하듯 차갑게 신부가 하던 설명을 이어갔다.

"아까 말씀드렸듯이 사람은 멀리 있는 것을 찾으려 합니다. 그것이 아주 가까이 있는 것이라는 것을, 어쩌면 본인과 비슷한 것일 수 있다는 것을 모르고요. 당신이 발코니에서 내려다볼 때 낯설고 이국적이었다고 했습니다. 여기서 발코니를 올려다보는 사람은 어땠는지는 생각해보시지 않았을 겁니다."

보일은 발코니를 쳐다보고 있었고 대답하지 않았다. 신부가 덧붙였다.

"아랍인이 맨발로 문명화된 영국에 온 것이 매우 황당하고 놀랍다고 생각하셨지요. 바로 그때 당신도 맨발이었다는 것은 기억하지 못했을 겁니다."

보일이 드디어 할말을 찾았으나 이미 한 말을 되풀이하는 것이었다.

"제임슨 씨가 문을 열었군요."

그가 기계적으로 말했다.

"그렇습니다. 당신이 발코니로 간 바로 그때 제임슨 씨는 문을 열고 잠옷바람으로 밖으로 나갔습니다. 당신이 백 번도 더 본 두 가지를 가지고 나갔지요. 낡고 긴 청색 커튼을 가져가 머리에 둘렀고 방에 쌓여 있는 동양에서 만든 갖가지 물건 중 악기를 가지고 갔습니다. 나머지는 다 분위기와 연기였습니다. 훌륭한 연기였지요. 범죄 분야에서 그는 훌륭한 예술가입니다."

"세상에 제임슨 씨라니!"

그는 믿지 못하겠다는 듯 탄성을 질렀다.

"너무 둔한 늙은이라 유심히 보지도 않았습니다."

"바로 그겁니다. 그는 예술가이니까요. 육 분 동안 마술사나 음유시인 연기를 할 수 있는 사람인데 육 주간 서기 연기쯤 못하겠습니까?"

"아직도 그의 목적이 뭔지 잘 모르겠습니다."

"거의 목적은 달성됐습니다. 아니면 거의 달성됐다고 할 수 있습니다. 물론 이미 금물고기도 가져갔고요. 가져가는 것이라면 스무 번이라도 가져갈 수 있었을 겁니다. 그러나 그렇게 일을 처리했다면 모두들 그가 스무 번이라도 가져갈 기회가 있었다는 것을 알아버렸을 겁니다. 지구 끝에서 온 신비한 마술사의 분위기를 연출해서 사람들의 생각이 아라비아와 인도까지 방황하게 한 것입니다. 그래야 당신도 모든 일이 이렇게 가까이 있었다는 것을 생각할 수도 없었을 것이고요. 너무 가까이 있어서 당신이 알아볼 수 없었던 것입니다."

"그것이 사실이라면 너무 큰 위험을 무릅써야 합니다. 아주 세심하게 연출해야 했겠군요. 제임슨 씨가 발코니에서 얘기할 때 길가에 있던 남자의 목소리는 전혀 듣지 못했습니다. 이제 보니 모두 속임수였던 것 같습니다. 제가 완전히 잠에서 깨어 발코니로 갈 때까지 그가 밖으로 나갈 시간이 충분했을 듯하네요."

"모든 범죄는 일찍 깨지 않는 사람에게 의존합니다. 그리고 어떤 의미에서건 대부분의 사람들은 너무 늦게 깨어나지요. 저만 해도 너무 늦게 일어난 것입니다. 경찰이 그의 지문을 찾아내기 바로 전에 아니면 직후에, 벌써 오래 전에 그는 달아났을 겁니다."

"그래도 신부님은 다른 사람들보다는 일찍 아셨습니다. 그리고 저는 깨어나지 않았어야 했습니다. 제임슨이 너무나 반듯하고 무색무취의 사람이라 저는 그에 관한 모든 것을 잊고 있었습니다."

"잊고 있는 사람을 경계하십시오. 그가 바로 당신을 완전히 궁지로 몰고 간 사람입니다. 그러나 저도 당신이 그가 문에 빗장을 설치하는 소리를 들었다고 했을 때야 비로소 그를 의심하기 시작했습니다."

"아무튼 우리 모두 신부님께 신세를 졌습니다."

"로빈슨 부인에게 신세를 진 겁니다."

신부님이 미소지으며 말했다.

"로빈슨 부인이요? 가정부 로빈슨 부인을 말씀하시는 겁니까?"

"잊고 있는 여인을 신경쓰세요, 심지어 더 세심하게. 제임슨은 고단수의 범죄자입니다. 뛰어난 연기자이고 상당한 심리학자이지요. 드 라라 백작 같은 사람은 자신의 목소리밖에 듣지 못하는 사람입니다. 그러나 이 남자는 당신이 그의 존재를 망각하고 있을 때에도 남들의 말을 듣고 그의 낭만적 모험을 위해 적절한 자료를 모으고 모두를 이탈하게 할 바로 딱 맞는 연주를 하지요. 그러나 가정부 로빈슨 부인의 심리를 파악하는 데는 큰 실수를 하나 했습니다."

"그녀가 이 일과 어떻게 연결되는지 이해가 가지 않습니다."

"제임슨 씨는 문에 빗장이 있다는 생각을 못 했습니다. 많은 사람들이, 특히 당신이나 당신의 주인처럼 유별나게 부주의한 사람에게는 해야 할 일, 또는 해두면 좋을 일을 하게끔 며칠간 계속 반복해서 충고하곤 하지요. 그도 그렇게 생각했고요. 그러나 조심해야지요. 어떤 일을 해야겠다고 여자들에게 슬쩍 말했다가는 그 여자가 갑자기 그 일을 진짜로 해버릴 위험이 있지요."

메루 산의 레드문

기둥 중 하나의 구석에서 갈색 혹은 청동빛 손이,
아니 죽은 황금색 손이 빠르게 나타났다 사라졌다.
일행이 어디선가 본 색이었다. 그 손은 공격하는
뱀처럼 직선으로 나타났다가 깜짝할 순간에
사라지며 보석을 삼켰다. 돌선반 위에 있던 보석이
사라진 자리가 희미한 저녁 빛을 받아 횅하니
빛나고 있었다.

　마운티글 부인이 친히 허락해준 덕분에 말로우드 사원에서
열릴 수 있었던 바자회는 그야말로 대성공이었다. 바자회에는
회전목마, 그네뿐만 아니라, 뒤풀이도 준비되어 참석자들의 큰
호응을 얻었다. 그렇지만 이 행사의 가장 큰 목적은 어디까지
나 자선이었음을 밝혀두는 바이다.

　그러나 이번 이야기에 관련된 사람은 몇 사람에 불과하다.
그 중에서도 특히 세 사람, 한 숙녀와 두 신사로 그들은 지금 두
개의 큰 텐트 사이를 지나가며 큰 소리로 논쟁을 벌이고 있었
다. 그들의 오른쪽에 있는 텐트에는 수정구슬과 손금으로 미래
를 점치는 세계적으로 유명한 산신 도사가 있었다. 고운 자주
색 텐트 위에는 마치 낙지처럼 팔이 여럿 달린 아시아 신들의

모습이 서툰 솜씨로 검정색과 금색으로 텐트 전체에 그려져 있었다. 텐트 안은 신의 도움을 받을 준비가 되어 있다는 것을 상징하는 듯했다. 어쩌면 단순히, 훌륭한 손금쟁이는 팔이 많을수록 좋다는 것을 의미하는지도 모르겠다.

왼쪽에는 골상학자 프로소의 수수한 텐트가 있었다. 이 텐트는 소크라테스와 셰익스피어의 머리 모양을 도안해서 좀더 위엄 있게 장식되긴 했지만 다소 둔한 인상이었다. 그러나 순수한 이성적 과학으로서의 위엄을 보이도록 숫자와 기호를 붙이고 흰색과 검정색으로만 꾸몄다. 자주색 텐트의 입구는 어두운 동굴 같았고 그 안은 아주 조용했다. 마르고 초라해 보이며 햇볕에 그을린 얼굴의 골상학자 프로소는 믿기 힘들 만큼 검고 짙은 콧수염과 구레나룻이 나 있었다. 그는 텐트 밖에 서서 목소리를 한껏 높여 특별히 누구에게라고 할 것 없이 지나가는 사람들에게 어떤 사람의 머리도 셰익스피어의 머리와 똑같은 마디 수로 이루어졌다는 것을 입증해낼 수 있다고 설명하고 있었다.

마침 두 텐트 사이로 한 숙녀가 나타나자, 열심히 주의를 살피던 프로소는 즉시 숙녀에게 다가가 무언의 동작으로 고개를 깊이 숙여 인사하고는 숙녀의 두개골을 만져봐도 되겠냐고 물었다.

숙녀는 예의를 차렸지만 다소 무례한 말투로 거절했다. 그녀는 그때 다른 사람과 한참 논쟁을 벌이던 중이었으므로 누가 보더라도 이해가 되었다. 더구나 이 숙녀분이 바로 마운티글 부인이고 보면 무례하다고 해서는 안 될 상황이었다. 어떤 의미에서건 마운티글 부인은 눈에 띄는 사람이었다. 야위었으나 이목구비가 반듯했고 깊고 짙은 눈에는 갈망하는 눈빛이, 미소에는 무언가를 열망하는 사나움에 가까운 강인함이 있었다. 제1차 세계대전이 일어나기 직전인 그 당시 분위기에는 어울리지 않는 기괴한 옷차림을 하고 있었다. 지금처럼 심각하고 침착한 시대 분위기는 아니었는데 말이다. 의상은 자주색 텐트처럼 적당히 동양적이어서 이국적이고 신비주의적 상징으로 가득했다. 모두들 마운티글 부부가 제정신이 아닌 것은 알고 있었다. 이 부부가 동양의 종교와 문화에 관심이 많은 것을 사람들은 흔히 제정신이 아니라고 표현하곤 했다.

마운티글 부인의 괴짜 기질은 곁에 있던 두 신사의 보수성과 큰 대조를 이루었다. 두 신사는 구시대보다 더 딱딱하게 장갑 끝부터 밝은 색 모자까지 모든 단추를 다 채우고 있었다. 그럼에도 두 신사 사이에 차이점은 있었다. 제임스 하드캐슬은 단정하면서도 독특해 보이는 반면, 토미 헌터는 단정해 보이기는 하나 평범해 보였다. 하드캐슬은 전도유망한 정치가로 사람들과 어울릴 때는 정치 외의 모든 것에 다양한 관심사를 갖고 있는 것처럼 보였다. 모든 정치가는 분명 전도유망한 정치가라는 비관적인 반론들이 나올 수도 있겠지만 하드캐슬을 제대로 평가하자면 수행능력을 보여준 정치가라 해야 할 것이다. 그러나 바자회 안의 자주색 텐트가 그의 수행 장소로 제공된 것은 아니었다.

"제 입장에서는,"

딱딱한 법조인 같은 얼굴에서 유일하게 빛을 내는 외알 안경을 만지작거리며 하드캐슬이 말했다.

"마술에 대해 말하기 전에 최면술을 낱낱이 파헤쳐야 한다고 생각합니다. 의심할 여지없이 특별한 심리적 힘은 존재합니다. 겉보기에 좀 모자라 보이는 사람들에게도 말이지요. 야바위꾼들도 엄청난 마술적 힘을 보여줍니다."

"야바위꾼이라고 하셨어요?"

젊은 신사 토미 헌터가 순진하게도 의아하다는 듯 물었다.

"토미, 넌 정말 바보로구나. 왜 이해도 못 하는 일에 계속 끼여드는 거지? 마술 묘기 하는 법을 알아냈다고 기뻐서 소리치는 중학생 같구나. 그런 건 초기 빅토리아 시기 때 얘기야. 최면술에 관해서는, 당신이 그 논의를 확장시킬 수 있을지……."

마운티글 부인이 말했다.

이때 마운티글 부인이 찾고 있던 사람이 보였다. 아이들이
탁자의 이상한 장식품에 고리를 던져 끼우는 게임을 하는 곳
에, 검은 의상의 땅딸막한 사람이 서 있었다. 부인은 그쪽으로
달려가며 외쳤다.

"브라운 신부님, 계속 찾았어요. 묻고 싶은 것이 있어서요.
점성술을 믿으시나요?"

작은 고리를 든 신부는 이 질문에 다소 무기력해 보이더니
마침내 입을 열었다.

"어떤 의미로 '믿는다'는 말을 쓰신 것이지 모르겠네요. 물
론 사기꾼 점쟁이라면……."

"아니요, 산신 도사는 절대 사기꾼이 아닙니다. 그는 평범한
마술사나 점쟁이와는 다르지요. 도사가 저의 파티에 직접 오셔
서 운명을 점치게 된 것은 저에게는 정말 영광인걸요. 그는 자
신의 나라에서는 위대한 종교 지도자이기도 하답니다. 예언가
이자 예시자인 셈이지요. 그의 예언은 운세를 맞히는 비속한
점이 아니에요. 그는 당신에 관한, 당신의 이상에 관한 위대한
영적 진실을 말해준답니다."

"그렇군요. 제가 반대하는 것이 바로 그런 것입니다. 방금 사
기꾼 점쟁이라면 별로 신경쓰지 않는다고 말씀드리려 했었습
니다. 바자회의 다른 오락거리와 별반 다르지 않을뿐더러 못된

장난 같은 것이니까요. 그렇지만 점성술이 하나의 종교로 영적 진실을 드러낸다면 지옥 같은 거짓일 뿐이므로 저라면 절대 가까이 하지 않을 겁니다."

"그건 역설이에요."

미소지으며 하드캐슬이 말했다.

"역설이 그런 것인가요?"

신부가 되새기듯 말했다.

"저에게는 너무나 명확한 일입니다. 어떤 사람이 독일 스파이로 분장하고 독일인에게 온갖 종류의 거짓말을 꾸며댄다면 그건 그리 큰 해를 끼치지 않을 겁니다. 그러나 어떤 사람이 독일인과 진실을 거래한다면…… 글쎄요, 만약 점쟁이가 진실을 그런 식으로 거래한다면……."

"점성술을 믿지 않으시는군요."

하드캐슬이 단호하게 말했다.

"네, 저는 그 점술가가 적과 거래한다고 생각합니다."

토미 헌터가 키득키득 웃으며 끼어들었다.

"신부님은 점쟁이가 사기꾼인 한 괜찮다고 생각하신다면, 하드캐슬은 저 구릿빛 예언가를 일종의 성인으로 여기는 것 같군요."

"제 사촌 토미는 구제불능이지요. 토미는 늘 명인이라고 부르는 사람의 정체를 밝히려고 한답니다. 이번에도 산신 도사가 왔다는 소식을 듣고 곧바로 여기로 달려온 게 틀림없어요. 부처나 모세를 보여주려고 힘써왔지요."

마운티글 부인이 말했다.

"저는 당신이 그 도사를 돌보려 한다고 생각했는데요. 그래서 제가 온 겁니다. 그 갈색 원숭이가 설치고 다니는 것이 싫어서요."

토미 헌터가 둥근 얼굴에 웃음을 지으며 말했다.

"또 그러는구나! 몇 년 전 내가 인도에 갔을 때는, 갈색 피부 사람들에게 그런 편견을 갖고 있었지. 그러나 지금은 그 사람들에게 놀라운 영적 힘이 있다는 것을 알아. 그 편견을 떨쳐버리게 되어 기쁘단다."

마운티글 부인이 말했다.

"정반대의 편견을 갖게 되신 것 같군요. 그 사람이 브라만교 사제라는 이유로 갈색 피부인 것을 너그럽게 봐주시는군요. 저는 그가 갈색인이기에 브라만교임을 너그럽게 보겠습니다. 솔직히 저는 영적 능력은 별로 관여치 않습니다. 오히려 영적으로 약한 사람들에게 훨씬 더 애착을 느낍니다. 그러나 저는 사람들이 누군가가 구리나 커피, 견과류 빛깔의 맥주, 혹은 북쪽에서 생산되는 토탄 색의 피부를 가졌다는 이유만으로 싫어하는 것을 이해할 수 없군요. 그렇다면……."

맞은편에 있는 부인을 보고 눈을 찌푸리며 신부가 덧붙였다.

"제 이름 브라운과 연결되는 갈색 피부에 제가 호의적 선입관을 갖고 있나 봅니다."

"이제 보니!"

부인이 승리의 기쁨처럼 외쳤다.

"농담하시는 줄 알았어요."

"글쎄, 당신은 사람들이 사려 깊은 이야기를 하면 중학생의 회의주의라고 하는군요. 그런데 그 수정구슬 보는 것은 언제 시작하지요?"

둥근 얼굴의 토미가 투덜거렸다.

"네가 원하는 때에 하겠지. 그리고 수정구슬이 아니라 손금을 볼 거야. 너는 손금 보는 것도 엉터리짓이라고 하겠지만."

부인이 대답했다.

"제 생각엔 의미 있는 말과 헛소리 사이에는 중도가 있습니다."

하드캐슬이 웃으며 말했다.

"자연스러운 설명과 전혀 말이 안 되는 설명이 있습니다. 그러나 결과는 아주 흥미진진하지요. 손금을 보실 건가요? 사실 저는 굉장히 보고 싶습니다."

"그런 엉터리짓은 참을 수가 없어요. 가서 그 적갈색의 사기꾼과 시간 낭비나 하시지요. 저는 차라리 나가서 코코넛이나 따겠습니다."

회의주의자 토미 헌터의 둥근 얼굴이 경멸과 의심의 열기로 붉게 변하더니 입에 거품을 물고 말했다.

골상학자는 계속 그 근처를 서성이다가 입구 쪽으로 달려왔다.

"머리는 말입니다, 선생님, 인간 두개골의 윤곽은 코코넛 껍데기보다 훨씬 더 미묘합니다. 어떤 코코넛도 당신의 가장 중요한 부분인 머리와 비교할 수는 없습니다……."

하드캐슬은 이미 자주색 텐트의 어두운 입구로 들어갔다. 안에서는 중얼거리는 낮은 목소리가 들렸다. 토미 헌터는 참지 못하고 골상학자에게 말했다. 자연 과학과 초자연적 과학의 차이를 무시한 발언이었다. 마운티글 부인은 키 작은 신부와 논의를 계속하려다가 놀라서 말을 멈추었다.

하드캐슬이 다시 텐트에서 나왔고 그의 험상궂은 표정과 빛나는 외알 안경에 그의 놀라움이 생생히 묘사되어 있었다.

"산신 도사는 없습니다."

그 정치가가 불쑥 말했다.

"사라졌습니다. 도사의 수행원으로 보이는 나이 든 흑인이 뭔가 횡설수설 말하는데 황금에 대한 신성한 비밀을 판다는 것 같지는 않고 도사가 나가버렸다고 하는 것 같습니다."

마운티글 부인이 환해진 얼굴로 그곳에 있던 사람들을 쳐다보았다.

"그것 보세요. 제가 말했잖아요. 그는 여러분이 생각하는 것 이상의 사람이라구요! 그는 사람들이 많은 이곳에 있기가 싫어 조용한 생활로 다시 돌아간 거예요."

"죄송합니다. 제가 그분에 대해 잘못 생각했던 것 같습니다. 그가 어디로 갔는지 아십니까?"

브라운 신부가 엄숙하게 말했다.

"알 것 같아요. 도사는 혼자 있고 싶을 땐 왼쪽 옆건물 끝에 있는 수도원에 가지요. 제 남편의 서재와 개인 박물관 앞에 있습니다. 신부님은 이곳이 전에 사원이었던 걸 알고 계시죠?"

역시 엄숙한 투로 부인이 말했다.

"그런 얘기를 들었습니다."

신부가 희미한 미소를 지으며 답했다.

"괜찮으시면 함께 수도원에 가시지요."

부인이 힘차게 말했다.

"제 남편의 수집품도 보셔야 합니다. 아니면 레드문이라도 보셔야지요. 메루 산에서 가져온 레드문에 대해서 들어보셨나요? 예, 그건 루비입니다."

"수집품을 보고 싶군요. 그 예언자 점성가도 수집품의 일부라면, 그 사람도 포함해서 말입니다."

하드캐슬이 조용히 말했다.

그들은 모두 저택으로 이어지는 길로 향했다.

"다 똑같습니다. 그 갈색 짐승이 점을 치러 여기에 온 것이 아니라면 무엇 때문에 온 것인지 알고 싶군요."

회의적인 토미 헌터가 맨 뒤에 따라오며 중얼거렸다.

토미 헌터가 사라지자 끈덕진 골상학자 프로소는 또 한번 토미를 뒤쫓아와서는 그의 옷자락이라도 잡으려 애쓰며 입을 열었다.

"인간의 두개골 융기는……."

"융기가 아닙니다. 그냥 군살입니다. 제가 마운티글 부인을 보러 올 때면 언제나 군살 같은 난관에 부딪치지요."

토미는 발길을 돌려 골상학자의 품에서 가까스로 도망쳤다.

방문객들은 수도원에 가는 길에 긴 방을 통과해야 했다. 마운티글 경이 정성들여 아시아의 진귀한 물건과 마스코트 등을 모아 훌륭한 박물관으로 만들어놓은 방이었다. 방 한켠의 열린 창문 너머로 고딕 양식의 아치 기둥들과 그 아치 기둥 사이로 반짝이는 햇살이 보였다. 그리고 광장 모양의 야외 공간이 눈에 띄었다. 옛날에는 수도승들이 이 지붕 덮인 광장의 가장자리를 걸어다녔었다. 그러나 방문객들은 첫눈에 수도승 유령보다도 더욱 유별나 보이는 어떤 것을 지나가야만 했다.

그것은 나이 든 신사였다. 연록색 터번에 머리부터 발끝까지 흰색 의상을 입고, 핑크색이 도는 흰색 영국인 얼굴이 상냥해 보이는, 백인 인도 대령 같은 흰색 콧수염이 부드러워 보이는 사람이었다. 이 사람이 바로 마운티글 경이었다. 그는 그의 아내보다 더 슬프게, 아니면 더 심각하게 동양에 관심을 갖고 있었다. 동양 종교와 철학을 빼고는 다른 말은 할 줄 모르는 사람이었다. 그리고 동양의 은자처럼 옷을 입어야 한다고 생각했다. 그가 기쁘게 자신의 수집품을 보여줄 때는 수집품의 금전적 가치보다 그것이 상징하는 진리를 더욱 소중히 여기는 듯했다. 그가 개인 박물관에서 상당한 값이 나가는 그 레드문이라는 진귀한 루비를 꺼냈을 때도 그 루비의 크기나 가격보다는 이름에만 관심이 있는 듯했다.

다른 사람들은 모두, 쏟아지는 핏물 사이로 빨갛게 타고 있는 불꽃처럼 이 엄청나게 큰 붉은색 보석에 시선이 집중됐다. 그러나 마운티글 경은 보석에는 눈도 주지 않은 채 손바닥에 보석을 올려놓고는 아무 생각 없이 슬슬 굴렸다. 그리고 천장을 바라보며 메루 산의 전설적인 영웅에 관한, 그노시스 신화에서 이 산이 이름 모를 태고 신들의 격투지였다는 것에 관한 긴 이야기를 풀어놓았다.

그노시스의 조물주에 관한 강의가 끝나갈 무렵, 마니교의 유사 개념과 연결시키는 것도 그는 물론 잊지 않았다. 재치 있는 하드캐슬조차도 이제는 화제를 다른 곳으로 돌릴 때라고 생각했다. 하드캐슬은 보석을 보아도 되겠느냐고 물었다. 밤이 다가오면서 창문이 하나뿐인 긴 방도 점점 어두워지고 있었다. 보석을 좀더 밝은 곳에서 보기 위해 그는 수도원 뒤편으로 걸어갔다. 바로 그때였다. 그들은 산신 도사의 존재를, 그것도 아주 천천히 처음으로 의식하게 되었다.

사원은 대체로 원래의 구조대로 유지되고 있었다. 그러나 고딕 양식의 기둥과 내부 광장을 이루는 뾰족한 아치 기둥들을 연결하는 허리 높이의 낮은 담이 새로 만들어졌고, 고딕 양식의 문이 창문으로 바뀌며 창문마다 평평한 석조 창틀이 만들어져 있었다. 오래 전에 이렇게 바뀐 것 같았다. 마운티글 부부의 독특한 아이디어로 다소 기묘하게 바뀐 부분도 있었다. 고딕 양식 기둥 사이에는 중부 아니면 남부 유럽 양식을 본따 구슬 또는 등나무 줄기로 만든 성긴 막, 외려 베일 같은 것이 걸려 있었다. 이 베일에도 아시아의 용과 우상 모양의 선과 색상이 그려져 있었는데, 이것은 회색의 고딕 양식 기둥과 어울리지 않왔다. 고딕 양식의 기둥과 그 위에 걸린 아시아 문양의 베일이 이루는 대조가, 어두워지는 방을 더욱 산만하게 했으나 시시각각으로 감정이 변하고 있던 방 안 사람들은 기둥과 베일의 부조화를 거의 의식하지 못하고 있었다.

사원 건물들로 둘러싸인 광장에는 옅은 색 자갈을 깔아 만든 원형의 길이 있었다. 길의 가장자리에는 인조 잔디처럼 윤이 나는 초록색 칠이 되어 있었다. 광장 바로 중앙에는 짙푸른 분수대와 연못 같은 곳이 있어 그 안에 수련꽃이 떠 있고 금붕어가 잽싼 동작으로 헤엄치고 있었다. 광장과 연못 위로 사라져가는 저녁 빛을 받아 윤곽을 그려내는 멋진 초록의 형상이 보였다. 이 형상은, 방에 있던 사람들을 등지고 있는데다 구부정한 자세로 얼굴은 전혀 보이지 않아 머리가 아예 없는 것같이 보였다. 희미한 저녁 빛에 어두운 윤곽만이 보였으나 방에 있던 사람들 중 몇몇은 그것이 분명 기독교적인 것은 아니라는 것을 즉시 알 수 있었다.

산신 도사가 몇 미터 떨어진 원형의 길에 서서 이 초록의 신을 바라보고 있었다. 그의 날카롭고 잘 다듬어진 이목구비는 솜씨 좋은 장인이 동으로 얼굴 주형을 떠서 만들어놓은 것 같았다. 이와 대조적으로 그의 짙은 회색 수염은 짙푸른색으로 보였다. 그의 수염은 턱에서 조그맣게 시작해서 부채나 새의 부리처럼 아래로 쫙 퍼져 있었다. 반짝거리는 초록색 옷을 입고 있었고 벗겨진 머리에는 특이하게 끝이 높은 모자를 쓰고 있었다. 이곳 사람들은 전혀 본 적이 없는 머리 장식이었다. 인도 물건이라기보다는 이집트 물건으로 보였다. 그는 눈을 부릅뜨고 서 있었다. 물고기 모양의 눈을 크게 뜨고 눈동자는 움직이지 않고 있어서 미라 관 위에 그려놓은 눈처럼 보였다. 산신 도사의 모습은 분명 특이했으나 브라운 신부를 포함한 몇 사람은 도사를 보고 있지는 않았다. 그들은 계속 도사가 보고 있는 짙은 초록색 형상의 우상을 보고 있었다.

"정말 희한한 물건이군요. 오래된 사원 공중에 매달려 있기에는 말입니다."

약간 찌푸리며 하드캐슬이 말했다.

"그런 소리 마세요. 우리가 바랐던 겁니다. 위대한 동서양의 종교, 부처와 예수를 연결하려 했던 거예요. 모든 종교는 결국 같은 것이라는 것을 이해하셔야 해요."

마운티글 부인이 말했다.

"모든 종교가 같다면 아시아 한복판까지 가볼 필요도 없겠군요."

브라운 신부가 부드럽게 말했다.

"마운티글 부인의 말씀은 모든 종교가 다 다른 양상이 있다는 뜻입니다."

하드캐슬이 종교라는 새로운 화제에 관심을 보이며, 커다란 루비를 고딕형 아치 기둥의 돌선반에 올려놓고 말을 시작했다.

"그러나 우리가 모든 종교의 일면을 하나의 예술 형식으로 섞어놓을 수 있는 것은 아니지요. 기독교와 이슬람교를 섞을 수 있을지는 모르지만 고딕 양식과 사라센 양식을 섞을 수는 없습니다. 인도 양식도 물론이고요."

하드캐슬이 말할 때 산신 도사가 강직증에서 회복되듯 살아나는 것 같았다. 그는 위엄 있게 원형 길의 사분의 일쯤을 걸어가서 아치 기둥의 바깥쪽에 자리를 잡았다. 그리고는 계속 그들에게 등을 보인 자세로 이번에는 우상의 뒷면을 바라보고 서 있었다. 그는 시계 바늘처럼 원형의 길을 단계적으로 움직이다 잠깐씩 쉬어가며 기도하거나 명상에 잠겼다.

"저 사람은 어떤 종교를 믿나요?"

조급한 기색을 보이며 하드캐슬이 물었다.

"브라만교보다 더 오래되고 불교보다 더 맑은 종교라고 하더 군요."

마운티글 부인이 존경심을 보이며 대답했다.

"아……."

하드캐슬은 두 손을 주머니에 넣은 채 외알 안경으로 계속해서 도사를 응시했다.

"신 중에 신으로 불리는 신이 메루 산 동굴에 있는 거대한 기둥에 조각되어 있다고 합니다."

마운티글 경이, 부드러우면서도 설교조인 그의 말투로 말했다.

그의 진지한 설교가 어깨 너머로 들려오는 소리에 불시에 중단됐다. 그들이 사원 쪽으로 나오면서 방금 떠났던 개인 박물관의 어둠 속에서 나오는 소리였다. 이 소리에 토미 헌터와 하드캐슬은 처음에는 의아해하다가 다음에는 화가 나는 듯하더니 배꼽을 잡고 웃었다.

"제가 방해한 것은 아니었으면 좋겠습니다."

도시적이고 유혹적인 목소리의, 지칠 줄 모르는 진리의 투쟁가 골상학자 프로소였다.

"여러분 중 시간을 내어, 너무 천시받고 있는 두개골 융기의 과학을 논할 분이 있을 거라는 생각이 들었습니다."

"이보세요! 나는 융기 문제가 없지만 당신은 융기가 나서 속썩을 일이 곧 생길 겁니다. 당신은……"

충동적인 토미 헌터가 소리쳤다.

하드캐슬은 웃음을 참으며 문을 통과해 박물관이 있는 방 쪽으로 들어갔다. 그때 모든 사람들이 고개를 돌려 방 안을 쳐다보고 있었다.

바로 이때 사건이 벌어졌다. 처음으로 움직인 것은 토미 헌터였다. 이번에는 파장이 컸다. 다른 사람들보다 우선 하드캐슬이 움찔 놀라며 돌선반에 두고 온 루비를 생각해냈다. 토미헌터가 고양이처럼 사뿐하게 움직여 사원을 가로질러서 두 기둥 사이를 어깨로 빠져나갔다. 그리고 아치 기둥이 쩡쩡 울리는 큰 소리로 외쳤다.

"제가 잡았어요!"

일행이 고개를 돌린 직후, 그리고 토미 헌터의 목소리를 듣기 바로 직전에 그들 모두 이상한 광경을 목격했다. 토미 헌터가 통과한 기둥 중 하나의 구석에서 갈색 혹은 청동빛 손이, 아니 죽은 황금색 손이 빠르게 나타났다 사라졌다. 일행이 어디선가 본 색이었다. 그 손은 공격하는 뱀처럼 직선으로 나타났다가 깜짝할 순간에 사라지며 보석을 삼켰다. 돌선반 위에 있던 보석이 사라진 자리가 희미한 저녁 빛을 받아 휑하니 빛나고 있었다.

"제가 잡았습니다. 그런데 너무 세게 발버둥치는군요. 이리와서 좀 잡아주세요. 어쨌든 보석은 안전할 겁니다."

토미가 헐떡였다.

모두 토미 헌터의 말을 따랐다. 누군가는 복도로 달려갔고,

또 누군가는 벽을 뛰어넘어갔다. 결국 하드캐슬, 마운티글 경, 브라운 신부, 심지어는 프로소까지 모두 생포한 도사를 둘러 쌌다.

토미 헌터는 애써 한 손으로 도사의 목덜미를 잡고 간간이 도사의 위엄을 떨어뜨리듯 목덜미를 흔들었다.

"자 이제 잡았으니 몸을 뒤져보기만 하면 됩니다. 보석은 분명 그의 몸 어딘가에 있을 겁니다."

토미 헌터가 안도의 한숨을 내쉬며 말했다.

한 시간 쯤 지나 사원에서 마주친 토미 헌터와 하드캐슬은 서로를 물끄러미 쳐다보았다.

"이 미스터리를 어떻게 생각하나?"

자제하듯 하드캐슬이 물었다.

"집어치우세요. 이건 미스터리가 아닙니다. 우리 모두 도사가 보석을 가져가는 것을 보았어요."

토미 헌터가 대답했다.

"그렇지만 그가 보석을 어디에 두었는지는 알 수가 없네. 미스터리는 그가 보석을 어디에 두었기에 우리가 찾지 못하는가 일세."

"어딘가에 있을 겁니다. 연못과 그 썩고 낡은 우상 주변은 찾아보았나요?"

"물고기들 배를 갈라보지는 않았네."

하드캐슬이 안경을 들어올리고 토미 헌터를 살펴보며 말했다.

"폴리크라테스의 반지 이야기를 생각하고 있나?"

안경을 통해 토미 헌터의 둥근 얼굴을 자세히 봤을 때 그가 그리스 신화의 폴리크라테스를 곰곰이 생각하는 것은 분명 아니었다.

"꿀꺽 삼켰다면 몰라도 그 도사가 갖고 있는 것은 아닙니다."

토미 헌터가 말했다.

"그 예언자 도사도 해부해볼까? 저기 보석 주인이 오는군."

하드캐슬이 웃으며 말했다.

"정말 곤란한 일입니다."

신경이 곤두서서 떨리기까지 하는 손으로 흰 콧수염을 비비 꼬며 마운티글 경이 말했다.

"집에서 도둑을 맞다니 정말 끔찍합니다. 그것도 도둑이 산신 도사라니…… 그런데 사실 그가 하는 말의 앞뒤가 전혀 맞지 않습니다. 안으로 들어와서 의견을 말씀해주시면 좋겠습니다."

모두 함께 안으로 들어갔다. 토미 헌터가 뒤쪽으로 처졌고 구둣발을 툭툭 치고 있던 신부와 대화를 나누게 되었다.

"힘이 좋으신가 봅니다. 한 손으로 도사를 잡았으니 말입니다. 우리 모두 달려가 인도의 신처럼 여덟 개의 팔로 붙잡았을 때도 상당히 강하게 저항하던데 말입니다."

신부가 상냥하게 말했다.

두 사람은 이야기를 하며 사원을 한두 바퀴 더 돌았다. 그리고 나서 다른 사람들이 이미 와 있는 방으로 들어갔다. 도사는 방에 있는 긴 의자에 포로로 잡혀 앉아 있었으나 왕이 앉아 있는 분위기였다.

그의 태도와 말투는 마운티글 경이 말했듯이 이해하기가 힘들었다. 그는 평온하면서도 비밀스러운 힘을 느끼게 하는 말투로 이야기했다. 나머지 사람들이 그가 보석을 가져갔던 상황을 되짚어보는 동안에도 그는 여전히 감을 잡을 수 없는 태도로 웃고 있는 듯했다.

"시공간의 법칙에 대해 조금씩 배우고 계시군요. 당신들의 현대 과학도 시공간의 법칙에 있어서는 우리 고대 종교에 천년은 뒤떨어져 있습니다. 물건을 숨기는 것이 진정으로 의미하는 바도 이해하지 못합니다. 불쌍한 친구들, 당신들은 사물을 보는 것이 무엇인지도 모르는군요. 그렇지 않았다면 제가 보는 것처럼 선명하게 볼 수도 있을 터인데 말입니다."

거만한 여유를 부리며 도사가 말했다.

"보석이 여기 있다는 말입니까?"

하드캐슬이 거친 목소리로 추궁했다.

"여기라는 말은 여러 가지 의미를 가질 수 있습니다. 그렇지만 보석이 여기 있다고 말하지는 않았습니다. 볼 수 있다고 말했을 뿐입니다."

도사가 대답했다.

모두 신경이 곤두선 채 말이 없었고 도사가 졸린 듯 말을 이었다.

"당신들이 완전히, 가늠할 수 없을 정도로 침묵한다면 세상의 다른 쪽 끝에서 나는 외침을 들을 수 있다고 생각하십니까? 원래의 형상이 산처럼 우뚝 서 있는 저 산 속에 혼자 사는 숭배자의 외침이 들립니까? 일부에서는 유대인과 이슬람교도들도 그 형상을 숭배한다고 말합니다. 들어보세요! 숭배자가 고개를 들어 수백 년 간 비어 있던 돌 속에 있는 메루 산의 눈, 붉고 화난 레드문을 보며 외치는 소리가 들립니까?"

"도사님이 정말로 여기에서 메루 산까지 공간 이동을 할 수 있다는 말입니까? 당신이 대단한 영적 능력을 지녔다고 믿고 있었지만……."

마운티글 경이 살짝 떨리는 목소리로 외쳤다.

"그럴 수도 있지요. 당신이 믿는 것보다는 더 많은 힘을 갖고 있지요."

하드캐슬이 조바심을 내며 일어서서는 손을 주머니에 넣은 채 방을 서성거리기 시작했다.

"저는 당신이 믿는 만큼 영적 힘에 대해 믿지는 않습니다. 그러나 어떤 힘은 그런 큰 일도 할 수 있다고 인정합니다. 세상에!"

하드캐슬의 상기된 단호한 목소리가 공중에서 사라졌고 그는 시선을 멈추었다. 그의 외알 안경이 떨어졌다. 일행 모두 고개를 같은 방향으로 돌렸다. 일순 모든 이의 얼굴에 핏기가 사라졌다.

메루 산의 레드문이 돌선반 위에 놓여 있었다. 그들이 마지막으로 본 모습과 똑같았다. 화로에서 날아 들어온 붉은 불꽃인지도, 떨어진 장미에서 날아온 붉은 장미꽃인지도 몰랐다. 그러나 불꽃이건 장미이건 하드캐슬이 내려놓았던 바로 그 자리에 떨어져 있었다.

하드캐슬은 이번에는 보석을 만지려 하지 않았다. 그러나 그의 행동은 다소 주목을 끌었다. 그는 천천히 돌아서더니 다시 방을 서성거리기 시작했다. 전에는 안절부절 못하고 서성거렸으나 이번 동작에는 뭔가 능숙한 것이 있었다. 마침내 그는 앉아 있던 도사 앞에 멈추어 섰다. 그리고는 자학적인 미소를 지으며 고개를 숙이고 말했다.

"도사님, 우리 모두 큰 실례를 범했습니다. 더 중요한 것은 당신이 우리에게 교훈을 가르쳐주셨다는 겁니다. 농담이면서 교훈이 되는 가르침이었습니다. 당신이 그 뛰어난 능력을 해롭지 않게 쓰신 것을 저는 항상 기억할 겁니다."

부인 쪽을 보며 그가 말을 이었다.

"마운티글 부인, 도사님에게 먼저 말씀드린 것을 용서하십시오. 박물관에 오기 전에 제가 말씀드렸던 것이 있었습니다. 모든 것이 일종의 최면술이라고 말했었습니다. 많은 사람들이 인도에서 일어난 신비한 일들을 최면술로 설명합니다. 모든 것이 실제로 일어나는 것이 아니라 최면술에 걸린 구경꾼들이 일어났다고 상상하는 것이라는 설명이지요. 그러니까 조금 전 우리는 강도사건이 일어났다고 상상했던 겁니다. 창문에서 나타나 보석을 가져간 갈색 손은 순간적인 환상이었던 겁니다. 꿈에 나오는 손처럼 말입니다. 보석이 사라진 것을 보고 우리는 보석이 있던 자리는 찾아보지도 않았습니다. 연못과 수련 꽃잎을 샅샅이 뒤지고 하마터면 금붕어의 배를 가를 뻔했지요. 그러나 보석은 내내 여기 있었던 겁니다."

하드캐슬은 도사의 우윳빛 도는 눈과, 수염에 덮인 미소 띤 입을 슬쩍 보았다. 그리고 입가의 미소가 사실은 입보다 넓은 그림자임을 알았다. 그 미소의 뭔가가 다른 사람을 갑자기 안도하며 일어서게 했다.

"우리 모두에게 다행한 일입니다. 하드캐슬의 말대로입니다. 의혹의 여지가 있을 수 없습니다. 정말 고통스러운 일이었습니다. 어떻게 사과를 드려야 할지……."

마운티글 경이 다소 신경질적인 미소를 지으며 말했다.

"저는 괜찮습니다."

여전히 미소짓고 있는 도사가 말했다.

문제를 해결한 영웅인 하드캐슬과 나머지 사람들이 즐거워하며 나갈 때 구레나룻의 골상학자는 자기 텐트로 천천히 돌아가고 있었다. 뒤를 돌아본 골상학자는, 브라운 신부가 그를 따라오고 있다는 것을 알고 깜짝 놀랐다.

"당신의 용기를 만져봐도 될까요?"

약간 빈정거리는 말투로 골상학자가 물었다.

"더이상 만지고 싶지 않으실 것 같은데요. 탐정이시지요?"

신부가 부드럽게 물었다.

"예."

골상학자가 대답했다.

"마운티글 부인이 제게 도사를 감시해달라고 부탁했습니다. 부인은 신비주의에 빠져 있지만 바보는 아니거든요. 도사가 텐트를 떠났을 때 그를 따라가기 위해서는 골칫거리인 미치광이 학자 흉내를 내는 수밖에 없었습니다. 만약 저의 텐트로 오는 사람이 있었다면 백과사전에서 용기에 관한 부분을 몰래 훔쳐봐야 했을 겁니다."

"그래서 사람들을 괴롭히는 역할을 맡으셨군요."

"괴상한 사건입니다, 그렇지요? 보석이 내내 돌선반 위에 있었다니 말입니다."

"매우 기이한 일입니다."

이렇게 말하는 신부의 목소리에 뭔가 심상치 않은 것이 있었다. 탐정은 가만히 서서 신부를 빤히 쳐다보았다.

"잠깐만요. 왜 그러세요? 뭘 그렇게 찾고 계신 거죠? 보석이 계속 거기 있었다는 것을 믿지 않으세요?"

탐정이 소리쳤다.

브라운 신부는 희롱당한 듯한 표정으로 눈을 깜박였다. 그리고는 머뭇거리듯 천천히 말했다.

"아니…… 사실은…… 저도 믿을 수 없지만."

"신부님은 이유 없이 그런 말씀을 하실 분이 아닙니다. 왜 루비가 그곳에 계속 있었던 것이 아니라고 생각하시지요?"

"제가 직접 다시 갖다 놓았기 때문이지요."

탐정은 그 자리에 뿌리가 내린 듯 머리가 곤두선 표정으로

서 있었다. 입은 열었으나 말을 잇지 못했다.

"도둑을 설득해서 제가 갖다 놓았다고 하는 편이 좋겠습니다. 도둑에게 제 생각을 말하고 아직 회개할 시간이 있음을 보여주었지요. 저의 직업을 걸고 말씀드리는 겁니다. 게다가 마운티글 부부는 이제 보석을 돌려받았으니 고소하지는 않을 겁니다. 특히 누가 보석을 훔쳤는지 안다면 더욱 꺼려할 겁니다."

"도사가 훔쳤다는 말씀입니까?"

"아니요, 도사는 아닙니다."

"무슨 말씀이세요? 창문 바깥쪽에 있었던 사람은 도사밖에 없었습니다. 보석을 가져간 손도 분명 창문 바깥쪽에서 나왔고요."

탐정이 이의를 제기했다.

"손은 바깥쪽에서 들어왔지만 도둑은 안쪽에 있었습니다."

"다시 신비주의로 돌아가는 것 같군요. 보세요, 저는 현실적인 사람입니다. 제가 알고 싶은 것은 루비가 무사한가 하는 것뿐입니다."

"루비가 있다는 것을 알기 전부터 모든 것이 잘못되고 있다고 생각했었습니다."

잠시 말을 멈추고 생각에 잠긴 채 신부가 말을 계속했다.

"텐트 근처에서 세 사람이 논쟁을 벌이는 것을 듣게 된 후에 저는 뭔가가 잘못되어간다는 것을 눈치챘습니다. 사람들은 이론은 중요하지 않다고, 논리와 철학은 현실적이지 못하다고들 하지요. 이성은 신이 주신 선물입니다. 합리적이지 못한 것이 있을 때는 뭔가 문제가 있는 겁니다. 세 사람이 벌인 추상적 논쟁은 좀 우습게 끝났습니다. 하드캐슬은 좀 나았습니다. 그는 모든 것이 다 가능하지만 최면술이나 비상한 통찰력을 이용하는 것이 대부분이라고 했습니다. 보통 철학적으로 설명하기 곤란한 것에는 최면술이나 통찰력이라는 과학적 이름을 붙이지요. 그러나 토미 헌터는 모든 것이 순전히 속임수라고 하면서 속임수를 드러내 보이려고 했습니다. 마운티글 부인에 따르면 토미 헌터는 점쟁이들을 만나고 다녔으며 이번에는 도사와 대면하려고 이곳에 왔습니다. 토미 헌터는 마운티글 부인과 사이가 좋지 않아 이곳에 자주 오지는 않았습니다. 그가 돈을 빌리려 할 때마다 부인이 인색하게 굴었기 때문이지요. 그런데 도사가 왔다는 말을 듣고는 서둘러 이곳으로 왔습니다. 그런데도 도사를 보려 했던 것은 오히려 하드캐슬이었고 토미 헌터는 보지 않겠다고 했습니다. 그런 엉터리짓에 시간 낭비 하지 않겠다고 했지요. 점이 순 엉터리라는 것을 증명하는 데 이미 많은 시간을 허비했다면서요. 그런데 이 말은 일관성이 없는 말이었습니다. 수정구슬로 점을 치는 줄 알았는데 손금을 보는 거냐고 했습니다."

"수정구슬이 아니라서 보지 않겠다고 핑계를 댔다는 말씀입니까?"

어리둥절해하며 탐정이 물었다.

"처음에는 저도 그렇게 생각했지만 그게 핑계가 아니라 이유였다는 것을 알게 되었습니다. 손금을 본다는 것을 알고 정말로 실망했던 겁니다. 왜냐하면……."

"그럼……?"

탐정이 급하게 물었다.

"장갑을 벗을 수 없었으니까요."

"장갑을 벗어요?"

"장갑을 벗으면 사람들이 옅은 갈색으로 칠한 그의 손을 봤을 테니까요…… 그렇습니다, 토미 헌터는 도사가 이곳에 왔다는 것 때문에 이곳으로 왔습니다. 충분한 준비를 하고 왔지요."

"그렇다면 창문에 나타났던 것이 토미 헌터의 손이란 말씀인가요? 그렇지만 그는 계속 우리와 함께 있지 않았습니까?"

"가서 현장을 둘러보세요. 충분히 가능하다는 것을 알게 되실 겁니다. 토미 헌터는 앞쪽으로 뛰어가 창문 바깥쪽으로 기대어 섰습니다. 순식간에 장갑을 벗고 소매를 걷은 다음 기둥의 다른 쪽으로 손을 내밀었지요. 다른 손으로는 도사를 붙잡은 상태에서 말입니다. 그리고는 도둑을 잡았다고 소리쳤습니다. 보통 사람이라면 두 손을 사용할 상황에서 그는 한 손으로 도둑을 잡고 있었다고 제가 그에게 말했지요. 그때 그는 다른 손에 들고 있던 보석을 바지 주머니에 넣었습니다."

한참 침묵이 흘렀고 탐정이 이윽고 천천히 입을 열었다.

"그렇게 된 일인지는 몰랐습니다. 그런데 아직 풀리지 않는 문제가 있습니다. 우선 도사의 행동이 설명되지 않습니다. 결백하면서 도사는 왜 아무 말도 하지 않은 거지요? 도둑으로 몰리고 수색을 당하는데도 왜 화를 내지 않은 거지요? 왜 그냥 앉아서 교활하게 엄청난 시공간 이동 능력을 암시했던 거지요?"

"아."

브라운 신부가 날카로운 어조로 말했다.

"사람들이 믿지도 믿으려 하지도 않는 신비한 사건들을 역시 믿지 않으시군요. 마운티글 부인은 모든 종교가 다 같은 것이라고 했습니다. 같다니요, 말도 안 되지요. 어떤 종교는 우리 종교와 너무나 다릅니다. 훌륭한 사람은 무감각해야 하고 민감한 사람은 형편없는 사람이 되는 종교도 있습니다. 저는 영적 힘을 좋아하지 않는다고 말씀드렸습니다. 왜냐하면 강조점이 '영적'에 있는 것이 아니라 '힘'에 주어지기 때문입니다. 도사가 루비를 훔치려 했다는 것은 아닙니다. 그렇지는 않았습니다. 훔칠 가치가 없다고 생각했을 겁니다. 보석을 갖는 것은 그에게 별 유혹이 되지 못합니다. 보석보다는 자신이 갖고 있지 못한 기적의 힘을 훔칠 수만 있다면 도둑질의 유혹에 빠졌을 겁니다. 그는 자신이 엄청난 정신력으로 물건을 날게 할 수 있다고 우리를 믿게 하고 싶었습니다. 그런 능력이 없어도 그냥 믿게 내버려두고 싶었던 겁니다. 그에게는 사적 소유에 관한 개념이 별로 없습니다. '저 보석을 훔칠까'가 아니라 '저 보석을 먼 산으로 사라지게 한 다음 다시 나타나게 할 수 있을까'가 그에게는 문제가 되는 것입니다. 누구의 보석인지는 상관없는 일이지요. 종교가 다 다르다는 것은 이런 의미에서였습니다. 그는 자신이 영적 능력이라고 부르는 것을 소유하는 것을 자랑스러워했습니다. 그러나 그가 영적이라고 부르는 것이 우리가 도둑이라고 부르는 것과 일치하지는 않습니다. 그냥 물질과 반대되는 정신적인 것이라는 의미이지요. 물질보다 우세한 정신의 힘, 그들에게는 이것이 중요합니다. 더 나을 때도 못할 때도 있겠지만 어찌 되었건 우리의 종교와는 다릅니다. 우리의 선조들은 기독교인이었고 우리는 선조들이 세운 아치 기둥 아래에서 성장했습니다. 그 아치 기둥을 온갖 아시아의 귀신들로 장식했다 하더라도 말입니다. 우리는 아시아인들과는 다른 야망과 수

치심을 갖고 있습니다. 우리라면 도둑으로 몰리는 것을 원하지 않았을 겁니다. 그러나 도사는 자신이 훔치지 않았어도 우리 모두 그가 훔쳤다고 생각하기를 바랐습니다. 훔친 이의 명예를 훔치려 했지요. 우리는 범죄를 뱀을 피하듯 피하려 했지만 그는 뱀을 유인하는 땅꾼처럼 범죄를 자신 쪽으로 유인했지요. 물론 우리 나라에서는 뱀이 애완동물이 아니지요! 기독교의 전통은 이런 데서 즉각 나타납니다. 예를 들어 마운티글 경만 해도 마찬가지입니다. 그가 동양적이고 신비주의적이라 해도, 터번을 쓰고 기다란 동양의 의복을 입고 인도 성자의 말씀에 따라 살아간다고 해도, 그의 집에서 작은 보석이라도 없어지면 친구들을 의심합니다. 그리고 보통 영국 신사들처럼 법석을 떨지요. 실제로 물건을 훔친 사람은 의심받기를 원치 않았습니다. 그도 영국인이었으니까요. 그것도 기독교인 도둑이었지요. 그가 참회할 줄 아는 도둑이기를 바라고 또 그러리라 믿습니다."

"신부님 말씀대로라면, 기독교인 도둑과 이교도인 사기꾼은 상당히 대조가 되는군요. 기독교인 도둑은 물건을 훔쳐서 후회를 하고 이교도 사기꾼은 훔치지 못해서 후회를 하고요."

탐정이 웃으며 말했다.

"두 사람 모두에게 너무 심하게 대하지는 마십시오. 도둑질을 한 영국인이 법적 정치적 보호를 받는 경우도 많습니다. 서양에서도 범죄를 교묘하게 덮어버리는 나름의 방식이 있습니다. 결국은 주인이 바뀌는 귀중한 돌이 루비만 있는 것은 아닙니다. 다른 값진 돌도 마찬가지입니다."

브라운 신부가 말했다.

탐정이 의아해하며 신부를 쳐다보았다. 신부의 손가락이 대사원의 고딕 양식 윤곽을 가리키며 말했다.

"저 거대한 조각이 새겨진 사원도 누군가가 훔쳐간 것이지요."

플랑보의 비밀

"……이것이 제가 살인자의 역할을 해보았던 살인사건들입니다."

포도주 잔을 내려놓으며 브라운 신부가 말했다. 그 순간 붉은 범죄의 영상들이 그의 눈앞을 스쳐갔다.

"모두 다 사실입니다."

잠시 멈춘 후 신부가 말을 이었다.

"제가 살인을 하기 전에 이미 살인을 한 사람이 있어서 제가 실제로 살인을 경험하지는 않았습니다. 저는 일종의 대역으로 항상 살인자의 역을 해낼 준비가 된 상태였다고 하겠습니다. 저는 적어도 살인자의 입장을 철저하게 파악하는 것을 저의 일처럼 생각했습니다. 범죄가 벌어지는 심정과 상황을 상상하려고 노력하다보면 그런 상황에서는 저도 범죄를 저질렀을 것이라 느껴졌지요. 다른 상황이면 안 되는 바로 그 상황을 상상합니다. 보통은 빤한 상황이 아닙니다. 그러고 나면 범인을 알게 됩니다. 보통은 의외의 인물이지요.

예를 들어, 표면적으로는 혁명파 시인이 붉은 혁명에 적대적이었던 나이 든 판사를 죽였다는 것이 당연하게 보였습니다. 그러나 시인이 혁명에 적대적이라는 이유로 판사를 죽였다는 것은 설득력이 없습니다. 혁명적 시인이란 어떤 사람일까 생각해보면 알 수 있습니다. 그래서 제가 혁명적 시인이 되어봤습니다. 바로 그 시인 오스릭 옴처럼 개혁보다는 파괴를 추구하는 염세적이고 무정부적인 혁명가가 되려고 했습니다. 지금까지 제가 운 좋게 배웠고 물려받았던 모든 건전한 정신과 상식적인 것을 지워버리려고 노력했습니다. 천상에서 비추는 모든 햇살을 차단하고 가려버렸습니다. 지하에서 나오는 붉은 빛, 바위를 부수고 심연을 가르는 불빛만을 받고 사는 마음을 그려보았습니다. 최악의 열광적인 상태를 떠올려보아도 시인이 그저 평범한 법조인 한 명과 충돌해서 자신의 직업과 명예를 포기할 이유가 없었습니다. 그 같은 망상가에게 판사는 구태의연한 사고방식을 갖고 있는 수백만 명의 얼간이 중 하나인 법조인에 불과했습니다. 그가 폭력을 노래하는 시를 쓰기는 하지만 폭력을 행사하지는 않았을 것입니다. 자신을 시로 표현할 수 있는 사람은 자살로 몰아갈 행위를 할 필요가 없습니다. 그에게는 시가 중요했고 살인자가 되느니 시를 더 쓰고 싶어했을 겁니다.

그러고 나서 붉은 혁명 외에 다른 이교도적 행위를 생각해보았습니다. 세상을 파괴하는 것이 아닌 전적으로 세상에 의지하는 행위에 대해 생각해봤습니다. 신의 은총을 제외하면, 이 세상만이 빛나는 곳이며 이 세상의 주위나 이면에는 완전한 어둠만이 존재한다고 믿고 사는 그런 사람을 상상해보았습니다. 이 세상만을 생각하며 사는, 속세에서의 성공과 기쁨만이 그가 거머쥘 수 있는 전부라고 생각하는 사람 말입니다. 그런 사람이라면 자신이 이 세상에서 가진 것이 위험하게 되었을 때 어떤 일이라도 저지를 것입니다. 바로 이런 부류의 사람이 자신의 체면과 명예를 보존하기 위해 범죄를 저지를 수 있는 사람입니다.

매튜 블레이드 검사처럼 직업을 중시하는 세속적인 사람에게 세상이 증오할 만한 그의 범죄 즉, 애국심에 대한 배반 행위가 밝혀지는 것이 어떤 의미였을지 생각해보십시오. 제가 그의 입장이었다면, '하늘만이 내가 한 일을 알 것이다' 라는 그의 철학보다 더 나은 의지처가 없었을 것입니다. 바로 이것이 제가 종교적 수행이라고 부르는 내면 성찰이 유익한 지점입니다."

"좀 병적이라고 생각할 사람도 있겠군요."

그랜디슨 체이스가 반신반의하며 말했다.

"자선 활동과 겸손도 병적인 것이라고 하는 사람들도 있습니다."

브라운 신부가 엄숙하게 말했다.

"아마 그 혁명가 시인은 그렇게 생각했을 겁니다. 그렇지만 그런 문제를 논의하자는 것은 아닙니다. 어떻게 사건에 접근하는지 물어보신 것에 대답한 것입니다. 제가 몇 번이나 법조계의 실책을 바로잡았다고, 어떻게 그런 일을 해냈느냐고 물어온 미국인들이 있었습니다. 음, 미국에 돌아가시면 제가 병적인 방법으로 사건을 풀었다고 말씀하셔도 좋습니다. 그러나 제가 신비한 능력이나 마법으로 사건을 풀었다고 사람들이 생각하는 것은 정말 곤란합니다."

그랜디슨 체이스는 생각에 잠긴 찌푸린 표정으로 계속 신부를 바라보았다. 그는 명민한 사람이었으므로 신부의 말을 이해하지 못한 것은 아니었다. 보통 때라면 건전하고 밝은 성격의 소유자이어서 그런 병적인 방법을 좋아하지는 않는다고 말했을 것이다. 그러나 그는 지금 한 사람에게 말하면서도 동시에 백 명의 살인자에게 말하는 기분이었다. 도깨비눈 같은 난로 옆에 도깨비같이 자리잡고 앉아 있는 이 자그마한 신부에게는 뭔가 기괴한 것이 있었다. 저 동그란 머리에 그런 미친 듯한 비이성과 엄청난 범죄의 세계가 감추어져 있다는 것이 느껴졌다. 그의 머리 뒤로 보이는 방대한 어둠의 공간에 어둡고 거대한, 범죄자들의 유령 한 무리가 붉은 난로 빛의 마술에 걸려 꼼짝달싹 못하고 있지만 곧 그들을 잡아놓고 있는 주인을 갈기갈기 찢어버릴 차비를 갖추고 있는 듯했다.

"유감이지만 저는 신부님의 방법이 병적이라고 생각합니다. 거의 마술만큼이나 병적이라는 생각이 드는군요. 그렇지만 병적이든 아니든 인정해야 할 것이 있습니다. 분명 흥미로운 경험이라는 것이겠지요."

그가 솔직하게 말했다.

잠시 생각을 하고 나서 그가 덧붙였다.

"신부님이 뛰어난 범죄자가 될 수 있을지는 잘 모르겠지만 훌륭한 소설가가 될 수 있다고는 확신합니다."

"저는 실제 사건만 다루면 되지만 때로는 소설 속의 사건보다 실제 일을 상상하기가 더 힘들지요."

"특히 큰 사건의 경우에 힘들겠군요."

"정말 상상하기 힘든 경우는 큰 사건이 아니라 사소한 범죄입니다."

"무슨 말씀이지요?"

"보석 절도 같은 평범한 일을 의미하지요. 에메랄드 목걸이
도난사건이나 메루 산의 레드문, 그리고 금물고기 도난사건
처럼 평범해 보이는 범죄에서 범인을 상상해내기가 힘들다는
뜻입니다. 그런 사건에서는 사고의 폭을 작게 해야 합니다.
거대한 망상만 하는 고상한 허풍쟁이들은 그런 범죄를 저지
르지 않습니다. 저는 점쟁이가 루비를 훔친 것이 아니라는 것
을, 그리고 백작이 금물고기를 가져간 것이 아니라는 것을 알
고 있었습니다. 또, 존 뱅크스 같은 사람이 에메랄드 목걸이
를 훔칠 가능성이 높았지요. 허풍선이들에게 보석은 유리조
각에 불과합니다. 그들은 유리를 통해서 사물을 보는 사람들
입니다. 조금 배웠다는 사람들이나 보석을 시장 가치로 판단
하지요.

그러니까 세심하고 작게 생각해야 합니다. 쉽지 않은 일이지
요. 흔들리는 카메라를 들고 정확하게 초점을 맞춰야 하는 상
황이지요. 그러나 사건에는 단서를 주는 것이 많이 있습니다.
예를 들어 사기꾼 마술사나 돌팔이들의 속임수를 밝히겠다고
떠벌리는 종류의 사람들은 항상 소심하지요. 그는 외부인이나
뜨내기들을 간파하고는 그들을 궁지로 몰아갑니다. 감히 말하

건대 이런 사람들의 상황을 상상하는 것은 때로 고통스러운 일입니다. 아주 야비한 기쁨을 주기도 하기 때문이지요. 소심한 사람이 누구인지를 알게 되면 즉각 어디서부터 사건을 풀어나가야 하는지 보입니다. 점쟁이를 도둑으로 몰았던 토미 헌터를 관찰해보니 레드문을 훔친 범인이었습니다. 여동생의 영적 상상을 조롱한 존 뱅크스를 유심히 상상해보니 그가 에메랄드 목걸이를 훔쳐간 범인이었습니다. 이런 사람들은 항상 보석에 눈독을 들입니다. 그들은 허풍선이들처럼 보석을 하찮게 여길 만한 거대한 생각을 하지 못합니다. 이 소심한 범인들은 항상 진부하고 상투적인 사람들입니다. 진부하기 때문에 범죄를 저지르게 됩니다.

그들과 똑같이 진부하고 조야하게 생각하고 느끼게 되기까지는 꽤 오랜 시간이 걸립니다. 살인을 해서라도 보석이라는 작은 물건을 갖고 싶어할 만큼 진부하게 되기까지는 많은 상상과 노력이 소모됩니다. 그러나 할 수 있습니다…… 그와 비슷한 상태까지 갈 수 있습니다.

우선 욕심 많은 아이가 되었다고 생각합니다. 가게에서 사탕을 훔치는 것을 생각해보고, 유독 먹고 싶었던 사탕이 거기 있다고 생각하고…… 그 다음에는 어린이의 유치함을 빼버립니다. 사탕 가게를 생각할 때 떠오르던 동화적 빛을 차단시키고 이제는 세상사와 사탕 가격을 인식한다고 생각합니다…… 카메라 초점처럼 사고를 수축합니다…… 사물이 모양을 나타내고 선명해집니다…… 그러고 나면, 갑자기, 그 사람이 됩니다!"

신부는 성령의 환상이라도 본 사람처럼 말했다.

그랜디슨 체이스는 당황하면서도 관심이 가는 표정으로 신부를 계속 쳐다보았다. 그의 잔뜩 찌푸린 표정 밑으로 불안한 기색이 잠시 번쩍이며 지나갔다. 자신이 바로 살인자라고 신부가 처음 말했을 때의 충격이, 마치 청천벽력의 진동이 뒤흔들고 지나간 방처럼 아직도 미진으로 남아 그를 떨게 하는 듯했다.

그는 속으로 혼잣말을 하고 있었다.

이건 그냥 순간적인 광기일 뿐이야. 그 당황했던 순간 보았던 살인마가 브라운 신부일 리 없어. 그렇지만 그렇게 차분하게 자신이 살인자라고 말하는 사람도 뭔가 이상해. 이 신부, 정신이 좀 나간 것은 아닐까?

"신부님의 방법 말입니다, 범죄자와 똑같이 느끼려고 노력하면 범죄자에 대해 너무 관대하게 되지는 않을까요?"

그가 불쑥 말했다.

브라운 신부는 등을 쭉 펴고서 딱딱 부러지는 투로 말했다.

"오히려 그 반대입니다. 그렇게 해야 시간과 죄에 관한 모든 문제가 풀리게 됩니다. 너그러워지기도 전에 범죄자의 후회하는 마음을 느끼게 됩니다."

침묵이 흘렀다.

그랜디슨 체이스는 담을 반쯤 덮고 있는 높고 가파른 지붕을 올려다보았다. 플랑보는 꼼짝 않고 난롯불을 응시하고 있었다. 이윽고 신부가 깊은 곳에서 나오는 듯한 목소리로 말했다.

"악을 부인하는 데는 두 가지 방법이 있습니다. 그리고 그 차이야말로 현대 종교의 가장 깊숙한 분열점이지요. 한 가지는 악이 멀리 있기에 두려워하는 것이고 나머지 한 가지는 너무 가까이 있기에 두려워하는 것이지요. 어떤 선행과 악덕도 이렇게 분명하게 나뉘지는 않을 겁니다."

체이스와 플랑보는 아무 말도 없었고 브라운 신부는 납덩이를 떨어뜨리는 듯한 무거운 어조로 계속했다.

"당신은 어떤 범죄를 볼 때, 본인이라면 절대로 그런 일을 저지르지 않을 것이라고 생각하기 때문에 그 범죄를 끔찍하다고 생각할 것입니다. 저의 경우에는 저도 그런 범죄를 저지를 수 있다는 생각이 들기 때문에 그 범죄에 소름이 끼칩니다. 범죄를 활화산 폭발 같은 것으로 생각하실지도 모르겠습니다만 범죄는 이 집에 불이 나는 것만큼 끔찍한 일은 아닙니다. 만약 이 방에 범죄자가 갑자기 나타난다면…….”

“이 방에 나타난다면요, 제 생각에 신부님은 그 범죄자에게 아주 호의적이실 것 같은데요. 신부님은 그에게, 신부님 자신도 범죄자이며 그가 자기 아버지의 물건을 훔쳤거나 어머니의 목을 베었다고 해도 그것은 자연스러운 일이라고 설명하실 듯합니다. 솔직히 저는 신부님의 방법이 실질적이라고 생각하지 않습니다. 그런 방법으로는 범죄자들을 개선시킬 수가 없습니다. 사례를 이론화시키고 가설을 세울 수는 있겠지요. 그러나 우리는 지금 현실성 없는 얘기를 하고 있습니다.

여기 뒤락 씨의 멋지고 안락한 집에 앉아 체면을 의식하면서, 강도와 살인자와 인간 본성의 신비를 얘기하는 것은 그냥 극적인 전율을 주는 소일거리지요. 그러나 실제로 강도와 살인자들을 다루는 사람들은 그들을 다른 방식으로 다루어야 할 겁니다. 우리는 여기 이렇게 안전하게 화로 옆에 앉아 있습니다. 그리고 이 방에 범죄자가 있는 것도 아니고요.”

그랜디슨 체이스가 웃으며 말했다.

자신에 대해 언급이 되자 뒤락은 화로 옆에서 천천히 일어났다. 불빛이 만든 그의 거대한 그림자가 모든 것을 덮어버릴 듯했고 어두운 밤을 더욱 어둡게 하는 듯했다.

"이 방에 범죄자가 있습니다. 제가 바로 범죄자입니다. 저는 플랑보라는 범죄자이고 아직도 세계 곳곳의 경찰들이 저를 잡으러 다니고 있습니다."

그가 말했다.

그랜디슨 체이스는 돌같이 굳은 눈빛으로 플랑보를 바라보았다. 말을 할 수도 움직일 수도 없었다.

"저의 고백은 신비적 혹은 비유적 의미나 대리자라는 의미로 한 말이 아닙니다.

저는 이 두 손으로 이십 년 간 도둑질을 했습니다. 그리고 이 두 발로 경찰에게서 도망쳤습니다. 제가 한 것은 실제로 한 것임을 인정하시기 바랍니다. 저를 추적해다니는 사람들은 실제로 범죄를 다루는 것입니다. 그들이 어떤 식으로 저를 비난하는지 제가 모른다고 생각하시나요? 정의롭다는 사람들의 설교도 많이 들었고 지위 있는 사람들의 차가운 시선도 많이 받았습니다. 고상한 분들의 강의도 들었고, 어떻게 그렇게 타락할 수가 있느냐는 말도 들었고, 제대로 된 사람이라면 그렇게 타락할 수는 없다는 말도 들었습니다. 그런 말들이 제게 웃음거리에 지나지 않는다고 생각하시나요? 저의 친구인 신부님만이, 제가 왜 물건을 훔치는지 알고 있다고 말했습니다. 그리고 저는 신부님의 말씀을 들은 이후로 도둑질을 그만두었습니다."

브라운 신부가 반대하는 몸짓을 했다. 그랜디슨 체이스는 드디어 휘파람 같은 긴 숨을 내쉬었다.

"정확한 사실을 말한 것입니다. 저를 경찰에 넘기시는 것은 당신의 자유입니다."

깊은 정적이 흘렀고, 집 안에서 아이들이 웃는 소리와 돼지들이 뒤척이며 꿍꿍거리는 소리가 희미하게 들렸다. 그리고 격앙된, 약간 떨리는 골난 음성에 그 정적이 깨졌다. 민감하고, 때로 스페인의 기사도 정신과 거의 흡사한 미국인의 정서를 이해하지 못하는 사람이라면 이 목소리에 적잖게 놀랐을 것이다.

"뒤락 씨, 그리 오랜 시간은 아니지만 뒤락 씨와 저는 우정을 나누었습니다. 당신의 친절을 고맙게 받고 당신 가족들과 좋은 관계를 유지하면서도 제가 당신에게 이런 장난을 쳤다고 생각해보십시오. 아마 상처입으셨을 겁니다. 친구분 편을 들어주시기 위해 한 이야기라고 해도…… 아니지요. 그렇다고 해도 저를 이렇게 속이려 해서는 안 되지요. 차라리 더러운 밀고자가 되어 돈을 받고 사람의 피를 파는 것이 낫겠습니다. 그렇지만 이 경우에는…… 누가 당신을 범죄자로 밀고한다는 말입니까?"

체이스가 완고하게 말했다.

"제가 한번 해볼까요?"

브라운 신부가 말했다.

추리소설 쓰는 법

　내가 추리소설 작가로서 실패했음을 뼛속까지 깨달은 뒤 이
글을 쓰고 있음을 알아주길 바란다. 사실, 나는 정말이지 수도
없는 실패를 겪었다. 그러므로 내가 드는 근거는 실업률이나
주택문제를 처리하는 사회사상가나 위대한 정치가처럼 실용적
이고 과학적이다. 추리소설 작가 지망생들을 위하여, 여기서
지금 내가 세워놓은 이상을 모두 성취한 척하지는 않으련다.
굳이 말하자면 나는 추리소설 작가 지망생들이 피해야 할 전형
이다. 그럼에도 나는 모든 것에 따라야 할 전형이 있듯 추리소
설 창작에 있어서도 이상적인 원칙이 있다고 믿는다. '성공하
는 법'처럼 무가치한 일이나 가르치는 대중 문학 장르 내에 추
리소설의 이상에 대한 원칙이 세워져 있지 않다는 것은 유감이

다. 더군다나 이 글과 같은 제목의 책을 서가에서 찾아볼 수 없다는 것은 이상한 일이다. 인간성, 인기, 시와 매력처럼 도저히 학습될 수 없는 것들을 가르치는 소책자들이 출판되고 있다. 심지어 일부 문학과 저널리즘에서도 절대로 사람들이 배울 수 없는 부분들을 꾸준하게 가르쳐왔다. 그러나 여기에 평이함 그대로의 문학적 기술이 있으니, 이는 단계적인 노력보다는 독창성을 요하는 것으로, 어느 정도 가르치는 것도, 운이 좋다면 배우는 것도 가능하다. 범죄, 수사, 묘사, 그리고 묘사에 대한 묘사는 생각의 어떤 미묘한 요소를 필요로 하지만, 성공에 대한 책을 쓰는 데는 이러한 세세한 경험이 전혀 필요치 않다. 내 경우에, 곰곰이 따지길 좋아하다 보니 추리소설의 이론에 대해서도 생각해보게 되었다. 즉 처음에 나는 역동성이나 사람들의 주의를 사로잡는 등 예술의 필수 요소들 없이, 정신을 깨우거나 어지럽히는 어떠한 방법도 없이 추리소설에 손을 대기 시작했던 것이다.

가장 중요하고 기본적인 원칙은 추리소설의 목적이 모든 다른 이야기와 마찬가지로 명확히 밝히는 것이라는 점이다. 이야기는 독자가 이해하지 못한 서두의 순간을 위해서가 아니라 독자가 마침내 이해하는 마지막 순간을 위하여 쓰여진다. 이해하지 못한다는 것은 이해하는 순간의 섬광을 불러오지 못하도록 막고 있는 어두운 구름, 즉 모호함이 끼어 있음을 의미하며, 대부분의 추리소설이 바로 이 점에서 실패하고 만다. 작가들은 어찌 된 일인지 독자를 당혹스럽게 만드는 것이 자신들이 해야할 일이라는 이상한 생각을 가지고 있다. 더구나 자신이 쓴 글이 독자를 당황스럽게 하기만 한다면 그 글이 독자를 실망시켰는지 여부는 안중에도 없다는 것이다. 하지만 비밀을 숨기는 것만이 필요한 것이 아니다. 비밀 자체도 필요하다. 그것도 숨길 가치가 있는 비밀이 필요한 것이다. 클라이맥스가 용두사미격이 되게 해서는 안 된다. 이건 마치 독자를 댄스 플로어로 이끌어 춤을 추도록 해놓고는 그를 다시 도랑에 던져둔 채 떠나버리는 것과 같다. 클라이맥스는 터질 듯한 거품처럼 긴장으로 부풀어올라야 할 뿐만 아니라 여명과 같아야 한다. 다시 말해서, 어둠에 싸여 동터오는 밝은 빛이 강조가 되어야 한다는 것이다. 모든 예술 작품은 진지하게 진실을 언급하기 마련이다. 우리가 대하고 있는 사람들이 부엉이처럼 둥그런 눈을 하고 밤을 지켜보는 한 무리의 왓슨들이라고 해도, 어둠 속에 앉아서 위대한 빛을 보게 되는 것이 바로 그들이며, 그 어둠은 가슴속의 위대한 빛을 생생하게 만들기 위해 필요했을 뿐이라 말할수 있다. 셜록 홈스 시리즈 중 최고로 꼽히는 이야기가 완전히 다른 의미로 다르게 이용되면서 빛과 어둠의 은유에 대한 이와 같은 기본적인 설명을 표현하고 있다. 이런 효과를 위하여 이 이야기에 「실버 블레이즈」라는 제목이 붙여졌다는 것은 아주 유쾌한 우연의 일치로 내게 강한 인상을 남긴다.

두번째로 중요한 원칙은 추리소설의 정수는 간결성에 있다는 것이다. 비밀은 복잡하게 나타날 수도 있지만, 단순해야 한다. 그리고 비밀의 단순성은 훌륭한 추리소설의 상징이기도 하다. 수수께끼를 설명해주는 작가가 있기도 하지만 사실은 설명할 필요가 없어야 한다. 설명은 이야기가 진행되면서 스스로 이루어져야 한다. 다시 말해서 이 설명은, 악당의 몇 마디 속삭임에서 무릎을 치거나 2더하기 2가 4라는 자명한 사실을 뒤늦게 깨닫고 충격에 휩싸여 정신을 잃은 여주인공이 찢어질 듯 비명을 지르게 되는 그런 것이어야 한다.

셋째로, 모든 것을 설명하고 있는 사실이나 인물들은 가능한 한 익숙한 사실이나 인물이어야 한다. 범죄자는 그 자격에서뿐만 아니라 그에게 주어지는 다른 능력들까지도 가장 눈에 띄어야 한다. 편의를 위하여 앞에서 이미 언급했던 「실버 블레이즈」의 경우를 들어 설명해보자. 셜록 홈스는 셰익스피어만큼이나 친숙하므로 여기서 그의 유명한 이야기들 중 하나의 비밀을 설명하는 것도 나쁘진 않을 것이다. 뛰어난 경주마가 도난 당하고 조련사가 도둑에게 살해당했다는 소식이 홈스에게 전해진

다. 많은 사람들이 절도와 살인에 대해 그럴듯하게 추리를 한다. 그런데 사람들은 모두 조련사를 죽인 사람이 누구일까라는 문제에만 천착한다. 그러나 진상은 간단하다. 그 조련사를 죽인 것은 다름 아닌 도난 당한 말인 것이다. 내가 이 이야기를 예로 든 것은 그 진상이 아주 단순하기 때문이다. 진실은 정말이지 아주 자명한 것이다.

중요한 것은 여기서 말이 아주 분명히 드러난다는 것이다. 이야기의 제목이 말의 이름을 따서 지어졌고, 이야기 전체가 말에 대한 것이다. 그리고 말이 항상 전면에 나오고 있지만, 다른 가능성도 항상 남겨놓았다. 독자를 위하여 작가가 남겨놓은 보물은 바로 명마였다. 범죄자인 그 말은 검정색이다. 사람들은 이 말을 도둑이 훔쳐간 보석이라고 생각한다. 이 보석도 무기가 될 수 있다는 점을 인식하기 전까지는 말이다. 이것이 바로 내가 제시한 제1규칙들 중 하나이다. 일반적으로 말해서, 매개체는 생소한 기능을 하는 아주 익숙한 대상이어야 한다. 우리가 깨닫는 것이 우리가 인식하는 것이어야 한다. 즉, 그 대상은 이미 우리에게 알려져 있어야 하며 두드러져 보여야 한다. 그렇지 않으면 단순한 신기함에 놀라움이 없게 된다. 기대할 가치가 없는 것이라면, 기대할 필요가 없는 것이다. 그것은 눈에 띄는 동시에 이유가 있어야 한다.

추리소설 창작에 있어서 중요한 기술은, 범죄의 합법화와 범죄자의 돋보임에 대해 확신하는 동시에 오해하게 만들 요소를 감추고 있어야 한다는 것이다. 많은 추리소설들이 범죄자가 범죄를 저지르는 것 외에는 외관상으로 아무것도 하지 않도록 내버려두는 느슨한 결말로 인해 실패한다. 우리는 그런 인물들을 무의식적인 제거 과정을 통해 추리해낼 수 있는 단계에 이르렀다. 일반적으로, 우리가 의혹을 품는 대상은 작품 속에서 의혹을 받지 않는 사람이다. 화자의 기술은 한동안 독자에게 인물이 중죄를 범하려는 의도가 없었다는 암시뿐만 아니라 작가가 인물로 하여금 중죄를 저지르게 하려는 의도가 없었다는 확신을 주는 데 있다. 추리소설은 게임에 지나지 않는다. 그런데 그 게임에서 독자가 정말로 씨름해야 하는 상대는 범죄자가 아니라 작가인 것이다.

이 게임에서 작가가 기억해두어야 하는 것은 독자가 가끔 진지하거나 현실적인 연구를 하듯이 "왜 초록색 안경을 낀 건물 검사관이 여의사의 뒷마당을 들여다보기 위하여 나무를 기어올랐을까?"라고 하지는 않는다는 것이다. 독자는 무심하게 "왜 작가는 다른 건물 검사관을 전혀 등장시키지 않고 바로 그 사람을 나무로 기어오르게 했을까?"라고 할 것이다. 독자는 이야기에서 어떤 경우든 건물 검사관이 필요하다는 것은 받아들이지 않지만, 마을에서는 건물 검사관이 필요하다는 것을 인정할 것이다. 왜 마을 의회가 그 건물 검사관을 그곳에 보내게 되었는지는 물론이고 작가가 왜 그 인물을 그곳에 있도록 설정해두었는지를 제시함으로써 이야기 속에서 (그리고 그 나무에 있는) 건물 검사관을 설명해줄 필요가 있다. 아무리 작은 범죄라도 그 인물이 거기에 개입할 의도가 있었기 때문에, 이야기가 진행되면서 그는 현실 생활에 있음직한 불운한 인물로서뿐 아니라 소설 속의 한 인물로서 이미 다른 정의를 지니고 있어야 한다. 진정한 적이라 할 수 있는 작가와 숨바꼭질을 하면서 독자의 본능은 의혹으로 가득 차서 이렇게 말하고 있는 것이다. "좋아, 건물 검사관이 나무로 올라갈 줄 알았어. 나무와 건물 검사관이 있다는 것을 깨닫고 있었거든. 하지만 이걸로 어쩔 셈이지? 왜 이 이야기에서 그가 이 나무로 기어올라가도록 하는 거지?"

생각난 김에 이것을 네번째 원칙이라 불러야겠다. 다른 경우에 있어서처럼, 사람들은 아마도 이것이 실용적이라는 것을 깨닫지 못할 것이다. 왜냐하면 어떤 것에 대한 원칙이라고 하면 이론적으로 들리기 때문이다. 이는, 예술의 구분에 있어 살인 사건을 다루는 추리소설은 소위 재담이라 불리는 것들과 밀접하면서도 유쾌한 관계를 맺고 있다는 사실에 기반한다. 추리소설은 환상적이다. 즉, 공공연하게 허구로 가득 찬 소설이라는 것이다. 우리가 그것을 좋아한다면, 그것은 예술이라는 것의 아주 인위적인 형태라 할 만하다. 추리소설은 표면상 장난감, 아이들이 바라는 것처럼 '가장하는' 것이라 하겠다. 이로부터, 단순한 아이로서 여러 방면으로 깨어 있는 독자가, 장난감뿐만 아니라 장난감을 만들어낸 보이지 않는 놀이 친구로서 기교를 부리고 있는 작가를 의식하고 있음은 당연한 것이다. 순수한 아이는 아주 날카로우며 모든 일에 상당한 의혹을 보이기 마련이다. 기교를 부려야 하는, 이야기를 쓰는 작가를 위하여 내가 반복한 제1규칙들 중 하나는 가면을 쓴 살인자가 현실 세계에서 실제로 적당해야 할 뿐만 아니라 이야기 속의 장면에서 예술적으로 합당해야 한다는 것이다. 그 살인자는 용건이 있어 집에 들어와야 할 뿐 아니라 그 용건이라는 것이 이야기 속에서 작동하는 것이어야 한다. 이는 다시 말해서 집에 들어온 행위자의 동기에 대한 질문일 뿐 아니라 작가의 동기에 대한 질문이기도 하다. 이상적인 추리소설은 범죄자가 그 스스로 존재하는 것, 혹은 그가 다른 중요한 문제에서 이야기를 움직이도록 하기 위해서, 그리고 겉으로 드러난 분명한 이유가 아니라 부차적이고 비밀스러운 이유로 그곳에 존재하는 것이다. 이런 이유로 인해, '재미만을 추구하는 것'에 조소를 보낸다 할지라도, 감상적이고 따분한 혹은 더욱 빅토리아적인 서술법의 전통이 이야기되어야 함을 덧붙이고자 한다.

마지막으로 추리소설은 모든 문학 형식과 마찬가지로 새로운 착상으로부터 시작하여 이를 더욱 관능적이고 기계적인 세부사항에 적용하기도 한다. 이야기가 폭로되는 시점에, 탐정의 접근은 밖에서부터 이루어지지만, 작가는 안쪽으로부터 이야기를 풀어나가야 한다. 추리소설 형식에 있어서 모든 훌륭한 문제는, 독자는 잊고 있지만 작가는 기억할 수 있는 일상적인 사실인 그 자체로 단순한 생각이라는 긍정적인 개념에서 기인한다. 어찌 되었든, 이야기는 진실에 기초를 두어야 한다. 설사 이야기가 환상을 다룬다 해도 그 환상도 단순한 꿈 정도로 그쳐서는 안 되는 것이다.

이 글은 체스터튼이 자신이 펴내는 주간지 『G. K.'s Weekly』(1925. 10. 17)에 게재한 칼럼이다.

김은정
서강대학교 영어영문학과와 대학원을 졸업하고
런던대학에서 영문학 및 영문화 연구로 석사학위를 받았다.
옮긴 책으로는 『이반의 초상』 『감정의 도서관』 등이 있다.
현재 전문번역가로 활동 중이다.

브라운 신부 전집 4 — 비밀

1판 1쇄	2002년 7월 24일
1판 5쇄	2022년 11월 25일

지 은 이	G. K. 체스터튼
옮 긴 이	김은정
책임편집	이승희 김라현 변지영
펴 낸 이	김정순
펴 낸 곳	(주)북하우스 퍼블리셔스
출판등록	1997년 9월 23일 제406-2003-055호

주 소	04043 서울특별시 마포구 양화로 12길 16-9(서교동 북앤빌딩)
전자메일	editor@bookhouse.co.kr
홈페이지	www.bookhouse.co.kr
전화번호	02-3144-3123
팩 스	02-3144-3121

ISBN   89-5605-018-X 04840
       89-5605-014-7 (세트)